为了美好生活

湖北省“十三五”农村饮水安全宣传报道选编

湖北省农村饮水安全保障中心 编

·北京·

内 容 提 要

本书精选了近年来发表在《人民日报》、新华网、光明网、《中国水利报》《湖北日报》等媒体的新闻报道，以媒体的视角，记录了“十三五”期间湖北省农村饮水安全工作极不平凡的五年，再现了湖北省全部解决规划内242.3万建档立卡贫困人口饮水安全问题，以及全面完成规划内953万人农村饮水安全巩固提升任务的奋斗历程。主要内容由综合报道、攻坚决战、规范管理、战役保供和事迹宣传五个部分79篇报道组成，同时收集了2016—2020年湖北农村饮水安全工作大事记，作为本书的附录部分。

本书是湖北省农村供水发展的记录和见证，可供湖北省水利系统工作者及其他水利行业同仁阅读参考。

图书在版编目（CIP）数据

为了美好生活 ：湖北省“十三五”农村饮水安全宣传报道选编 / 湖北省农村饮水安全保障中心编. -- 北京：中国水利水电出版社，2021.12
ISBN 978-7-5226-0317-9

Ⅰ.①为… Ⅱ.①湖… Ⅲ.①新闻报道－作品集－中国－当代 Ⅳ.①I253

中国版本图书馆CIP数据核字(2021)第264182号

书　　名	为了美好生活——湖北省“十三五”农村饮水安全宣传报道选编 WEILE MEIHAO SHENGHUO——HUBEI SHENG “SHISAN WU” NONGCUN YINSHUI ANQUAN XUANCHUAN BAODAO XUANBIAN
作　　者	湖北省农村饮水安全保障中心　编
出版发行	中国水利水电出版社 （北京市海淀区玉渊潭南路1号D座　100038） 网址：www.waterpub.com.cn E-mail：sales@waterpub.com.cn 电话：(010) 68367658（营销中心）
经　　售	北京科水图书销售中心（零售） 电话：(010) 88383994、63202643、68545874 全国各地新华书店和相关出版物销售网点
排　　版	中国水利水电出版社微机排版中心
印　　刷	河北鑫彩博图印刷有限公司
规　　格	170mm×240mm　16开本　20印张　328千字
版　　次	2021年12月第1版　2021年12月第1次印刷
定　　价	**98.00**元

编委会人员名单

序

湖北农村饮水安全工作走过了又一个极不平凡的五年。“十三五”期间，我省不仅全部解决规划内242.3万建档立卡贫困人口饮水安全问题，而且全面完成规划内953万人农村饮水安全巩固提升任务。到2020年年底，全省累计完成投资98.15亿元，超额实现规划目标；农村集中供水率、自来水普及率和规模化工程供水人口比例分别达到96%、94%和77%，比“十二五”末分别提高了8%、11%和27%。期间，全省农村饮水安全工作经受住了旱情、疫情、汛情等多重考验，顺利通过国家脱贫攻坚普查。

五年来，全省上下坚持以习近平新时代中国特色社会主义思想为指导，认真贯彻落实党中央决策部署和省委、省政府总体要求，始终锚定“让农村人口喝上放心水”目标，戮力同心，克难奋进，取得了可圈可点的历史性成效，交出了一份份合格答卷。农村饮水安全脱贫攻坚战圆满收官，2020年8月全国脱贫攻坚普查结果显示，我省共入户调查114.66万贫困户，没有饮水安全无保障问题。农村饮水安全全覆盖总体实现，到2019年年底，全省除决胜脱贫攻坚外，还统筹解决711万非贫困人口饮水安全巩固提升问题，提前一年总体实现国家现行标准下农村饮水安全全覆盖。农村规模化供水工程占比大幅提升，我省持续在“建大、并中、减小”上下工夫，分散式供水工程数量和受益人口降幅均超过70%，有43个县（市、区）基本实现规模化供水，农村饮水安全工程从“面的覆盖”迈向“质的提升”。农村供水工程运管机制不断完善，管理责任体系和制度体系基本建立，区域性、专业化供水管理组织呈发展壮大之势，水价形成和水费收缴机制基本形成。农村供水规范化管理活动深入开展，已有20个农村水厂跻身全省农村供水规范化示范水厂，浠水县白莲河水厂等9个农村水厂入围全国农村供水规范化示范水厂榜单，起到良好的示范、辐射、带动作用。

五年来，各级党委、政府高度重视、强力推进，各职能部门鼎力支持、协调配合，全省水利系统上下联动、尽锐出战。省水利厅始终将农村饮水安全作为精准扶贫头等大事、头号工程，精准谋划，精心组织，编规划，定方案，筹资金，强督战，并建立厅级领导联系贫困县和分片包干机制，对口服务，跟踪指导。广大农村饮水安全工作者同心同向、攻坚克难，长阳土家族自治县在深山峡谷架设1480米空中“飞线”引水、保康县向地下打1030米深井取水、巴东县在悬崖绝壁铺设15.5千米管网输水，等等这些在难中之难、艰中之艰中勇于破局解困的鲜活事例，成为湖北农村饮水安全脱贫攻坚的缩影。

五年来，众多中央、省级新闻媒体持续聚焦湖北农村饮水安全工作。记者们踏遍荆山楚水，置身火热现场，捕捉精彩瞬间，讲述动人故事，宣传发展成果，留下理性思辨。一篇篇文章是现实记录，更是历史见证。在此，我谨代表湖北省水利厅，向为我省农村饮水安全工作鼓与呼的广大新闻工作者表示衷心感谢，并致以崇高敬意！

征途漫漫，唯有奋斗。“十四五”时期，湖北农村供水发展步入提标升级的重要阶段。面对新阶段、新任务、新要求，希望全省水利工作者始终坚持以人民为中心的发展思想，积极践行新发展理念，抢抓乡村振兴战略机遇，以农村饮水提标升级工程为重点，巩固拓展农村饮水安全脱贫攻坚成果，全力推动农村饮水安全向农村供水保障转变，竭力为广大农村居民的美好生活提供更加安全、更有保障、更可持续的饮用水，为湖北“建成支点、走在前列、谱写新篇”做出新的更大贡献。

是为序。

省水利厅厅长 周汉奎

2021年11月

目录

规范管理

战　疫　保　供

事 迹 宣 传

附 录

综合报道

引来一泓清泉　日子越来越甜

近年来，湖北省着力改善农村地区供水条件。长距离引水，解决山区群众饮水难；打深井取水，让更多喀斯特地貌区的老乡获益；规模化供水，带动当地产业发展。多管齐下、多措并举，让乡亲们喝上、用上放心水。

“以前经常吃不上水，现在随时都有干净的自来水，生活方便多了！”在湖北省黄冈市英山县毛坳村村民高庆红家里，原先干旱季节用来储水的红色塑料桶已经不再使用。

近年来，湖北努力提高农村供水保障水平，让村民从“有水喝”到“喝好水”。

长距离引水——群众告别靠天吃水

宜昌市长阳土家族自治县地处鄂西南，季节性缺水问题严重，秋季有时两三个月不落一滴雨。龙池村曾经是深度贫困村，位于武陵山区，缺水制约着村子的发展。村里没有水源，找水成了村委会的主要工作之一。20多年来，曾任村党支部书记的柳昌群跑遍邻近的村镇，甚至到外县、外市尝试引水，都失败了。

2018年初，听说山对面的招徕河村有一口泉。农历正月十六，村委委员吴道远、村民覃仕武一大早就出了门。两人骑了4个小时摩托车才到山脚下，又顺着山路攀爬了两个小时。他们将棉麻藤打成绳，好不容易爬上陡崖。

“有水，有水！”一股清泉叮咚流淌。顾不得天气寒凉，覃仕武捧起泉水喝了一大口——是甜的！可找到水源的喜悦没持续多久，看着两岸刀劈斧削的绝壁，两人犯了愁，怎么把水引到村里？

经过多次实地勘查，长阳县水利部门决定从水源地架设一道空中水管，横跨峡谷，用索道将两地相连，进行长距离引水。

"1000 多米的空中'飞线'，我做了 30 多年索道工程也从没见过。"施工负责人田康继介绍，这道"飞线"长达 1480 米，输水管道全长 7500 米。龙池村山路陡峭崎岖，施工设备无法进场，工人不得不采用最原始的办法将材料背上山。"飞线"跨度太大，工人只能抓着绳索降到山脚下，再坐木排到对岸，通过小型设备中转 3 次，把接近 10 吨重的工程材料和 250 根钢丝骨架管送达对面山巅。施工时，工人被吊在近 700 米的高空，用双手将钢丝骨架一截一截地接起来。

历时近 10 个月，"飞线"终于架设完毕；15 天后，集中供水工程完工，"水通了！"大家奔走相告。妇女们穿上庆祝节日的土家族传统服饰，还有村民专程从外地赶回来品尝山泉水。

"钻山洞、架飞线、延管网，为了让老百姓彻底告别'吃天水'，再大的困难我们也要克服。"长阳县水利和湖泊局局长傅建斌介绍，2014 年以来，长阳县充分利用水源，因地制宜采用集中供水和分散供水相结合的方式，统筹资金 3.2 亿元，建设集中供水工程 1663 处、分散供水工程 8029 处、跨区域调水工程 4 处，有效保障了农村饮水安全。

打深井取水——更多村民得到实惠

湖北省襄阳市保康县，七成以上地区属喀斯特地貌。长期以来，人们都以为"喀斯特地貌地下存不住水"。

"每年干旱季节，村里的一多半纠纷都和水有关。"保康县赵家山村党支部书记赵祥华说，以前，村民经常要步行十几公里到隔壁镇挑水。

从 20 世纪 50 年代开始，村里尝试通过凿窖围堰的办法修建大型蓄水池。但由于地质地貌特殊，蓄水能力差，几代人的心血都付之东流。2007 年，第五次修建蓄水池虽然成功，但水量、水质没有保障，吃水问题依然无法得到根本解决。

转折发生在 2017 年。时任保康县县长的张世伟在探访九路寨村磷矿钻探时，发现随着钻头转动地下水大量涌出。张世伟得到启示，这几个村子都是喀斯特地貌，既然打磷矿能钻出水，打井或许也能。

几个月后，第一口井在赵家山村开始施工。"地下都是空的，怎么会有水？""石头缝里找水？天方夜谭！"村民们不敢相信。

大型钻机、空压机 24 小时作业，4 天后，当合金钻头深入地下 350

米时，一股清泉汩汩流出。第 12 天，当施工队打到地下 483 米深时，出水量达到了 100 多立方米。

“实践证明，在喀斯特地貌区打深井取水是可行的。”张世伟介绍，保康县委托湖北省地质勘查部门，对全县 25 处喀斯特地貌进行实地勘查，其中符合地下含水层走向和储量条件的有 9 处。几年来，10 口深井相继打通。其中，最深的漆园村水井达 1030 米，覆盖周边 7 个村，受益人口 3400 余人。

有了水，“庄稼结籽不保年，日头一晃苗打蔫”的日子一去不复返。村民杨培林流转了 70 亩土地搞种植，农忙时一天有 30 多人在田里干活。通水不仅解决了大伙的饮水问题，还提高了农作物产量。“去年，有水抗旱，我们才保住了幼苗。农作物长势好，收入比以前翻了一番。”杨培林说。

目前，保康县以 10 口深井为依托建成水系连通工程，修建了 10 处集中水厂。“以开凿深井为依托，以兴建水厂为轴心，以铺设管网为引线，打破行政区划界限，实行跨村联片供水，最大程度地扩展供水范围，让更多村民得到实惠。”保康县水利局局长卢文举说。

规模化供水——带动当地产业发展

湖北省农村饮水安全保障中心主任陈建华介绍，目前，湖北正推进建设农村饮水提标升级工程，完善农村供水保障，统筹兼顾农民产业用水的需求，助力乡村振兴。

临近中午，黄冈市英山县石头咀镇十三湾生态农家乐里饭香扑鼻，老板余修德忙前忙后，招呼食客。妻子在后厨里拧开水龙头，洗菜、淘米、做饭。

其实，镇上早在几年前就通了自来水，但水质不好，一下雨水就变浑浊，一股土腥味，做出来的饭菜味道差。镇上经常停水，自己用水都要等到晚上，别说接待客人了。今年春节前，这里通了新水厂的自来水，清澈透亮。“有了好水，我们才敢扩大规模。”余修德说，现在，农家乐能同时容纳 60 多人用餐，预计今年能有十几万元收入。

余修德一家的好日子，离不开英山县西河中心水厂。作为大别山区首个农村饮水提标升级工程，英山县西河中心水厂采用全自动化生产体系。走进水厂，只听见哗哗的水流声，却看不见一个人影。“员工都在中控室呢。水厂的所有制水设施都能远程操作，水质、pH 值、含氧量等指标可以在线监测。”水厂设计方、中南市政总院现场项目经理罗志宾说。按照规划，这座现代化农村水厂，将和英山县 3 座规模水厂联结成网，覆盖全县。届时，英山县所有城镇居民和 75%的农村人口饮用水将做到“同质、同网、同源、同服务”。

有水百业兴。在咸宁市咸安区，花纹水厂彻底解决了花纹山区星星、垅下、大坪 3 个村及星星竹海风景区共计上万人的饮水问题。一泓清水不但提高了村民的生活质量，还引来了投资。在星星竹海风景区，陈家沟乡村振兴示范园项目正加紧建设。项目负责人陈凯是本地人，一家人长期在深圳经商，早就看好家乡的旅游资源，怎奈村子常年缺水，一直下不了投资的决心。

“现在通了自来水，我们的项目落地开工，还带动了 30 多名老乡就业。”陈凯说。

目前，湖北省农村饮水安全总体实现全覆盖。农村供水工程规模化建设取得成效。过去 5 年，新建、改扩建通水的万吨级工程达 34 处，平均供水规模超 6 万吨。到 2020 年底，全省已建成各类农村饮水安全工程 28.71 万处，农村集中供水率达到 96.80%，自来水普及率达 94.70%。

“接下来，我们将新建一批骨干水源工程、调水工程，推进一批城乡供水一体化工程，建设一批区域供水规模化工程，标准化更新改造一批老旧供水工程和管网，使农村供水工程布局更加科学，结构更加合理。”湖北省水利厅副厅长唐俊介绍，“十四五”时期，湖北省计划总投资 91 亿元，启动 79 个农村饮水提标升级项目，改善农村地区 1000 万人口的供水条件。到 2025 年底，计划实现农村规模化工程供水人口比例达到 85%以上，农村集中供水率达到 98%以上，自来水普及率达到 95%以上的目标。

《人民日报》　2021 年 4 月 23 日

强郁文

饮水安全　为乡村振兴注入源头活水

——改革开放40年湖北农村饮水安全工作回顾

大冶市城乡供水一体化工程殷祖水厂水源地——王英水库，水质优良

经过净化、消毒等环节后，武汉市新洲区阳逻水厂的水输送到周边千家万户

用上“安全水”后，村民获得感、幸福感明显提升

监利县红城乡中心水厂设施配套齐全，周边 20 万农村居民用上了放心水

改革开放特别是党的十八大以来，湖北农村饮水安全工作在克难中奋进，在砥砺中前行，取得了令人振奋的成效。全省农村饮水安全工程从无到有、从小到大，覆盖面从局部到全域，保障能力从弱到强，总体实现从“喝水难”到“有水喝”再到“喝好水”的蝶变。农村饮水安全事业的持续快速发展，不断改写我省农村居民饮用水的历史，使广大群

众的获得感不断增强，生活质量不断提高，为推动全省乡村振兴、高质量发展持久注入源头活水。

目标从有水喝到喝好水 饮水安全事业强力推进

饮水安全是人民群众最基本最迫切的生存需求，历届湖北省委、省政府和地方各级党委、政府高度重视，频出硬招实招。湖北省主要领导多次带头深入基层调查研究，抓典型，办示范，作指导，解困难。省政府连续十多年将农村饮水安全作为政府为民办的十件实事之一。2004年以前，实施了农村饮水解困工程，重点解决农村没水喝的问题。2005年以后，先后实施了农村饮水安全工程、农村饮水安全巩固提升工程，分别解决农村喝好水和喝更好的水的问题。

组建高规格领导小组和工作机构。2006年，我省成立了由分管副省长任组长、省发改委、财政厅等9个部门负责人为成员的“省农村饮水安全工作领导小组”，并在湖北省水利厅设置了农村饮水安全工程建设管理办公室；各市县也相继成立了领导小组及工作专班。

压实地方政府主体责任。省、市、县三级政府层层签订农村饮水安全工程建设责任状，具体工程建设项目实行行政首长负责制和技术干部负责制，责任到人、任务到人、要求到人，不断加强工程的组织领导、计划管理、质量管理、资金管理和安全管理。

构建多元化投融资格局。坚持“政府主导、社会参与、群众自愿”，“十一五”“十二五”期间，全省投入农村饮水安全工程建设资金达200多亿元。“十三五”前3年，通过加大财政投入、整合涉农资金、利用金融政策、吸纳社会资本等途径，不断拓宽资金渠道，满足农村饮水安全巩固提升工程建设需求。特别是涌现出一批采用PPP模式发展农村供水的实例。

严格饮水安全工作目标考核。2011年以来，我省先后将“农村饮水安全普及率”纳入省管领导班子和省管干部目标考核，将“农村供水水质合格率”纳入市州党政领导班子政绩考核，将“县级财政农村饮水安全工程维修养护资金到位率”纳入省委三农发展综合考评，还将建档立卡贫困人口饮水安全问题年度解决占比纳入贫困县党政班子和领导干部经济社会发展与精准扶贫实绩考核指标体系。

工程从分散到集中　规模化供水成为主力

小型分散供水虽能起到立竿见影的作用，但小打小闹的老路缺陷也很明显。我省在广泛调查研究、认真总结实践经验教训的基础上，及时调整思路，科学布局，打破区划界限和城乡壁垒，最有效地优化水资源配置，依托大水源，建大水厂，铺大管网，大力发展规模化供水工程，坚持走“城乡联网、区域联供、规模为主、分散补充、质效双提、全域安饮”的新路子，在全省掀起“千吨万人”规模水厂建设热潮，让水源、水质、运行管理更加可靠，农村饮水安全更有保障。

截至目前，全省已建成100多万处集中和分散农村饮水安全工程，其中“千吨万人”以上的多达776处，规模化供水受益人口占比达77%，超过全国平均水平1倍以上，平原地区已基本实现规模水厂供水全域全覆盖。浠水县以白莲河水库水为水源，建成日供水5.69万吨的白莲河水厂，惠及62.8万城乡居民。大冶市以王英水库水为优质水源，建成日供水能力达20万吨的殷祖水厂，全市近百万城乡居民同饮一库水。

城乡统筹、供水一体化发展势头强劲。2006年以来，我省统一规划，以城镇带动乡村、乡村依托城镇的建设思路，推进城乡供水一体化发展。武汉、鄂州、仙桃、大冶等20多个县市在城乡供水一体化建设中迈出了坚实的步伐，基本实现了同城、同网、同质、同价。武汉市农村自来水普及率达100%，全面形成了城乡供水一体化的格局。鄂州实行“城乡一张网、管理一条线、收费一个价、运营一个主体、服务一个标准”的全新供水管理服务格局。

管理从弱到强　长效保障机制不断完善

农村饮水安全工程三分靠建、七分靠管，科学管理是长效运行的关键一环。全省各地坚持建管并重、多措并举，积极探索构建运行可持续、供出水合格的饮水安全工程长效机制，一批管理规范、服务优良的示范水厂不断涌现。

供水管理体制不断理顺。2007年出台《关于加强农村饮水安全工程建设和管理的意见》，2013 年出台《湖北省农村供水管理办法》，2016 年出台《湖北省人民政府关于巩固提升农村饮水安全工作的意见》，为全省农村饮水安全工程建设管理提供了遵循。全省 102 个县市均成立县级供水管理机构，其中有 41 个县市成立县级农村供水管理局或供水公司。

供水服务质效不断提升。通过开展以找问题、补短板、强弱项为重点的农村供水管理规范化建设活动，全省涌现出一批规范化、信息化的示范水厂。公安县麻豪口水厂大力弘扬工匠精神，坚持精细管理，注重长效管护，探索出了一条农村水厂的建管之道。新洲区刘集水厂坚持内外兼修，将管理责任融入饮水安全保障工作的每一个环节，小至排气筒的水波式设计，大到制水工艺流程，都施行标准化管理。全省 552 处“千吨万人”规模化水厂建立了自动化监控系统，实现了从源头到龙头的全程监控。针对农村供水点多面广、管线长、维护难的实际情况，我省通过农村供水电价优惠、建立维修基金等措施，对农村供水给予了政策扶持，全省有 83 个县落实了维修养护资金，中小型供水工程还被纳入省小型农村水利补助目录清单。

水质保障能力不断增强。持续加大农村饮用水源保护力度，积极推进分类水源保护区和保护范围的划定工作，落实水源巡查制度，到 2017 年 12 月底，全省“千吨万人”以上集中供水工程基本完成水源保护区划定。“千吨万人”以上规模化水厂大部分已建立水质化验室，开展日常监测工作；86 个农村饮水安全区域水质检测中心对辖区内水厂进行全面巡检，并与卫生疾控部门密切配合，强化水质抽检工作。目前，我省已形成水厂自检、区域水质中心巡检、卫生疾控部门抽检为一体的农村供水水质检测体系，水质达标率不断提升。

覆盖从局部到全域　全民安全饮水指日可期

经过不断探索和艰辛努力，我省农村饮水安全事业已呈燎原发展之势，从平原湖区到丘陵山区，从局部到全域，饮水安全覆盖面不断拓展，正在形成全省农村居民共享安全饮水的局面。

2000 年以来，我省用 3 年时间实施农村饮水解困工程，解决了全省 200 多万人饮水困难问题。从 2005 年开始，国家实施农村饮水安全工程。“十一五”“十二五”的10年间，全省共解决3150万农村居民和368万农村师生的饮水安全问题。特别是“十一五”时期，解决了纳入国家两个五年总体规划的1609.6万人农村饮水安全问题，创造了“十年任务五年完成”的湖北速度。“十三五”期间，我省大力实施农村饮水安全巩固提升工程，已新增解决550多万农村居民饮水安全问题。目前，全省农村自来水普及率已由2005年的15%提升到86%，农村供水保证率达到95.9%。到2019年底，全省可实现国家现行评价标准下饮水安全全域全覆盖。

筚路蓝缕，砥砺奋进，饮水安全工程的实施改写了我省农村喝水难的历史，大大解放了农村劳动力，助推了农村经济社会的发展。用水条件的改善，使广大农民群众实实在在分享到改革开放的发展成果，提高了健康水平，提升了生活质量，增强了获得感、幸福感。

农村饮水安全工作仍处于进行时。全省饮水安全工作者将矢志坚守责任担当，不停歇、不止步，持续推进湖北农村饮水安全巩固提升工作，为千万农村群众美好生活需要提供更好的饮用水，为我省脱贫攻坚和乡村振兴持久注入源头活水。

我省农村饮水安全大事记

2000年，我省启动农村饮水解困试点工作。

2002年，《湖北省人民政府关于抓紧实施农村饮水解困工程的通知》明确用3年时间基本解决农村200万人饮水困难问题。

2005年，我省启动农村饮水安全试点工作，当年解决7.1万人农村饮水安全问题被纳入省政府“十件实事”。

2006年，省委、省政府决定用5年时间解决纳入国家10年总体规划的1609.6万人农村饮水安全问题，并批准成立湖北省农村饮水安全工作领导小组和湖北省农村饮水安全工程建设管理办公室。

2007年，省政府印发《关于加强农村饮水安全工程建设和管理的意见》。

2011年，《中共湖北省委湖北省人民政府关于加快水利改革发展的决定》提出“实施农村饮水安全‘村村通’工程”。

2012年，省第十次党代会提出“继续实施农村饮水安全‘村村通’工程，确保全面解决农村饮水安全问题”。

2016年，《湖北省人民政府关于巩固提升农村饮水安全工作的意见》要求，“2019年底前解决953万人农村饮水安全巩固提升问题（其中优先解决建档立卡贫困人口中242万人的饮水安全巩固提升问题）”。

2017年，省水利厅等六单位联合印发《湖北省农村饮水安全巩固提升工作考核实施办法》。

农村饮水安全工程释义

《农村饮水安全评价准则》（T/CHES 18—2018）明确，农村饮水安全工程是指向县市以下（不含县城城区）的乡镇、村庄、学校、农场、林场等居民及分散住户供水的工程，主要满足农村居民日常生活用水需要，又称农村供水工程或村镇供水工程，包括集中供水工程和分散供水工程两类。

农村饮水安全分为安全和基本安全两个档次，评价指标包括水量、水质、用水方便程度和供水保证率4项，全部达标才能评价为安全，全部基本达标或基本达标以上才能评价为基本安全。

《湖北日报》 2018年12月4日

策划 唐俊 统筹 熊渤 王晓 撰文 陈协清 宋孝忠 孟梦

为了900万农民的饮水安全

——湖北省政协首次月度协商座谈会纪事

3月29日，湖北省政协委员和省政府有关厅局负责人围坐在省政协一楼会议室宽大的圆桌前。他们正在观看一部反映湖北农村饮水安全现状的电视短片。

湖北也会缺水

大江贯东西，汉水注于此，水网纵横，湖泊密布，自古号称“千湖之省”……然而，省水利厅提供的数据显示，湖北目前人均水资源量低于全国平均值，仅居全国第17位。其原因有资源性缺水如鄂北旱包子地区，有工程性缺水如几大连片贫困山区，有水质性缺水如水环境压力巨大的江汉平原。更严重的还是由于地表水和地下水污染日益严重引起的水质不达标问题。

截至目前，湖北尚余900多万农民饮水困难。

于是，在前期调研的基础上，15名委员坐下来，研究对策，商量办法；协商的对象是副省长任振鹤带队的省发改委、水利厅的一把手，还有财政厅、环保厅、农业厅等厅局的相关负责人。

这是湖北省政协首次月度协商座谈会，主持这次会议的是省委副书记、省政协主席张昌尔。

圆　桌

3月29日上午8点15分，湖北省政协常委钟国伟提前一刻钟赶到省政协一楼会场，刚进会场就眼前一亮：没有主席台，没有发言席，只有围成一个同心圆的会议大圆桌，政协会徽上方的电子屏显示着这次会议的主题：省政协“农村饮水安全”月度协商座谈会。

张昌尔的开场白不到两分钟，会议就直奔主题。

电视短片和省水利厅厅长王忠法的情况通报让在场的每个人感觉到了压力。而每人限时五分钟的发言对委员们是个新的“考验”。

“‘十三五’时期，国家的农村饮水安全投资政策由过去的‘中央投资为主，地方及群众自筹为辅’变为‘地方及群众自筹为主，中央补助为辅’，中央投资额度不到过去的七分之一，如何积极应对这种变化?”省政协常委路策的问题引发讨论。

钟国伟建议：“农村饮水安全问题是公益性工程，但由于政府投入有限，供水经营收不抵支，建议亏损通过调整水价的方式解决。”

而秦群燕委员认为：“全省要统筹改革水价，适度提高大中城市、集中规模供水乡镇居民的用水价格，鼓励喝干净水的人群支援饮水有困难的人群，把提价积累资金返还到饮水安全工程上去，至少把借款利息还掉。”他在会上提出了一个倡议：少喝两瓶矿泉水，支援农村一吨水。

……

委员们的讨论也引发了张昌尔的思考，他时不时插话与委员交流。任振鹤和各厅局的同志认真听着委员们的建议，时不时地记录，并“应邀”回应委员意见。

没有客气话，没有套话，没有官话；有争论，有回应，会议整整开了三个半小时。

委员们觉得这会开得“过瘾”!

民　　生

月度协商座谈会的创意来自全国政协双周协商座谈会。

刚刚“履新”的张昌尔说：“没到政协之前，我就多次听到中央领导及各部委对‘双周协商座谈会’的高度认可。这种协商形式不仅以其独具魅力引人注目，更以小切口易深入、小问题反映大背景、扣民生而合国情的内容议题备受关注，已在社会各界人士中引发强烈反响。所以我们要学习借鉴这种成功的协商模式，打造省政协协商品牌。”

借鉴不是照搬。比如在本年度9次月度协商会议的议题确定上如何做到创新，同时符合省情、民情?根据各方面报选的50件议题，省政协党组和主席会议研究最终确定了7次协商议题，两次机动。

记者在湖北省政协年度协商计划上看到这7件议题分别是：农村饮水安全问题、民族地区教育难题、分级诊疗问题、农村电子商务发展、户籍制度改革、诵读经典活动、旅游景区畅达等。这些议题有一个共同的特点：关乎民生。

而水乃民生之本。省水利厅提供的数据显示，湖北省4503万农村供水人口中，截至目前基本解决了3150万农村居民和360多万农村学校师生的饮水安全问题。剩余的900多万农民饮水困难人口中有240万是建档立卡的兜底贫困人口，650万过去的规划中没有覆盖到的分散供水及小型集中供水人口。

农村饮水安全问题是民生，也是最基本的民生；是短板，却是最不该短的板。

春节后，围绕协商会展开的筹备和调研工作就拉开了。省政协主席张昌尔、副主席肖旭明分别带队赴省水利厅及5个市州、7个县市、18个乡镇进行调研，实地考察9个水源地、17个水厂，召开了5个座谈会，走访了20多家农户，拧开水龙头询问情况，做了从“源头”到“龙头”的全过程考察。

参加此次调研的秦群燕在今年的省两会上专门提交了《关于彻底解决湖北农村饮水安全问题的建议》，他在月度协商座谈会上感慨：“我觉得我应该将提案标题中的‘彻底’二字去掉，通过调研，在与各方面的信息对接后，才认识到农村饮水安全问题不是短期内能彻底解决的，这个看似单一问题的背后，涉及规划层面、资金筹措、后期管理等多方面问题。”

共　识

调研走访中，赤壁市张家坝水厂厂长刘恒洪告诉委员们：“现在农民饮水安全意识提高了，以前以为井水很干净，现在知道了井水里的有些元素超标，不能作为饮用水，我经常接到村民要求通自来水的通知，但目前水厂供水比原来翻了一番，早已超负荷运转。”

张家坝水厂的情况在咸宁农村地区也普遍存在。这些水厂由于缺乏专业的监测处理技术，运行管理经费不足，导致水厂水质安全很难达标。在巴东县沿渡河镇水利水产管理站，一年最多收3万多元的水费，而山区农户非常分散，维护很难……一幕幕调研情景让委员们心中纠结万千。

路策把调研的情况和思考拿到协商会上："在当前湖北省农村水质达标率仅为68.6%的数字背景下，每提高一个百分点，都需要付出几倍的努力，越往后越是最难啃的'硬骨头'。"

蔡俊雄委员是环境科学专家，他认为，农村集中供水工程的修建在很大程度上保障了水量安全，但农村面源污染给农村饮水安全带来的动态、反复影响需高度重视。建议建立水源地保护领导责任制，加快水源地保护区的划定，强化防护措施，以重点项目推动区域面源整治，完善饮水安全监测与预警体系，健全饮水安全工程运行管理长效机制等。

本次协商会还请来了来自地市的省政协委员魏昌松、李少平、李华、贺勇、刘红梅、陶丹等，他们在提出技术监测、完善规划、创新机制、加强卫生监管等建议的同时，更关注"十三五"省级财政对基层的投入力度。

面对全省县城城区以下农村供水工程维修资金的巨大缺口，钟国伟建议，建立全省农村饮水安全工程维修养护基金制度，在他看来，工程是基础，长效运行才是关键。

委员们的热情感染和鞭策着省政府的同志。

任振鹤感谢省政协搭台，感谢委员们献策，他当场表态，政府部门要在"十三五"规划中把农村饮水安全问题作为工作重点，从规划引领、完善机制、巩固提升和建设管理四个方面着力推进。

王忠法说："参加协商会让我深深感到委员们对人民群众尤其是弱势群体的关切之情。相信在大家的共同努力下，我们一定能交上群众满意的答卷。"

《人民政协报》　4月1日

毛丽萍

规模化供水的生命力

——从鄂东看湖北省农村饮水安全巩固提升新路径

953万人农村饮水安全巩固提升、消灭饮水安全空白点的目标将在2019年年底前解决。“千湖之省”湖北，从顶层设计到具体行动，农村饮水安全事业正在不断突破，历史不断被改写。

步履不停，湖北曾在全国率先提出发展“千吨万人”以上集中供水工程，如今在“大水源、大水厂、大覆盖”上再次创新发力，构建以规模化水厂为主体、小型分散为补充的新型农村供水工程体系。

“我们适应农村饮水安全工作新形势新要求，坚持水厂能大则大，管网能延则延，厂与厂能连则连。”省饮水办主任陈建华说。这是在避免走小打小闹、修修补补的老路。

创新发展思路，在“大”上做文章，推进城乡供水管理一体，破解筹资难题，完善运行管护，首创“百佳十优”农村水厂创建活动……全省紧扣精准扶贫，抓基础、抓难点、抓创新、抓管理，下大气力解决近千万村民的饮水安全问题。

4月中旬，记者走访了位于鄂东地区的黄冈市，深入麻城市、浠水县、黄梅县、团风县等地，以期通过鄂东的“水龙头”，管窥全省推进农村饮水安全巩固提升的新路径及新局面。

从源头到水龙头　让家家户户饮上放心水

青山如黛，水清湖美。你不承想，眼前的“鄂东第一库”白莲河水库，在两年前，还布满密密匝匝的水葫芦，10万亩水面撑不开一条小船。

省发展改革委2011年批复以水库为水源建设白莲河水厂后，水库综合治理开始连出“重拳”：东西干渠10座小水电站全部拆除，综合整治库区周边1公里内畜禽养殖及工业污染，全力围剿水葫芦，拆除库区所有网箱、土库、围堰，回归人放天养……在2015年年底，库区水位由92米上升到102米，水库水质基本达到Ⅱ类。

如今，库区周边“饮用水水源保护区”标志牌醒目可见。白莲河水厂已建成80公里东西线主管网、向乡镇延伸的60公里支管网、404个村851公里的通村管网，解决全县近70万城乡居民的饮水问题。

水厂越大就越有生命力，其总体规划更合理，水质水量更有保障，管护运营更专业，尤其适合水资源丰富、人员分布集中的地区，这是饮水安全工作越来越清晰的结论。

“就是要村村通、户户通，大水厂、大覆盖。”浠水县水利局局长冯继安看着一库清水，由衷感叹，“一个白莲河大水厂，日供水规模5.7万吨，让一多半浠水人喝上自来水。水厂还聘请专业技术人员每天定期对原水、出厂水、末端管网水水质进行监测。”

“我们逐步建成以白莲河水厂为主体的‘一主三副’城乡骨干供水体系，形成城乡同水源、同管网、同水质、同管理。”冯继安补充说。

加大水源保护力度、保证供水水质是全省农村饮水安全巩固提升的重要内容。目前，黄冈已基本建起以骨干大水厂为支撑的农村饮水安全工程体系，饮用水水源地保护条例也已出台。而在全省，水源保护区或保护范围划定工作正在分类推进；86个区域水质检测中心建成，落实技术人员298人，大部分已按要求开始对区域内农村水厂水质巡回检测；“千吨万人”以上规模水厂争取实现水质化验室全覆盖。

大水厂便于统一管理，然而那些因地理等因素不得不修建的小而散的水厂，水质又该如何保证呢？

60岁的麻城市龟山镇石陂村村民曹水书引记者到自家屋里喝茶。他边倒水边说：“现在这水好着哩，你们快尝尝。”原来，曹老汉一家去年喝的还是没经过巩固提升的石陂供水站的水，“又咸又苦，我花了1800元安了净水过滤器，每年换滤芯也得好几百，不光我，村里人基本都安啦。”

这个不得已的开销，源于小水厂缺乏专业技术人员，加之水源水质状况变差，经常导致滤料板结，出水水质没保证。黄冈市水利局总工程师黄松介绍：“为解决单村水厂存在的共性问题，麻城市2016年引进海南立昇净水科技有限公司进行投资改造，采取膜法净水工艺，让处理过的水可直接饮用。同时实现无人值守，自动化、标准化运行。”

水得到净化，老支书石凤华吃了定心丸："终于让村里200多名小学生吃上了好水。"

规范水质净化处理还在不断加力。全省督促各地强化水质净化处理设施建设以及消毒设施设备的安装、使用和运行管理。目前，74%的工程采用完全水处理工艺制水。

从政府主导到多元投入
拓展筹资渠道破解公共事业发展瓶颈

大水厂需要大手笔，全覆盖需要大投资。

吸引社会资本投入农村饮水安全工程建设，不仅能填补资金缺口，也让具有普惠性、微利性的公共事业更具发展活力。

走进麻城市三河口水厂供水服务大厅，正对门口的墙面上一幅巨型水厂管网分布图引人注目。只见图上位于东北角的三河口水厂，一路向西南送水。工程日供水规模5万吨，将满足25万～50万人城乡居民的安全饮水。

"水厂总投资约1.5亿余元，中央和省级补助近5000万元。"获得特许经营资质的麻城市润泉自来水有限公司负责人唐百浪介绍，"剩余大部分由我们投资，前期已投入了6000多万元安装入户管网。"

全省单笔投资最大的单体饮水工程白莲河水厂，同样面临投资缺口，而且高达1.6亿元！钱从哪里来？浠水县政府2012年10月成功引入深圳中智联投资股份有限公司融资1.6亿元，注册成立湖北三河源水务集团，参与水厂建设经营。

实践证明，引入的投资公司完全具有资金运作能力、雄厚技术力量、成熟的市场管理经验，实现"政府宏观管理、群众普遍满意、公司市场获益"的共赢。

就在去年11月，湖北首个PPP模式投资最大的精准扶贫饮水安全项目在来凤县开工，项目投资3.75亿元，建成后将覆盖全县所有村和院落，使98%以上的农村居民用上方便干净的健康水。

PPP融资管理模式成功应用，吸引社会各界参与供水工程建设，筹资渠道不断拓宽。2016年以来，全省用于农村饮水安全巩固提升工程的金融信贷投资规模约30亿元；有近20个县（市、区）采取PPP、

BT、BOT等模式，吸纳社会资本近20亿元，建设集中供水水厂50余座；完善村民“一事一议”制度，引导群众自愿筹资投劳参与工程建管。

水利部今年3月底的简报，充分肯定了湖北省在破解农村饮水安全工程巩固提升筹资难题上的有效探索。“思路更宽一些，办法更多一些，机制更活一些。”陈建华表示，中央明确，“十三五”农村饮水安全巩固提升工程建设资金以各级地方财政为主负责落实。湖北将继续创新投融资机制，满足工程建设需要。

从优先保障到不打折扣
精准扶贫是饮水安全硬任务

一排排整齐的白色房子，一扇扇明亮的玻璃窗，一段段零星堆放着沙石的水泥路，龟山镇9个村第一批46户的易地扶贫搬迁房正在加紧装修。记者沿路走着，看到一处已住人的房子，走进去唠起家常。

汪进能高兴地向记者介绍他的新家：“和山上的家比，这里简直太好了。”他带着记者各屋瞧瞧，这个65平方米的房子，隔成了三室两厅，小巧简约。说起用水的问题，汪进能不禁感叹：“以前山上都是挑水喝，现在拧开水龙头就有水，很方便。”

通过易地扶贫搬迁解决建档立卡贫困人口饮水安全问题，是农村饮水安全精准扶贫的一项重要举措。今年全省明确全面实施农村饮水安全巩固提升工程，惠及200万人。其中通过易地扶贫搬迁解决建档立卡贫困人口饮水安全问题的就有40.52万人，此外还包括解决56.64万建档立卡贫困人口饮水安全问题。

浠水县清泉镇桃树窝村汪奇志就是一位建档立卡贫困户。连续做了两次肾结石手术，使他陷入贫困。不过，幸亏有精准扶贫的医疗救助，他只需负担少量医药费。同样，农村饮水安全贫困户入户安装的优惠政策，也让他享受到了福利。“本需缴纳1980元，个人只缴纳600元就行了。”汪大哥拿出安装通知单给记者看。

如今，汪奇志已经脱贫，而在农村饮水安全精准扶贫起始之年的2016年，全省还有58.33万名“汪奇志”。挂图作战，精准到人，湖北通过延伸管网、建设一批集中供水工程等，解决了这些人的饮水安全问题，超额完成年度目标任务。

湖北还组织编制了全国唯一的农村饮水安全精准扶贫专项规划，同时，要求市县统筹整合财政涉农资金，优先保证农村饮水安全精准扶贫项目建设投资。“十三五”头三年，全省明确集中力量全部解决 242 万人建档立卡贫困人口的饮水安全问题。

脱贫攻坚，不落一人！这是硬任务，不打任何折扣。“我们将对农村饮水安全精准扶贫剩余任务进行逐年分解，各地要做好前期工作，尽快开工建设。”陈建华说。

从示范创建到长效运行
管理提升保障饮水长远安全

只有理顺体制机制，才能打好持久战，提供更加洁净的饮用水。

从 2016 年 11 月起，为期两年的湖北“百佳十优”农村水厂创建活动浮出水面。湖北将从 1 万余家水厂中评选出“百佳十优”示范农村水厂，从组织管理、运行管理、安全管理、经营管理、文明创建等方面综合考评。

早在“十一五”规划中，就确立了“大水厂、大水源、大投入”思路的黄梅县，如今建成“千吨万人”规模水厂 10 座，集中供水受益人口比例由 2005 年的 33.79%提高到 2015 年年底的 91.08%，农村饮水安全工作走在全省前列。

这一次，黄梅县特别提出对获县级优秀、省百佳、省十优的水厂分别给予 5 万元、10 万元、30 万元的现金奖励。这项决定极大地提高了各水厂参与“百佳十优”创建活动的积极性。

其中，努力打造成一座规模化、信息化、现代化花园式水厂的小池水厂便是创建试点。网格絮凝、斜管沉淀、沉淀滤池、清水池……小池水厂通过先进的制水工艺、齐全的设备配置，将处理后的清水向小池镇输送，惠及 15 万人。在水厂中控室，只要轻点鼠标，从引水到制水、用水的全过程均可实时监测，大屏幕上数据一目了然。

信息化，有效提升科学管理水平。据悉，湖北将继续推进县级农村饮水安全信息化试点工作，完善省级信息化管理平台，争取早日实现县级平台与省级平台互联互通。同时，联合武汉大学研制开发省农村饮水安全精准扶贫信息管理系统平台。

管护是长效运行的关键一环，规模化发展也带动着专业化管理、企业化运营。目前，各县市区明确了农村饮水安全工程建设管理机构，蕲春、麻城等35个县市成立县级供水服务公司或总站；安陆、黄梅等88个县市出台工程运行管理办法；应城、松滋等79个县市落实维修养护资金。

实践证明，“大水源、大水厂、大覆盖”思路拓展了农村供水市场，解决了更大范围的农村供水问题。规模化供水在水源、水质、长效运行上更加可靠，正在显示其旺盛的生命力。截至2015年年底，全省农村供水“千吨万人”以上水厂826处，覆盖全省近60%人口。

湖北饮水安全路线图已清晰呈现。湖北省委省政府高度重视，去年年底专门出台《关于巩固提升农村饮水安全工作的意见》，成为当前和今后一个时期巩固提升全省农村饮水安全工作的指导性文件。大幅度提高农村供水水质保障程度，不断健全农村饮水安全工程长效运行机制，湖北省农村饮水安全工作继续保持全国第一方阵。

农村饮水安全工作永远在路上，没有终点。在陈建华看来，湖北农村饮水安全仍面临诸多短板，正处在爬坡过坎、巩固提升的关键期，其有序推进的每一步，都考验着水利人的情怀、责任和担当。敢于打硬仗，敢啃硬骨头，湖北“村村通自来水，人人饮放心水”的目标正在逐步实现。

《中国水利报》　2017年5月11日

记者 赵建平 滕红真 熊渤 胡顺华

安全饮水润泽大民生

解决农村200万人安全饮水问题，在今年继续写入政府工作报告。

这是个备受关注的民生话题。省人大代表、应城市郎君镇上周村村支书陈小菊说，在她所在的郎君镇，安全饮水工程的实施不仅使群众的饮水安全得到保障，减少了结石等病的发病率，也推动了农村生活环境的改善。她希望安全饮水能够在农村加速覆盖："我是在应城黄滩镇沿河村出生的，那里的村民到现在还没喝上安全饮用水。政府一直在努力，周边一些村已启动了，我非常期盼乡亲们早日用上安全的自来水。"

"京山虽有水库，但东南部一直缺水。"省人大代表、京山县县长魏明超也呼吁，加快推进鄂北水资源配置（二期）工程项目建设，京山近20万人有望从中受益。

湖北日报全媒记者从省饮水办了解到，去年，我省通过实施巩固提升工程，解决408.74万农村居民的饮水安全问题，其中，有66.09万建档立卡贫困人口，超额完成省政府去年初提出的惠及200万人的年度目标任务。全省农村供水工程运行管理不断强化，"百佳十优"农村示范水厂创建活动成效初显，农村饮用水水源保护范围划定工作步伐加快，供水水质达标率较上年提升了8个百分点。今年，我省将加快构建"城乡联网、区域联供、集中为主、分散为辅、质效双提、全域安饮"的新型农村供水格局，为农村群众提供更足量、更安全、更有保障的饮用水。

值得一提的是，今年完成新增200万人的农村饮水安全巩固提升任务后，全省剩余的55万建档立卡贫困人口的饮水安全问题将全部解决。

《湖北日报》 2018年1月26日

记者 梁晓莹

湖北农村供水的蜕变之路——

规模更大　标准更高　服务更好

近日，湖北省荆州市洪湖市西部中心水厂新建工程项目现场，厂区主体工程建设正在进行。

这是一个“九合一”项目，建成后洪湖市西部原有的9个乡镇水厂将变身加压站，46.5万居民全部使用西部中心水厂供水。洪湖市水利和湖泊局副局长陈勇兵介绍：“西部中心水厂规划日供水能力10万吨，小水厂变大水厂，不仅能改善制水质量，也更方便管理。”

建设一批区域供水规模化工程，推进一批城乡供水一体化工程，新建一批骨干水源工程、调水工程，标准化更新改造一批老旧供水工程和管网……在总体实现现行标准下农村饮水安全全覆盖后，湖北以农村饮水提标升级工程为依托，明确2020—2022年启动79个城乡供水一体化、区域供水规模化等项目，总投资91亿元，计划改善农村供水人口1000万人，有效推动全省农村供水进入高质量发展阶段。

方向——供水工程提标升级

“以前1个季度就要换1次滤芯，井水不但浑浊，还有一股土腥味。”黄冈市英山县石头嘴镇毛坳村村民高庆红拧开水龙头，清亮的自来水哗哗流进洗菜盆，“现在水都是甜的，再也不用去打井水了。”高庆红家的用水变化，源自上游西河中心水厂的投用。作为鄂东大别山片区疫后重振补短板农村饮水提标升级工程，也是2021年首个竣工项目，西河中心水厂日供水能力从7000吨提升至5万吨，受益人口从6万人增至21.2万人。高庆红与21.2万人一道共享了英山城乡供水一体化项目工程带来的便利。

英山县水利和湖泊局副局长马峰介绍，截至目前，英山县城乡一体化供水项目工程已完成超50%。这座水厂将和该县3座“千吨万人”以上规模水厂连接成网，覆盖全县。

一体化供水意味着更优质的水源能更稳定地造福更多群众。在咸宁市通城县沙堆镇湾船嘴村，已废弃的沙堆水厂里，一个日处理650吨水的大水罐锈迹斑斑，距离水厂50米开外，则是沙堆镇2万多人曾经的饮用水水源地，也是原沙堆水厂的取水处——蜿蜒经过村落的沙堆河。

沙堆水厂对面开着一家“宋氏中医馆”，店主宋再学夫妻曾对吃水问题有诸多抱怨：“一下雨都是黄泥水，吃水、煎药都得去镇里买桶装水，或者去村里老井挑水。”

如今，沙堆镇被纳入通城县龙潭供水改扩建工程供水范围，通城县水利和湖泊局党组书记、局长吴彤介绍，龙潭水厂改扩建后，日供水从1600吨增至1.4万吨，管网覆盖从1个乡1.2万人到打破行政区划，全面解决10多万人“喝好水”的问题。“下雨天也能用上好水，再不用去买水了。”家里通了长期保持Ⅰ类水质的龙潭水库水，宋再学夫妻赞不绝口。

在英山，城乡供水一体化项目完工后，100%的城镇居民和75%的农村人口饮用水将实现“同质、同网、同源、同服务”；在黄石经济技术开发区铁山区，依托于城乡饮水一体化工程启动的大王、太子片区149公里供水管网，已于2021年1月安装完成，受益人口达11万人；在洪湖，近500公里的管线延伸覆盖9个乡镇，将单一水源供水变为取用长江水为主、原水源备用的双水源供水……

从山区到丘陵到平原，湖北省农村供水规模化程度近年来一直呈递增之势，三大区域万人工程覆盖人口占比分别为42.92%、81.27%和97.62%，平原地区已基本实现农村供水规模化。

“湖北已经形成规模集中为主、小型分散补充的农村供水格局。”省农村饮水安全保障中心主任陈建华说，截至2020年年底，全省农村规模化工程供水人口比例达77%，超全国平均水平约10个百分点。按照湖北“十四五”农村供水保障规划，到2025年年底，全省农村规模化工程供水人口比例将达85%以上。

专业——管护规范服务优良

新建、改扩建工程往往需要更尖端的技术、更先进的工艺。在通城县龙潭水库边，山碧草青一片葱茏，刚投入运营的龙潭水厂如花园般小而精致。制水现场，项目经理唐爱兵指着一格接入 6 根管道、清水不停翻滚的水池介绍，这里使用了射流曝气机，通过加压加气，能使原水和消毒药物混合更充分，从而缩短絮凝时间。

“水质越好，絮凝难度越大。龙潭水库水质长期保持在Ⅰ类，使用新工艺，能大幅度提高絮凝效率。”唐爱兵说。

新建成的现代化农村水厂都具备制水工艺先进、自动化程度高的特征。工作人员只需在中控室，就能在线监测所有自来水评价参数，进行远程操作。

作为全国首批农村供水规范化水厂，已通水近 4 年的殷祖水厂目前日均供水量 16 万吨，使大冶城区及各乡镇 90 万人口受益，也因管理水平高、运作稳健，赢得良好的社会评价。水厂不仅在建设之初采用了当时国内最先进的设备、技术、工艺，还积极推进“智慧水务”建设，与王英引水工程信息系统对接，完善调度、监测系统，通过地下管线定位系统、信息处理系统等，尝试对用户信息跟踪定位，以科技手段弥补传统人工管理不足。

“因为管理规范、团队专业，我们水费征收率达 92%以上，供水矛盾小。”大冶市饮水办主任柯方明说。大冶市目前正推动乡镇供水站智慧管理建设，提档升级老旧管网，让殷祖水厂中控平台的实时监测网可以覆盖乡镇。

服务 16 万人口的洪湖市峰口水厂自 2016 年开放，每年邀请 3 批次约 40 名群众代表参观制水过程。水厂专门投入 1200 万元完成管网改造，畅通电子屏、微信公众号、短信、窗口等多种便民服务渠道，并建有一支服务 7 个乡镇的专业应急队伍。厂长常纪发颇为自豪地说：“我们队伍专业，大型设备、维修材料齐全，还能帮其他乡镇进行供水抢修。”

这批管理规范、服务优良的农村水厂，在全省起到良好的示范和带动作用。湖北农村供水规范化管理创建步伐稳健向前，也反映在农村居民的水费计收率上。截至 2020 年 12 月底，湖北省农村集中供水工程水费计收率达 94.8%，超过水利部下达目标 4.8 个百分点。

机遇——好水助推产业发展

在湖北省农村饮水提标升级工程受益户的家中，水泵闲置了，滤芯弃用了，水井“解放”了。农户对供水服务质量改善的满意程度溢于言表。

供水换成大水厂后，英山县石头嘴镇毛坳村的余修德也扩大了农家乐的经营规模。家里新增的两台大冰柜中，腊蹄、熏肉堆得满满当当。他说：“以前自来水经常停，也不敢多接客。现在水甜水足，做饭更好吃，也敢接生意了，一年能增加十几万元收入。”

生活用水需求满足了，激发了乡镇居民发展产业的积极性，地方的发展变化正悄然发生。

崭新的酒店、民宿，设置好的七彩滑道、悬崖秋千，正在建设的原子飞车、喊泉等游乐设施……咸宁市咸安区汀泗桥镇星星竹海风景区，陈家沟乡村振兴示范园已初具规模。“我们投资了5000万元，去年4月开工，今年暑假就准备开园营业啦。”项目负责人陈凯说，“以前不敢想，关键是没水，一直没做起来。”

风景区所在地季节性缺水问题严重，陈家沟村修建的蓄水池，无法支撑旅游产业发展。转机发生在花纹水厂的建成。作为湖北省首例高山提水供水工程，花纹水厂分四级完成总高差460米的高扬程提水，彻底解决了山区3个村、花纹居委会及星星竹海风景区1万人的饮水难题。

顺着山坡望去，密密匝匝的竹枝顺山势高低错落、绵延成海，竹叶在山谷中随风摇曳、沙沙作响。

提供更为安全、更有保障、更可持续的饮用水，是湖北农村饮水进入提标升级新阶段的目标所在。湖北省水利厅副厅长唐俊说，截至今年2月底，79个项目中完成前期工作的38个，开工29个，完工4个，改善供水人口157.03万人。

从“有水喝”到“喝好水”，湖北农村供水正在蜕变。

《中国水利报》 2021年4月22日

记者 孟梦 赵建平 熊渤

从“没水喝”到喝“安全水”

10 月 17 日，麻城市浮桥河湿地公园浮桥河村，年近六旬的村民王文权拧开水龙头，透亮的清泉哗哗直流，“今年大干旱，但几乎没停过水，要是以前就得到河里挑水了。”

浮桥河村离麻城市区几十里，属大别山区，几年前村民用水基本靠自打的井水。

2014 年，麻城大力推进农村饮水安全工程，实施规模化供水，建成浮桥河、三河口等规模水厂。仅浮桥河水厂，日供水 2.3 万吨，供水范围涵盖 5 个乡镇 174 个行政村，解决 24 万人饮水问题。新建的三河口水厂还收购了一些小型水厂，升级改造后，形成长藤结瓜式的水厂群，供水保证率大幅提高。

规模化、规范化供水还保障了水质。走进浮桥河水厂，湖北日报全媒记者看到，伴随着哗哗的响声，浮桥河水库的原水不断被抽进水厂，经沉淀池、吸滤池、消毒池等过程后，再输送到千家万户。水厂还配有专门的水质检测员，定期对水质进行检测。

武汉市新洲区刘集水厂日供水能力 2.5 万吨、供水人口 12.5 万，因良好的厂区环境被称为“花园水厂”。“水厂从水源抓起，严格管理每一个环节，确保供水安全。”10 月 16 日，刘集水厂工作人员介绍，水厂已建立起完善的水质监控体系，在举水河水源地，取水口设立了隔离围栏，在线监控系统 24 小时监控水质，并定期巡视水源地；在水厂，水质检测员每天对进入水厂的原水浑浊度、色度等指标检测一次，对出厂水相关指标再检测一次；在管网末端，每周还再检测一次水质，涵盖 10 项指标，同时新洲区相关部门也定期对水质进行检测。

省饮水办介绍，近年来，在实施农村饮水安全工程建设的同时，还大力提升水质保障能力。目前，我省已形成水厂自检、区域水质中心巡检、卫生疾控部门抽检为一体的农村供水水质检测体系。全省“千吨万人”以上集中供水工程基本完成水源保护区划定，绝大部分规模化水厂都已建立水质检测化验室，区域水质检测中心还对辖区内水厂进行全面巡检，确保百姓喝上放心水。

《湖北日报》 2019年10月29日

记者 祝华 通讯员 陈协清

157 万人喝上“品质水”，湖北农村饮水提标升级项目稳步实施

“十三五”期间，湖北农村饮水安全巩固提升规划任务全面完成，总体实现国家现行标准下农村饮水安全全覆盖，统筹解决了 711 万人饮水安全巩固提升问题，截至去年年底，湖北农村自来水普及率达到 94%。

近日，记者走访了湖北省内多个乡镇，感受用水保障提升带给当地的变化。

水质好不好　老乡来说道

“你看，这个水很清亮，夏天如果渴了，我们可以直接接水喝……”

高庆红是黄冈市英山县石头咀镇村民。去年年底，当地西河中心水厂建成通水了，包括石头咀镇在内的 4 个镇的村民彻底告别了靠井水过日子的生活。

“水厂的水好，我洗菜后的水还是很清澈。我们以前吃井水，有土腥味还有生锈味儿。”她一边洗菜一边对记者说。

英山县西河中心水厂

据了解，西河中心水厂是英山县城乡一体化项目的重点水厂，日供水5万吨，受益人口超21万人，去年年底建成通水。

新技术助力新水厂

西河中心水厂侧向流A型斜板沉淀池

要得到乡亲们的点赞，光靠好水源是远远不够的。西河中心水厂采用了多项先进的制水工艺，其中最值得称道的便是采用了全省首创的侧向流A型斜板沉淀池。

该水厂技术负责人李坤明介绍，侧向流A型斜板沉淀池最大的优点是将泥土和水分流。除此之外，水厂还设置了气水反冲洗滤池等设备，所有参数都实现了在线监测，制水工艺和自动化程度均位于全省前列。

在咸宁市通城县，今年年初刚刚投入运营的龙潭水厂的源水入水口，6台类似小喷射机的机器正在不间断工作。现场负责人唐爱民介绍，这款机器名叫射流曝气器。

"制水有一个特点，浊度越低，难度越大。因为我们水库水质比较好，所以我们用了这个设备，它能将源水和消毒药物充分搅拌混合产生效应。"他介绍。

据了解，目前，全国范围内评价农村饮水是否安全有四项指标，分别为水质、水量、用水方便程度以及供水保障力度。在黄石大冶市殷祖水厂的监控室，工作人员向记者全流程演示了水池冲洗操作过程。作为全国首批农村供水规范化水厂，殷祖水厂已通水近4年，目前日均供水量为16万吨。不论是新管网还是旧管网，均实现了24小时在线实时监测。

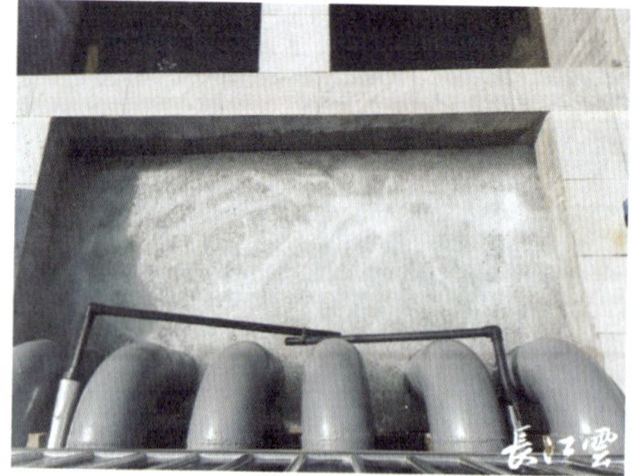

正在运行的射流曝气器

正是有了新技术的助力，“十三五”期间，湖北省农村饮水安全巩固提升规划任务才得以全面完成。根据省水利厅提供的数据，截至去年年底，湖北农村饮用水水质达标率为87%，超全国平均水平10个百分点。

大冶殷祖水厂监控室

湖北省水利厅副厅长唐俊介绍，去年，湖北省委、省政府又将79个农村饮水提标升级项目纳入全省疫后重振补短板三年行动方案，计划改善农村供水人口1000万人。截至今年2月底，已改善供水人口157.03万，占计划规模的14.65%。

新水厂迎来新期待

午饭后，咸宁市通城县沙堆镇老中医宋再学开始为患者煎药。下雨天用自来水直接煎药，这在过去是不可想象的。谈起过去水厂的水质，宋医生的回答逗笑了记者。

“哎呀……不下雨的时候还好，下雨的时候全部是黄泥巴水，用不了，只能买桶装水煎药。”他说。

今年55岁的宋医生，从18岁开始在父辈那里学习中医到现在，经历过泉水、河水、井水、自来水煎药的转变。现在用水有了保障，他最想做的事儿就是多帮帮乡亲们，再多收几个徒弟。

距离宋氏中医馆100公里开外的咸宁市咸安区汀泗镇同样有了新的期待。伴随着当地水厂改扩建工程的完工，一个集采摘、游乐设施、民宿为一体的乡村游综合体正在开展，计划今年暑期投入运营。

项目投资人之一陈凯是当地土生土长的村民。他告诉记者，过去全家人一直在沿海发展，打拼多年，有一定积累后，一直想着如何回乡创业并回馈家乡，无奈这里过去是一块“靠天吃水”的地儿。

建设中的乡村游综合体项目

“我们这里以前是靠天吃饭。刚好建水厂，不然我们建设好了，没水也是没用的。其实我们早就想开发了，就是缺水。”

和城市相比，农村还面临春节等长假用水压力骤增的现象。将小水厂合并成大水厂，这是洪湖市开展农村饮水安全巩固提升工作的“主抓手”。

洪湖西部水厂新建工程项目现场

在当地西部水厂新建工程项目现场，工人们正在按计划有条不紊地进行施工。洪湖市水利和湖泊局副局长陈勇兵介绍，这个水厂建成后，日供水能力将达到10万吨，可供周边9个乡镇近47万人同步使用。今年，这里“一镇一水厂”的现象将得到改变，一些急需用水的产业项目也将彻底“解渴”，制水质量将大大提高。

2022年年底，79个农村饮水提标升级项目将全部实现通水

一个个提标升级项目的实施，带来的不仅仅是更安全的饮水保障，还有大家对未来生活的美好期待。湖北省农村饮水安全保障中心主任陈建华介绍，今年这79个农村饮水提标升级项目将全面启动，2022年年底前全部实现通水。

“提标升级项目要适应新的发展阶段需求，要在一个区域内让工程体系与当地环境人口等要素协调，让水质更好、水量更早、饮水更安全以及更具可持续性。”

长江云　2021年3月30日

湖北之声记者 金若晗 熊渤 王晓 孟梦 包严方

责任编辑 徐珊珊

湖北率先实现饮水安全全覆盖

小小一滴水，关乎大民生。北望秦巴、西越武陵；东跨大别山脉，东南接幕阜，荆山楚水，哪里都有湖北省农村饮水安全保障中心的足迹。

从悬崖绝壁处凿水、钻深井解千年渴、深山飞线引清泉……他们以“敢叫日月换新天”的豪情，以“不破楼兰终不还”的壮志，在难中之难、艰中之艰中破局。

从“有水喝”到“喝好水”，湖北农村安全饮水工程实现从“面的覆盖”迈向“质的提升”，成为群众受益最直接、受益人口最广的民心工程之一。截至2020年年底，全省共建成各类农村饮水安全工程28万余处，供水人口4369.97万人，农村集中供水率、自来水普及率和规模化供水人口占比分别达到96%、94%和77%，分别超过全国平均水平8、11和26个百分点。湖北省农村饮水安全工作位于全国第一方阵。

钻深井、凿绝壁、架飞线
湖北率先实现饮水安全全覆盖

水，关乎生存。

靠天接雨水，就地挖窝蓄水，入天坑赶水，到十里开外背水，等政府送水吃……保康县马良镇赵家山村的村民们，怎么也没有想到，祖祖辈辈延续下来的引水方式，会在这一代终结。

地处鄂西北深山腹地的保康县，七成以上地区属喀斯特地貌，山高坡陡，地下溶洞暗河遍布，难以涵养水分，人畜饮水异常艰难。

今年77岁的周祥虎老人至今记得，40多年前，他在一个渗水的泥坑旁等了整整一夜，才挑回两担水。“浸水坑必须要等到它流一点出来，你才能挖得到水，有一瓢就挖一瓢。我们这里吃的什么水呢？桶桶是脏水。”

而现在，拧开水龙头，烧一壶开水，泡上自己种的高山茶叶，就是赵家山村村民待客的标配。“这个水，又清又甜。”周祥虎说。

这是湖北解决农村饮水安全的一个缩影。

脱贫路上“一个都不能少”，为全面解决贫困人口饮水问题，摸清家底，湖北省农村饮水安全保障中心多次组织开展现状与需求调查，逐县逐项对接，联合6个省直部门编制《湖北省农村饮水安全巩固提升工程“十三五”规划》，还同步编制了全国唯一的省级农村饮水安全精准扶贫专项规划。

2017年，地质专家在赵家山村郝家冲探明喀斯特地貌地下河走向，在省水利部门指导下，大型钻机、空压机24小时作业，4月12日，当钻井深度达到483米深时，震耳欲聋的欢呼声压过大型机械的轰鸣，直冲云霄。

一泓清泉缓缓流出，在喀斯特地貌区打井取水这一世界性难题，自此改写。

荆楚大地上的奇迹，并没有就此止步。2018年10月31日，恩施州屯堡乡田凤坪村，通过吊篮运输，在500多米高、1000多米深的高山绝壁中取得生命之水；2019年6月2日，经过一年的施工，单跨1480米，最大悬空高度600多米的“龙池飞线”，横跨万丈河谷，引清泉至长阳土家族自治县龙池村的院坝屋头……

经过三年的持续攻坚，湖北提前两年完成242万建档立卡贫困人口饮水安全保障脱贫攻坚任务，率先一年实现国家现行标准下省域4369.97万农村人口饮水安全全覆盖。

山泉水、兴产业、润民心
“幸福水”浇灌美好未来奔小康

水，关乎发展。

湖北省水利厅将农村饮水安全脱贫攻坚作为水利扶贫头等大事、头号工程，精心谋划，严密组织，建立厅级领导联系贫困县和分片包干联络机制，对口跟踪，严“督”实“战”。

解决了用水之忧，恩施屯堡乡田凤坪村这座风光旖旎的小村庄，像是被唤醒一般。绝壁栈道、龙头岩等惊险刺激的景点吸引了众多游客观

赏，国道沿线的村民办起了农家乐，纷纷吃上“旅游饭”，再不用担心因缺水而被迫停业。

有了山泉水的灌溉，赵家山村的线椒、烟叶套种蔬菜、软籽石榴……一朵朵曾经只在梦里出现的“致富花”，竞相盛开。2019年，赵家山村居民人均年收入突破1.5万元，仅果蔬种植产业便扩大至近3000亩，村集体经济收入逾30万元，富裕康乐的生活，稳步而来。

十堰市房县4年内，兴建农村集中饮水工程308座，分散饮水工程870处，供水规模达5.71万吨/日，受益易地搬迁小区682个，解决了40.06万农村人口吃水难题。村民们用上清洁自来水，劳动力从挑水、担水中解放出来，外出打工增加收入，平均每年实现劳务收入18亿元，14.05万贫困农村人口甩掉贫困“帽子”。

有了水源的保证，产业活了、环境美了，人气越来越旺，村民奔小康的步伐不断加快，乡村振兴也铺开斑斓画卷。

去年10月，在湖北省政府新闻发布会上，省水利厅副厅长唐俊介绍，2016年以来，已累计争取中央投资11.66亿元，落实省级预算内补助资金11亿元，省级转贷市县政府债券额度19.95亿元，争取省政府明确从易地扶贫搬迁专项资金中统筹解决易地扶贫搬迁贫困人口饮水安全问题。在投资安排上，重点向37个贫困县倾斜，共安排中央和省级补助资金15.51亿元，占比68.45%。

2020年是湖北历史上极不平凡的一年，战疫、战洪、战贫三战叠加，挑战前所未有，斗争艰苦卓绝。省农村饮水安全保障中心第一时间启动应急响应机制，全体党员闻令而动、向险而行、恪尽职守，督促各地成立农村供水服务保障工作队1132个、10729人，累计抢修抢险6700多次，确保全省农村供水总体平稳有序。国务院联防联控机制新闻发布会专门介绍了湖北农村抗疫情、保供水的做法和成效。

固底板、补短板、锻长板
谱写湖北高质量发展水利新篇

水，关乎未来。

在黄石经济技术开发区铁山区大王镇上堰村，几乎家家户户都安了净水装置，“没办法，我们这里的水含钙高，容易得肾结石，不过滤根

本不敢给娃娃喝。”村民程良文介绍。

但今年程良文家的滤芯却闲置了。这变化，缘于黄石经济技术开发区铁山区大王、太子片区二级管网建设项目，让村里的村民用上了和大冶市一样的王英水库的库水。告别高钙水，迎来甘甜水，健康有了保障，获得感、幸福感大大提升，群众交口称赞。

进入新时代，转变饮水安全建设管理的观念和模式，打破城乡供水二元结构、实现城乡供水同质同服务，已然成为百姓的新需求、新期待，也成为农村饮水安全工作的新使命。

我省坚持规模化供水的发展方向，持续在“建大、并中、减小”上下功夫，“十三五”期间，分散工程数量和供水人口锐减均超过70%。到2020年底，湖北农村规模化供水人口达77%，万吨级工程供水人口达50%。全省93个有农村饮水安全任务的县市区中，43个基本实现规模化供水。

“十三五”期间，全省累计投入资金95亿元，促成全省20个县（市、区）采取PPP、BT、BOT等模式融资20多亿元，建设运营水厂50多座，此外还统筹完成711万非贫困人口饮水安全巩固提升任务。

对照《农村饮水安全评价准则》全面评估，全省县城以下4369.97万农村人口饮水安全全部达标。2020年8月，全国脱贫攻坚普查结果显示，我省共入户调查114.66万贫困户，没有饮水安全无保障问题。

湖北省农村饮水安全保障中心主任陈建华表示，去年，省政府又将79个农村饮水提标升级项目纳入全省疫后重振补短板三年行动方案，总投资91亿元，计划改善农村供水人口1000万。

一处处农村供水工程，一汪汪挨家到户的清水，荆山楚水都听得见老百姓对“水龙头”的点赞声。

站在新的历史起点，湖北省农村饮水安全保障中心将重整行装再出发，在一轮轮固底板、补短板、锻长板，强管理中，为全面建成小康社会，实施乡村振兴提供有力支撑，为新时代湖北高质量发展谱写更绚丽的水利篇章。

《楚天都市报》极目新闻　2021年6月29日

记者 刘丁维　通讯员 熊渤 包严方

好水“自来”润农家

蓝顶白墙的龙潭水厂

洪湖市西部中心水厂取水口管道施工现场

蓝顶白墙的龙潭水厂于今年1月通水，通城10万农村人口饮水升级。

洪湖市西部中心水厂的取水口管道施工现场，工程总投资约3.12亿元，建成后日供水10万吨，可供周边9个乡镇近47万人同步使用。

“水龙头犯‘浑’的日子一去不返啦!”5月4日，咸宁市通城县沙堆镇湾船咀村的宋再学一把拧开厨房水龙头，清水哗哗流出。

持续提升农村饮用水质量，让农村居民从“有水喝”到“喝好水”。近年来，全省农村饮水安全工程不断“升级”。截至去年年底，我省农村自来水普及率已由2015年的79.1%提升到94.7%，高于全国平均水平。

《湖北日报》全媒记者从省水利厅了解到，去年，省委、省政府又将79个农村饮水提标升级项目纳入全省疫后重振补短板三年行动方案，从2020年到2022年，投资91亿元改善农村供水，涉及全省74个县市区1000万人。截至今年2月底，已改善供水人口157.03万人，宋再学和他的邻居们也是受益人群之一。

守牢源头好水
农家自来水更清了

风和日丽，咸宁市通城县四庄乡，群山环抱下的龙潭水库，一池碧水波光粼粼。

水库脚下是今年1月底改扩建通水的龙潭水厂，经管道流入制水车间的水库原水，清澈见底。

“水库水质长期保持Ⅰ类。”通城县水利和湖泊局局长吴彤介绍，龙潭水厂改扩建后，日供水能力从1600吨提升至1.4万吨，供水人口从通城县四庄乡扩至沙堆镇及隽水镇城区，受益人口超过10万人。

“水质好、水量足，工作生活都安心了。”家住通城县沙堆镇湾船咀村的宋再学，在村里开了一家中医馆，经常需要煎药的他曾饱受水之困。

宋再学家此前用的是沙堆镇老水厂的水，水厂就在家对面，但受制于水源和生产工艺，水质得不到保证，停水也是常有的事，彼时他得到几里远的镇上买桶装水。

今年以来，黄石经济技术开发区·铁山区大王镇上堰村3组村民程良文，也发现自来水清亮多了，“再也不用买自来水过滤芯了”。

程良文家自来水的变化，缘于黄石经济技术开发区·铁山区大王、太子片区二级管网建设项目，邻近的大冶市用上王英水库的水后，开发区·铁山区从大冶大箕铺镇自来水厂一路铺设了24千米管网，再通过新建125千米二三级供水管道，将好水一路送至太子镇樟铺、大王镇大港等49个行政村，受益人口11万人。

黄石经济技术开发区·铁山区农业农村局局长明复林介绍，此前，大王镇和太子镇居民自来水水源地为镇上的小水库，而王英水库总库容6.23亿立方米，“用水更有保障了”。

建大、并中、减小
规模化供水保障水质水量

洪湖市214省道双河村，西部中心水厂施工现场，打桩机发出阵阵轰鸣声。五一期间，施工仍在继续，现场施工人员告诉记者，正在对地基进行特殊处理，增强地基承载力。

洪湖市水利和湖泊局副局长陈勇兵介绍，这里正在新建一个日供水能力达10万吨的大水厂，投资约3.12亿元，从长江取水，水厂建成后，可供周边9个乡镇近47万人同步使用。“现在各乡镇水厂全部从东荆河取水，每年一到枯水季，东荆河出现季节性水量小、流动性差，导致居民家中水量小，甚至在高峰时停水。”

“仅是进水管就铺设了21千米。”陈勇兵介绍，新水厂选址在9个乡镇的中心地带，通水后，每个乡镇原有水厂将全部改造成加压站，成为西部水厂的“中转站”。

位于大别山南麓的英山县，大水厂的建设如火如荼。今年2月3日，西河中心水厂竣工通水，标志着总投资4.2亿元的英山城乡供水一体化项目工程进度量已完成一半。

据介绍，西河水厂将和该县3座千吨万人以上规模水厂连接成网，覆盖全县。届时，英山全部城镇居民和四分之三的农村人口饮用水将做到“同管、同量、同质、同安全”。

省农村饮水安全保障中心主任陈建华介绍，相比小水厂，大水厂总体规划更合理、制水工艺更先进，水质水量会更有保障，“像西河中心水厂改扩建后，日供水能力从 7000 吨提升至 5 万吨”。

全省农村饮水安全工程正由少到多、由小变大，其中“千吨万人”水厂 830 处，供水人口 3351.74 万人。值得一提的是，分散工程由 2015 年的 100.3 万处，锐减至去年年底的 26.51 万处，截至去年年底，湖北农村规模化供水人口比例高出全国平均水平 26.7 个百分点，我省提出的“千吨万人”规模供水基准划分标准已上升为国家标准。

在线监测生产
农村水厂迈向“无人工厂”

絮凝、沉淀、过滤……在英山西河水厂中控室，只要轻点鼠标，从引水到制水、用水的全过程均可实时监测。

“启动、操作，全部可以在中控室的电脑上完成。”水厂设计方、中南市政总院现场项目经理罗志宾说，制水车间是水厂的“心脏”，中控室就是水厂的“大脑”，一旦出现水质浊度、pH 值异常，电脑就会收到提醒，工作人员马上会远程处理。

信息化，提升水厂科学管理水平。

在大冶市殷祖水厂的中控室，一块 3 米多宽的巨大屏幕上，生产过程中运行参数和水质数据一目了然。

“除了监管生产安全，我们还能监控供水安全。”点开电脑，操作员胡清莹告诉记者，通过监控点水压、水量的数值，可以及时发现供水管道破损情况，并组织抢修。

“正在谋划乡村一级供水智能化改造，统一建设监测平台。”大冶饮水办主任柯主明说，不同于城市供水管道，农村自来水管网点多面广，铺设支线长，有些管线周边数公里无人居住。利用监控平台，能第一时间发现管道破损，及时检修恢复供水。

除了生产、供水自动监控，越来越多的新设备、新技术在农村水厂得到应用。

龙潭水厂今年刚刚投入运营，源水入水口 6 台射流曝气器正在工作。现场负责人介绍，制水工艺中，浊度越低，难度越大，运用新设备能再缩短三分之一的沉淀时间。

“确保饮水工程长久发挥效益，助力乡村振兴。”湖北省水利厅副厅长唐俊介绍，目前，我省计划总投资 91 亿元实施的农村饮水提标升级工程已完成投资 11.08 亿元，79 个项目将于今年年底全部开工，确保千万农村居民饮水再升级。到 2025 年年底，计划实现农村规模化工程供水人口比例达到 85%以上，农村集中供水率达到 98%以上，自来水普及率达到 95%以上的目标。

《湖北日报》　2021 年 5 月 6 日

记者 艾红霞　通讯员 熊渤 王晓 何明亮

我省再投 91 亿元让农民喝优质水

民以食为天，食以水为先。为了让农村群众喝上放心水，我省水利部门全力攻坚，确保不漏一户、不落一人。目前，已全面解决 242 万建档立卡贫困人口饮水安全保障问题，统筹解决 711 万非贫困人口饮水安全巩固提升问题，总体实现农村饮水安全全覆盖。

省水利厅副厅长唐俊介绍，截至 2020 年年底，全省农村集中供水率、自来水普及率、水质达标率和规模化工程供水人口比例分别达 96%、94%、87%、77%，均超全国平均水平 10 个百分点左右。

去年，省政府又将 79 个农村饮水提标升级项目纳入全省疫后重振补短板三年行动方案，计划总投资 91 亿元，改善 1000 万农村人口供水。

“人在家中为水愁”已成历史

“听水响，看水流，人在家中为水愁。”3 月 26 日中午，咸宁市通城县沙堆镇湾船咀村的宋再学夫妻，忙着准备一家人的午餐，趁着择菜的空当，跟极目新闻记者聊起之前家里的吃水难题。

宋再学的一番话不假，他们家老宅就在隽水河的支流边，开门即见流水。但受制于老水厂的取水水源和生产工艺，村民们虽然有自来水可用，但水量时大时小，一到下雨天，拧开水龙头出来的竟是黄泥水。

“放一晚上再烧，水里都是一股子土腥味，又苦又涩口。”宋再学不禁皱起眉头。按照当地人的说法，老水厂的一体化净水器是“上面一层水，下面一层泥”。更为难的是，宋再学开着中医馆，少不了烧水熬药，每逢无水可用或水质不达标时，宋再学一家只能用井水作为生活用水的补充，再从相隔几里远的镇上买桶装水熬药。

2020 年，湖北省开始实施农村饮水安全补短板，一方面开展农村规模水厂建设和改造；另一方面在规模水厂覆盖不到的贫困村、山区村、边缘村，兴建或改造小型集中供水工程，宋再学再也不用去镇上买水了。

饮水安全首先要有优质水源，通城县将长期保持Ⅰ类水质的龙潭水库作为水源，保障农村居民“喝好水”，先后完成龙潭供水改扩建工程、6处小型集中供水工程、9处管网延伸工程和19处小型集中供水改造升级工程。

大冶大王店镇上堰村3组村民程时杰，也是农村饮水安全补短板提标升级工程的受益人。“我们这里的水含钙高，好多人都有结石，听说给我们接王英水库的水，村里的人可高兴了，埋水管的时候都腾地支持。”程时杰开心地说。

极目新闻记者了解到，湖北是2018年全国首批完成农村饮水安全脱贫攻坚任务的6个省份之一。去年8月，全国脱贫攻坚普查结果显示，我省共入户调查114.66万贫困户，饮水安全均有保障。

全自动“黑灯工厂”送水大别山

拧开水龙头，看着清澈的自来水哗哗流进洗菜盆，英山县石头咀镇毛坳村1组村民高庆红说：“我们现在喝的水是甜的，房子、院子里都接了水龙头，再也不用去打井水了。”

放在一年前，她想都不敢想。那时候，虽然村里通了自来水，但是水压不稳，时有时无。她雇人在自家院子里打了一口井，安装了水箱，还准备了两个蓄水桶。

“不仅仅是这样，我们这里家家户户都装净水滤芯，一个季度用一根，为了用水，真的是费尽心思。”高庆红说，现在好了，洗菜、淘米，在厨房里一步到位。

高庆红的舒心生活，靠的是上游的西河中心水厂。作为大别山首个提标升级项目，英山县西河中心水厂采用全自动化生产体系，所有的制水设施都能远程操作、监控，不需要人工现场操作，是全省制水工艺最先进、自动化程度最高的现代化农村水厂。

“员工都在中控室呢，所有的制水设施都能远程操作、监控，不需要人到现场。”水厂项目设计方、中南市政总院现场项目经理罗志宾介绍，这里相当于“黑灯工厂”。

英山县水利局局长胡卫东介绍，西河中心水厂总投资 2.59 亿元，铺设主干管道 43.94 千米，日供水 5 万吨，受益人口 21.16 万人。

“截至 2020 年年底，湖北建成各类饮水安全工程 28.71 万处，规模化供水人口比例高出全国平均水平 26.7 个百分点。”省饮水中心主任陈建华介绍，我省提出的“千吨万人”规模供水基准划分标准已上升固化为国家标准。

再投巨资改善农村 1000 万人用水

喀斯特地质造就了一个个鬼斧神工的自然奇观，同样因为喀斯特地质，咸宁市咸安区汀泗桥镇花纹山区多年饱受季节性缺水的困扰。

居住于此的尤福全，曾花 5 万元打了一口井，因出水不足被家人责备许久。

“解水之困，不漏一村、不落一户、不少一人！”这是湖北农村饮水安全的目标。目前，新建花纹水厂，彻底解决了花纹山区星星、垅下、大坪 3 个村、花纹居委会及星星竹海风景区共计 1 万人的饮水问题。通过四级提水，让山上的村民和山下的村民一样，用上同质同量的自来水。

一泓清水不但极大地提高了农村人口的生活质量，还引来了投资。3 月 27 日，在咸安区汀泗星星竹海风景区，陈家沟乡村振兴示范园项目正在加紧建设。该项目总投资 5000 万元，集游乐、健身、餐饮、住宿为一体。项目负责人陈凯是本地人，从小喝蓄水池里的水长大。一家人长期在深圳经商，早就看好家乡的山水旅游资源，怎奈村子山高水低，一直下不了投资的决心。

“通水后，我们的项目就马上开工了，还吸纳了 30 名村民就地务工。目前示范园建起来了、酒店和民宿也已完成建设，目前就等着暑假开园迎客啦。”陈凯说。

去年，省委、省政府将农村饮水提标升级工程纳入疫后重振补短板强功能“十大工程”三年行动方案，明确 2020—2022 年启动 79 个城乡供水一体化、区域供水规模化等项目，总投资 91 亿元，计划改善农村 1000 万人供水条件。截至今年 2 月底，湖北省农村饮水提标升级项目已筹措到位资金 18.66 亿元，完成投资 11.08 亿元，改善供水人口 157.03

万人。

行走在荆楚大地，洪湖西部水厂新建工程、咸安区规模化的桂花水厂等一批新建农村饮水安全新项目正如火如荼地建设中。从时常没水到随时用水，从吃浑水到吃好水，越来越多的人正因用水无忧而享受生活。

《楚天都市报》极目新闻　2021年4月6日

记者 刘丁维　通讯员 王晓 孟梦 包严方

湖北今年计划实施40个农村饮水提标升级工程项目，让更多农村居民喝上“放心水”

记者日前从湖北省农村饮水安全保障中心获悉，今年湖北将组织实施40个农村饮水提标升级工程项目，帮助更多农村居民喝上“放心水”。

一大早，宜昌枝江市仙女镇桃店村村民朱家玉就来到自来水公司服务大厅，用水费卡“刷卡”充值。她笑呵呵地对记者说：“现在管水员相当负责，随时喊随时到，哪里漏一点水都是趴在地上检查，挖洞进去修理，确实很辛苦。”

工作人员在检修水管　　（周燕琼　供图）

朱家玉所在的桃店村是几个乡镇的交界村，由于处在水厂管网末端，过去供水得不到保障。从之前频繁投诉缺水到理解管水员的辛苦，村民态度的转变，得益于宜昌从2017年开始持续推行的农村供水公司化改革。

为了确保用水安全，宜昌在每个县市区都建立水质检测中心。宜昌枝江市农村供水中心检测人员王玉祝介绍，位于胡家畈水厂的水质检测中心更是设了水厂质检、水质检测中心巡检和卫计部门抽检三道防线，保证村民喝到“好水”。

截至目前，宜昌农村供水公司化改革已覆盖农村人口 123 万人，自来水普及率达 91%，实现了农村供水“统一设计、统一建设、统一管护”的目标。

位于黄冈市英山县的农村饮水提标升级工程项目

湖北省农村饮水安全保障中心透露：宜昌“先行先试”的做法将逐步向全省推广。为持续提升农村饮用水质量，湖北从 2020 年开始计划 3 年投入 91 亿元，实施农村饮水提标升级工程，让农村居民从“有水喝”到“喝好水”。该项工程预计可惠及 1071.56 万人口。

湖北省农村饮水安全保障中心副主任熊渤表示，在 2020 年重点启动 11 个项目的基础上，抓紧组织实施 2021 年的 40 个农村饮水提标升级工程项目，同时继续健全农村饮水安全工程管理责任体系和制度体系，探索完善以城带乡、以大带小、购买服务、公司化改革等管理模式和方法。

湖北学习平台　2021 年 1 月 15 日

作者 金若晗

党旗猎猎淬初心　清水汩汩送农家

——湖北省农村饮水安全保障工作纪实

全国农村供水规范化水厂大冶市殷祖水厂设计日供水能力 30 万吨，总投资 9.03 亿元，自王英水库引水（Ⅱ类水），是实施城乡供水一体化和推进农村饮水安全巩固提升的示范工程

枝江市胡家畈水厂优选水源、优化制水工艺，高质量建成具备 42 项指标检测能力的水质化验室

全国农村供水规范化水厂武汉市新洲区刘集水厂，是湖北省农村饮水安全工程标准化、规范化、专业化、精细化管理的范例

花纹水厂是咸宁首座高扬程供水水厂，供水净高差达到400余米，通过多级提水，实现高山稳定供水

蓝顶白墙的咸宁市通山县龙潭水厂，
从长期保持Ⅰ类水质的龙潭水库引水

今年春节前通水的英水西河中心水厂，
是黄冈市英山县城乡供水一体化项目的重要节点工程

治国安邦重在基层，党的工作最坚实的力量支撑在基层，最突出的矛盾和问题也在基层，必须把抓基层、打基础作为长远之计和固本之举。

6月28日，全国“两优一先”表彰大会在北京人民大会堂隆重举行，一批全国优秀共产党员、全国优秀党务工作者及全国先进基层党组织受表彰。

湖北省农村饮水安全保障中心党支部获全国先进基层党组织荣誉称号，是全国水利系统获表彰的两个基层党组织之一，也是湖北省直机关唯一的支部代表。

这既是一份至高的荣誉，也是沉甸甸的责任，更是一张实干的答卷。

饮水安全，关乎发展，关系人民群众的美好生活。湖北省农村饮水安全保障中心肩负着全省农村饮水安全工程规划、计划申报、工程建设和监督管理重任。

近年来，湖北省农村饮水安全保障中心党支部坚持以习近平新时代中国特色社会主义思想为指导，积极践行以人民为中心的发展思想，始终锚定“让农村人口喝上放心水”，为湖北全力打赢脱贫攻坚战、疫情阻击战、抗洪保卫战提供了有力保障与支撑，交出了一份份广受好评的合格答卷，多次获评“红旗党支部”“先进基层党组织”，并获得“湖北省首届人民满意的公务员集体”“湖北省抗击新冠肺炎疫情先进集体”“全国水利系统先进集体”等荣誉称号。

在湖北省农村饮水安全保障中心党支部的指导下，全省各地着力改善农村地区供水条件、创新供水模式，坚决贯彻执行党的路线方针政策，以超常决心、超常举措、超常力度，推动项目建设，农村饮水安全工程设施从无到有，群众取水从难到易，供水质量从差到好，一管管清泓汩汩流进农家，湖北农村人口实现了从“扁担挑水”到“水龙头一拧”的幸福演变。

关键时刻冲得上去，危难关头豁得出来。湖北省农村饮水安全保障中心党支部党员干部坚持下沉基层、奔走一线，化解农村饮水安全工作面临的资金缺口、管理困局等热点、难点问题，“十三五”期间，促成20个县（市、区）采取PPP、BT、BOT等模式融资20多亿元，建设运营水厂50余座，在工程建设资金筹措、体制机制改革等方面探索出“湖北经验”。

经过不懈努力，湖北省提前一年完成242万建档立卡贫困人口饮水安全保障脱贫攻坚任务，率先总体实现国家现行标准下省域4400万农村人口饮水安全全覆盖。眼下，湖北农村安全饮水工程正从“面的覆盖”迈向“质的提升”。

从“有水喝”到“喝好水”
——率先总体实现现行标准下“全覆盖”

饮水，关乎民生福祉，是党中央始终“放在心头”的一件大事。

20世纪初期，受自然、经济和社会等条件制约，农村供水设施普遍简陋，不少农村居民到小河、小溪、塘堰挑水喝，遇上干旱季节，则需要到更远的地方拉水、背水。

在平均海拔1200米、喀斯特地貌覆盖全域的保康赵家山村，吃水难、用水难曾是套在保康山区干部群众头上的一道“紧箍咒”。在农村饮水安全工程设施建成前，村民经常要步行十几公里到隔壁镇上挑水，每年干旱季节，村里一多半纠纷都和水有关。

“群众的急难愁盼，就是工作的指引。我们始终牢记初心使命，锚定目标任务，着力解决饮水安全这个人民群众最关心、最直接、最基础的民生工程。”湖北省农村饮水安全保障中心（以下简称“饮水中心”）党支部书记陈建华表示。

陈建华介绍，2005年以前，我省主要通过农田水利基本建设、以工代赈等方式，实施人畜饮水、防病改水和饮水解困等项目，重点解决农村人口“有水喝”的历史难题，从2005年起，湖北通过大规模实施农村饮水安全工程、农村饮水安全巩固提升工程，着力解决农村人口“喝好水”问题。

规划先行，谋定后动。

在深入基层调研、广泛征求意见的基础上，我省高质量起草并报请省政府出台了《关于巩固提升农村饮水安全工作的意见》，明确2019年底前解决953万人农村饮水安全巩固提升问题，优先解决建档立卡贫困人口中242万人的饮水安全巩固提升问题。

多次组织开展现状与需求调查，逐县逐项对接，饮水中心联合6个省直部门编制《湖北省农村饮水安全巩固提升工程“十三五”规划》，还同步编制了全国唯一的省级农村饮水安全精准扶贫专项规划。

攻坚克难，饮水安全不落一户一人。

几年来，饮水中心党支部党员干部坚持下沉基层、奔走一线，实打实调研督导、面对面排忧解难，饮水中心党支部组织对 89 个县建档立卡贫困人口饮水安全状况开展随机抽取、电话访谈、靶向核查工作，全方位推动各地切实巩固稳定农村饮水安全脱贫攻坚成果。

坚持局部与全域相统筹、精准扶贫与巩固提升相衔接，在不获全胜不收兵的坚定决心下，湖北省提前一年完成 242 万建档立卡贫困人口饮水安全保障脱贫攻坚任务，率先总体实现国家现行标准下省域 4400 万农村人口饮水安全全覆盖。

2020 年 8 月份，全国脱贫攻坚普查结果显示，我省共入户调查 114.66 万贫困户，没有饮水安全无保障问题。

2020 年是湖北历史上极不平凡的一年，战疫、战洪、战贫三战叠加，给农村供水特别是水量、水质和运行维护带来严峻的挑战。

兜牢民生底线，守护百姓幸福。饮水中心全体党员干部将党建与业务深度融合、一体推进，全力组织指导全省农村饮水安全部门坚守巩固饮水安全成果，仅是新冠肺炎疫情期间，湖北各地修订完善 836 处万人以上供水工程应急供水预案，累计开展应急抢修 6700 多次，顶住了大量返乡人员长时间滞留、饮用水持续处于高峰的压力，确保全省农村供水总体平稳有序。国务院联防联控机制新闻发布会专门介绍了湖北农村抗疫情、保供水的做法和成效。

凿绝壁、钻深井、架飞线
——找水路上涌现一个个超常规工程

民以食为天，食以水为先。解决好饮水问题，才能更好地为人民谋幸福。

“随时都有干净的自来水，不像以前一到干旱天气就要为水发愁。”6 月 26 日，巴东县茶店子镇朱砂土村三组脱贫户张绪成拧开水龙头，清澈透亮的自来水喷涌而出，哗哗流进菜盆。

巴东县茶店子镇位于武陵山连片特困地区，喀斯特地貌突出，山高坡陡，地下中空，全镇 32 个村都缺水吃。在没通自来水时，张绪成一家用水主要靠屋顶集雨。

张绪成一家能用上自来水，缘于巴东县实施的精准扶贫农村饮水安全补短板工程。

为解决当地村民吃水难题，巴东县水利局制定垂直升降机、履带车转运、绝壁操作平台组合式施工方案，在千米高山峡谷中铺设15.5公里输水管网。2019年9月，茶店子供水工程投入使用，茶店子集镇及周边14个村2.7万人告别“饮水难”。

咸丰县坪坝营镇因煤炭开采“捅漏了水井底子”，地表水下沉，河水流量逐年减少，水深由20世纪80年代的3米，“瘦身”为仅20厘米深的小溪，到2016年，除集镇外，大部分地区存在安全饮水问题。

“解渴”成为整个坪坝营镇居民的刚需，找水成为当务之急。

功夫不负有心人，2018年夏天，该县在坪坝营镇海拔1650米的“甲地”小团坝找到隐藏水源，经实地勘察后，工作人员发现如果从山上铺设管道引水至水厂，到了枯水季，还会出现供水不足的问题。

经过组织专家反复论证，一个“甲调乙蓄丙输”组团供水的新模式“浮出水面”——利用东西部扶贫协作资金，在水源地和水厂中间的“乙地”修建库容9.9万立方米的杭恩塘堰，利用塘堰调蓄，再输水至“丙地”梨树坝、大铧尖等5处水厂，项目建成后，坪坝营镇黄鳝坝、荀家营等19个村2.62万人的饮水安全问题迎刃而解。这个集体智慧碰撞出的全新供水模式，得到了国家相关部委的高度肯定。

一条条输水管道、一座座供水工程，连接着一张张幸福的笑脸。这背后，是党中央的英明决策、坚强领导，也是水利党员干部职工的辛苦努力、默默付出。

找水路上，一个个超常规工程在荆楚大地相继涌现。

2018年10月31日，恩施土家族苗族自治州屯堡乡田凤坪村，通过吊篮运输，在500多米高、1000多米深的高山绝壁中取得生命之水；2019年6月2日，经过一年的施工，“龙池飞线”通水，源自招徕河村陡崖上的山泉，通过供水管道越过大布滩河谷注入长阳县龙池水厂，经过净化处理后引到305户村民家，工程由两根钢丝绳和一根水管组成，两头“系”在大布滩河两岸的悬崖上，飞线单跨1480米，最大悬空高度600多米，单跨和悬空高度均为湖北省同类饮水工程之最……

用大水源、建大水厂、铺大管网
——农村规模化供水比例超七成

发展城乡一体化、规模化供水工程，用大水源、建大水厂、铺大管网，是持续稳定长久地保障农村饮水安全的有效途径。

距离黄冈市自来水公司三水厂9公里处，是刚刚完工的南湖供水加压站。

“供水管网铺设接近尾声”，自来水公司客户经理马继平说，黄冈市自来水厂的水在此中转加压后，将一路奔向浠水县巴河镇，让巴河镇58个行政村居民告别原来的小水厂，喝上长江水。

能延则延、能并则并，通过最大程度延伸城市供水管网，最小限度保留单村水厂，是湖北推行规模化供水的举措之一。

大别山南麓的英山县，城乡供水一体化项目工程进度已超过一半。

城乡共饮，源于2016年6月强降雨后暴露出的供水短板，水厂受损，供水中断，痛定思痛，大雨过后，英山县瞄准城乡供水一体化来“补短板”。在看过一体化初步方案后，陈建华建议该县根据地势便利，将农村和城区供水一并考虑，并先后10次到英山县现场调研，推动城乡供水一体化项目建设。

今年春节前夕，日供水5万吨的西河中心水厂竣工通水，为当地21.16万人口送上一份特别的新春礼物。7月8日，一体化项目中的另一节点工程百丈河水厂开工建设。按照规划，一体化项目中新改扩建的4座大水厂将连接成网，并和乡镇小型集中供水工程联通，让英山县全部城镇居民和四分之三农村人口的饮用水“同管、同量、同质、同安全”。

位于湖北中南部的洪湖市，一个“巨无霸”水厂正在推进——规划日供水能力10万吨的西部中心水厂建成后，洪湖市西部原有的9个乡镇水厂将被并为加压站，将西部水厂生产的自来水“中转”入户，46.5万人口的水源地从东津河变为取长江水为主、原水源备用的双水源供水。

能大则大，能并则并。规模化供水，意味着制水工艺更先进，水质水量更有保障。荆楚大地上，规模集中为主、小型分散补充的农村供水格局将更加完善。

目前，全省农村饮水安全工程正由多到少，由小变大，其中“千吨万人”水厂有830处，供水人口达3351.74万人。值得一提的是，分散工程由2015年的100.3万处，锐减至去年年底的26.51万处。

截至去年年底，全省农村规模化工程供水人口比例达77%，到2025年年底，这一比例将达85%。

从政府主导到多元投入
——拓展筹资渠道，破解资金难题

大水源、大水厂有效强化了供水保障，但农村居民居住分散，农村地势地貌复杂多变，导致农村水厂建设和管网铺设需要大手笔，全覆盖更需要大投资。

以不等不靠的决心和担当，湖北通过增加财政收入、争取专项债券、利用金融信贷、吸纳社会资本等多渠道筹资。

走进麻城市三河口水厂供水服务大厅，墙上一幅巨型水厂管网分布图引人注目，图上位于东北角的三河口水厂，全程自流一路向西南送水，一期工程日供水规模2.5万吨，满足37万城乡居民的饮水安全问题。

“水厂总投资约1.5亿元，中央和省级补助6000万元”，获得特许经营资质的麻城市润泉自来水有限公司负责人唐白浪介绍，“剩余大部分由我们投资。”

著名的将军县红安县大胆尝试，引入具有较强经济实力的水务公司，实现“政府宏观管理、群众普遍满意、公司市场获益”的共赢。如今，这家水务公司不仅承担着红安县最大的供水工程县南水厂的运行管理维护任务，同时还自投资金，对水厂进行升级扩建，确保供水效益，实现公司良性循环。

位于武陵山区腹地的来凤县，为彻底解决农村饮水安全问题，摒弃了小打小闹、低水平重复建设的做法，于2016年对乡镇水厂进行了统一规划——新建和改造水厂27个，铺设管网2600公里，实现农村安全饮水全覆盖。

愿望很美好，但算下来投资要3.7亿多元，山区财力不足，钱从哪里来？

为此该县大胆创新采取 PPP 模式，组建来凤县凤天水务投资建设有限责任公司，公开招标引入湖北水总水利水电建设股份有限公司作为社会资本方，双方共同组建来凤凤天农村供水有限责任公司具体运作。这也成为湖北省首个采取 PPP 模式解决农村安全饮水工程的项目，注册资本 1.125 亿元，其中湖北水总出资 51%，县政府出资 49%。项目资金缺口由湖北水总担保，通过银行贷款解决，项目惠及 28 万农村居民。

饮水中心积极鼓励有条件的县市走城乡融合、规模发展之路，力推“可信、可学、可复制”的来凤经验，鼓励各地吸纳社会资本进行饮水安全工程建设。近年来，已促成近 20 个县（市、区）采取 PPP、BT、BOT 等模式融资约 20 亿元，建设运营 50 多座水厂。

此外，2016 年以来，饮水中心党支部已累计争取中央投资 11.66 亿元，落实省级预算内补助资金 11 亿元，省级转贷市县政府债券额度 19.95 亿元，省政府明确用易地扶贫搬迁专项资金统筹解决易地扶贫搬迁贫困人口饮水安全问题。在投资安排上，重点向 37 个贫困县倾斜，资金占比约为 68.45%。

开动脑筋，拓宽思路，探索投融资体制改革，积极破解资金难题，湖北省在破解农村饮水安全工程巩固提升筹资难题上的有效探索，得到水利部的充分肯定。

保障机制不断完善
——工程管护有了“中枢系统”

农村供水工程点多面广，管护到位是确保工程持久发挥效益的关键。

信息化，提升水厂科学管理水平。

在大冶市殷祖水厂中控室的一块 3 米多宽的巨大屏幕上，生产过程中运行参数和水质数据一目了然。

“除了监管生产安全，我们还能监控供水安全。”点开电脑，操作员胡清莹说，通过监控点水压、水量的数值，可以及时发现供水管道破损情况，并组织抢修。

作为全国首批农村供水规范化水厂，已通水近 4 年的殷祖水厂一期工程目前日均供水量 18.2 万吨，覆盖大冶城区及各乡镇 60 万人口，也因管理水平高、运作稳健，赢得良好的社会评价。

水厂不仅在建设之初采用了当时国内最先进的设备、技术、工艺，还积极推进“智慧水务”建设，与王英引水工程信息系统对接，完善调度、监测系统，通过地下管线定位系统、信息处理系统等，尝试对用户信息跟踪定位，以科技手段弥补传统人工管理的不足。

“正在谋划乡村一级供水智能化改造，统一建设监测平台。”大冶饮水办主任柯方明说，不同于城市供水管道，农村自来水管网点多面广，铺设支线长，有些管线周边数公里无人居住。利用监控平台，能第一时间发现管道破损，及时检修恢复供水。

除了生产、供水自动监控，越来越多的新设备、新技术在农村水厂得到应用。

龙潭水厂今年刚刚投用，源水入水口有 6 台射流曝气器正在工作。现场负责人介绍，制水工艺中，浊度越低，难度越大，运用新设备能再缩短 1/3 的沉淀时间。

絮凝、沉淀、过滤……在英山西河水厂中控室，只要轻点鼠标，从引水到制水、用水的全过程均可实时监测。

“启动、操作，全部可以在中控室的电脑上完成。”水厂设计方、中国市政工程中南设计研究总院现场项目经理罗志宾说，制水车间是水厂的“心脏”，中控室就是水厂的“大脑”，一旦出现水质浊度、pH 值异常，电脑就会收到提醒，工作人员马上会远程处理。

“确保饮水工程长久发挥效益，助力乡村振兴。”湖北正立足长远，积极推动建立健全农村饮水安全管护责任体系和制度体系，并设立监督电话和电子邮箱，畅通群众监督投诉渠道，不断提升农村供水管理水平。

有水百业兴 ——“幸福水”浇灌美好未来

水，直接关系到人民群众的美好生活。

“水一通，日子好过多了”，自从有了自来水，家住通山县望湖村的吴明谷办起农家乐，他还盘算着把豆腐作坊规模再扩大，这在没水的年头想都不敢想。

在通城县关刀镇工业园里，新建成的厂房传来阵阵机器声，为保证工业园区用水，关刀水厂专门进行管网延伸和改造，县水利部门投入100多万元，从8公里外将自来水输送到工业园，2020年工业园已正式投产，入驻6家企业，年产值达1亿元。

汩汩流动的清泉，为群众致富、区域发展提供了水利支撑。

在咸宁市咸安区，花纹水厂彻底解决了花纹山区星星、垅下、大坪3个村及星星竹海风景区共计上万人的饮水问题，还引来了投资。在星星竹海风景区，陈家沟乡村振兴示范园项目正加紧建设。项目负责人陈凯长期在深圳经商，早就看好家乡的旅游资源，因为村子常年缺水，一直下不了投资的决心，“现在通了自来水，我们的项目正抓紧建设。”

十堰市房县4年内兴建农村集中饮水工程308座，分散饮水工程870处，供水规模达5.71万吨/日，受益易地搬迁小区682个，解决了40.06万农村人口吃水难题。村民们用上清洁自来水，劳动力从挑水、担水中解放出来，可以外出打工增加收入，平均每年实现劳务收入18亿元，14.05万农村人口甩掉了贫困“帽子”。

水润民心，福至万家。进入新时代，转变饮水安全建设管理的观念和模式，打破城乡供水二元结构，实现城乡供水同质同服务，已然成为百姓的新需求、新期待，也成为农村饮水安全工作的新使命。

征途漫漫、唯有奋斗。去年，湖北又将79个农村饮水提标升级项目纳入全省经济重振补短板三年行动方案，计划改善农村供水人口1000万。

固底板、补短板、锻长板，强管理，站在新的历史起点上，湖北省农村饮水安全保障中心将重整行装再出发，为实施乡村振兴提供有力支撑，为新时代湖北高质量发展谱写更绚丽的水利篇章。

《湖北日报》 2021年8月4日

策划 唐俊 统筹 熊渤 撰文 包严方

攻坚决战

湖北：破解大别山区饮水难题，助力脱贫攻坚

湖北省为解决国家连片特困地区、脱贫攻坚主战场之一的大别山区“水困”问题，通过采取规模化集中供水、升级改造水厂、打造供水新格局等措施，让大别山区百姓喝上了放心水，为脱贫攻坚提供了民生保障。

克服困难，不遗余力解决饮水安全问题

湖北省黄冈市按照能大勿小、能并勿分的原则，积极选取稳定的水源，建设了一批大规模水厂；覆盖不到的地方由小型分散工程作为补充，保证百姓喝上水、喝好水。

位于大别山南麓的黄冈市罗田县凤山镇的徐家河村是贫困村，共有73户建档立卡贫困户，以前喝水全靠下游的一个小水厂，水质不好且经常停水。

为解决饮水问题，罗田县和大别山区大悟县、红安县和麻城市以“大水源、大水厂、大覆盖”为思路，大力推进规模化集中供水，因地制宜地解决分散住户的饮水安全问题，让山区实现“好水长流”。

作为罗田县建设的大规模水厂，凤凰关水厂为徐家河村供水。凤凰关水厂管理规范，水处理各环节设备分布有序，控制室可以实时视频监控各道处理工序。

凤凰关水厂依托凤凰关水库取水，日供水能力达4.1万吨，为罗田县4个乡镇57个村共7万多名农村居民和35所农村学校2万多名师生提供生产生活供水，其中，贫困人口1.2万人。

大水厂规划更合理，水质水量更有保障，管护运营更专业，适合水资源丰富、人员分布集中的地区。

在规模上做文章，推进城乡供水管理一体化，罗田县的做法落实了

“十三五”之初湖北省确立的农村饮水安全工作的总体发展思路。经过几年的整体推进，规模化供水的效果在大别山区得到了肯定。

面对疫情，千方百计解决饮水问题

新冠肺炎疫情发生后，孝感市大悟县丰店镇凭借完成升级改造的丰店水厂，为疫情防控提供了坚强的保障。

丰店水厂于三年前完成改造升级，日供水量扩大到 2000 立方米。由于提前做好了应急预案，备足了消毒药品等物资，疫情期间，丰店水厂保证了丰店镇 9 个村 2 万人的用水稳定，其中包括 2800 个贫困户的日常用水。

大水源、大水厂有效强化了供水保障，同时也需要大投资。对此，湖北省在投资安排上给予倾力支持，各地区也开动脑筋，拓宽思路，破解资金难题。

久久为功，打造供水新格局

黄冈市红安县大胆尝试，引入万马水务公司，在实现“政府宏观管理、群众普遍满意、公司市场获益”的同时，巩固了当地脱贫攻坚成果。

从孝感到黄冈，如今自来水已流入农村千家万户，湖北省大别山区已成功破解饮水难题，当地生产生活条件得以改善。目前，大别山区已累计解决 285 万人的农村饮水安全问题，其中，包括建档立卡贫困人口 54 万，农村集中供水率达到 95.61%，自来水普及率达到 93.44%，较“十二五”末分别提高近 15 个百分点和 20 个百分点，农村饮水安全保障水平大幅提升。

无论是建设大水厂，还是联村供水、单村供水，共同的目标都是保障农村饮水安全不落一户不落一人，绝不让饮水安全保障问题影响脱贫攻坚成色。

在解决 242 万贫困人口饮水问题的基础上，2019 年年底，湖北省还使 711 万非贫困人口的饮水安全得到巩固提升，提前一年实现国家现行标准下农村饮水安全全覆盖。

顺势而为，放眼长远，湖北省着力人民群众对美好生活的需要，将脱贫攻坚成果和乡村振兴衔接，提出在全省打造构建“城乡联网、区域联供、规模为主、分散为辅”的供水新格局。目标的背后，是湖北水利人勇挑重担、创新攻坚的勇气和担当。

《人民日报》 2020 年 12 月 28 日

数据来源：水利部宣传教育中心

脱贫攻坚的铿锵足音

——从鄂西北秦巴山区水龙头看湖北省保障饮水安全新格局

秦巴山区，我国14个集中连片特困地区之一，贫困程度深，贫困人口多，脱贫攻坚任务艰巨。记者近日冒着高温来到鄂西北秦巴山区深度贫困村，感受这里因水龙头带来的一幕幕喜人变化。

“盼望已久啊！”两年过去，徐远昌仍然记得自来水从厨房水龙头一涌而出时的激动心情。

“再也不用到处找水了！”一年多前，搬入楼房的柯贤云第一时间拧开了新家的水龙头。

“水干净，好喝！”今年7月，借助提水泵站，家住山冈上的黄文珍圆了通自来水的梦。

……

作为湖北省饮水安全精准扶贫的难中之难、坚中之坚，从吃水难到不愁水，从吃上水到吃好水，鄂西北秦巴山区越来越多的贫困户因用水无虞而绽放会心笑容，过上更加美好生活的信心在他们心里愈发坚定。

啃这根“硬骨头”的过程，折射出湖北省近年来在农村饮水安全巩固提升工作中付出的不懈努力。瞄准精准扶贫主战场，以攻城拔寨的决心、务实重行的态度、因地制宜的举措，荆楚水利人在保障安全水、实现幸福梦的攻坚路上步履铿锵。

直面难中之难　重任担当扛起来

白云搭肩青山，碧水映照蓝天，拥有“武当山”“丹江水”“汽车城”三张耀眼名片的十堰市，是人们眼中那座风景秀美的魅力之城。然而，巍峨青翠的崇山峻岭之间，却是湖北省脱贫攻坚任务极为艰巨的深度贫困村，“听水响，看水流，人在山上为水愁”仍是一些高山贫困村的现实写照。

脱贫攻坚任务，不可谓不重：湖北省仅有的9个国定深度贫困县，5个位于十堰；全省37个贫困县，8个位于十堰；高达33.9%的贫困发生率。

安全饮水之战，不可谓不难：一些地区沟壑纵横，地形复杂，新建工程面临过桥、穿洞等施工难题；一些地区受制于自然、经济和社会条件，存在建设标准偏低、小型或分散供水工程偏多等问题；还有一些地区，水质保障程度不高，长效运行机制不完善，饮水安全成果还不牢靠……

聚焦脱贫攻坚、保障饮水安全有多难，荆楚大地上的干部群众就有多拼。“我们将优先解决贫困人口饮水安全问题作为重中之重的政治任务来抓。”湖北省水利厅厅长周汉奎说。

十堰市水利局局长余荣江一谈起农村饮水安全就感慨万千，他曾长期分管过这项工作，见证了全市农村饮水安全从无到有、由小到大的发展历程。他坦言，目前饮水不安全问题主要集中在一些贫困地区，而且地貌特殊、成因复杂。“哪怕再难，必须解决好，这是群众的期盼，更是我们水利部门义不容辞的职责。”余局长语气坚定。

有水吃是“两不愁、三保障”的重要内容，有入户的安全饮水是湖北精准扶贫“九有”标准之一，全面稳定解决贫困地区饮水安全问题是不打折扣的硬任务。深刻认识饮水安全精准扶贫工作这一“重中之重”的内涵，干部群众首先要筑牢“思想关”。

“对水的问题，我感受太深了。”十堰市郧西县副县长官开华曾担任过上津镇党委书记，被村民亲切地称为“管水书记”。“连老百姓吃水的问题都解决不了，我们这些‘父母官’还谈什么履职尽责?”

理顺思路，划定路线，步步为营。湖北省确定了“十三五”头三年全部完成农村饮水安全精准扶贫任务的总体方案，前两年已对总任务量不大的涉贫县市一次性安排完投资计划，当年完成、当年出列。今年则集中力量攻坚37个贫困县，确保让纳入省级规划的建档立卡贫困人口全部喝上放心水。“今年决战销号，明后年重在拾漏补缺、巩固提升，最终实现饮水安全全覆盖。”湖北省饮水办副主任陈协清说。

严格考核，勤督严查，硬账硬结。将农村饮水安全精准扶贫作为各地党政领导班子、领导干部年度考核的重要指标；强化纪检监察的日常监督作用，激发水利干部职工在推进饮水安全工作实践中履职尽责、担当作为；采取“四不两直”的办法，对37个贫困县饮水安全精准扶贫工作进行不间断的明察暗访，发现问题及时整改，严防虚假解决，不搞“数字游戏”；全面实行四方联签制，每解决一户，农户、村委会、驻村工作队、乡镇政府均在表上签字……饮水安全已成为各地精准脱贫验收“一票否决”事项，确保不掉一村，不漏一户，不落一人。

水龙头，一头连着民生，一头连着发展。贯彻落实以人民为中心的发展思想，努力实现村村通自来水、户户饮放心水，湖北水利人将百姓对水的期待转化为前行的蓬勃动力。“我们要有而且必须有这种站位、情怀、担当和自信。”湖北省饮水办主任陈建华说。

攻克坚中之坚　尽锐出战干起来

骄阳如烈火，绕过蜿蜒细窄的山间小路，走过长势喜人、夹道欢迎来客的玉米地，来到了郧西县关帝庙村贫困户黄文珍的家中。

门外小院里，水桶盛有水窖打来的水，水面散落着很多渣滓。“来屋里看看吧，我们现在不吃水窖水，改吃干净的自来水啦！”黄文珍笑着走进屋里，打开水龙头。

不管是贫困村还是非贫困村，同步谋划，同步安排，统筹推进；将专项资金、涉农资金和农发行贷款等各类资金用于饮水安全保障，积极争取异地扶贫搬迁用于基础设施建设的资金向农村饮水安全倾斜……十堰市贫困地区饮水安全项目进度加快，越来越多贫困户用水的“大事”得以解决。

攻城拔寨非常之阶段，需要非常之谋划、非常之举措。湖北全力攻克贫困地区特别是深度贫困地区饮水安全堡垒，在投资计划上优先安排，在工作摆布上重点部署，在督导核查上更加从严，采取超常措施，一户不落地推进。

“能集中不分散，能延伸不新建，能自流不提水”是十堰市饮水安全规划的总体思路，这也是顺应湖北省“城乡联网、区域联供、规模为主、分散为辅”的布局，践行“大水源、大水厂、大管网”的建设理念。

然而受制于地貌条件，位于高山区的贫困群众仍面临集中供水无法覆盖的现实。“我们坚持问题导向，因地制宜，采取一村一策、一组一策、一户一策的办法，利用提水泵站解决高山区缺水问题。”郧西县水利电力局总工程师邓文军说。无论是集镇水厂管网延伸，还是联村供水、单村供水，不同方式皆指向同一个目标：精准扶贫，不落一人。

在优先解决贫困户饮水安全问题的同时，统筹解决同一区域非贫困户的饮水安全问题；在实现年度贫困户饮水安全全覆盖的同时，同步实施面上饮水安全巩固提升。将农村饮水安全精准扶贫和面上巩固提升紧密结合起来，这是湖北推进饮水安全全覆盖的出战策略和突出特点。顺应这一作战思路，既盯紧局部，也着眼全域；既有应急之举，更有长远之策。

十堰市鼓励引导有条件的县市高起点谋划，使饮水安全精准扶贫与农村供水高质量发展有机结合，避免重复低效的短视行为。竹山县水务局副局长施敏说：“竹山饮水安全工作的‘起点’比较高，我们选择由几家供水企业实行集团化管理，实现农村供水城市化、城乡供水一体化。用群众的话来说，这叫‘优质管网户户连，既方便又安全’。”

镜头放大至整个荆楚大地，瞄准目标，铆足干劲，湖北水利人以不达目的不罢休、不获全胜不收兵的决战姿态，在饮水安全扶贫攻坚路上一往无前。

作为湖北省第一批脱贫出列的 3 个贫困县之一，红安县上下总动员，水利局负责人分片包干，带领 11 个工作专班沉入各个贫困村，苦干实干半年之久，最终圆满实现脱贫出列；恩施土家族苗族自治州咬定“一管清水进农家”工作目标，成立若干个“尖刀班”，每周五天四夜在一线奔波……

精准施策，务实重行。各地咬定青山不放松，从明确思路到编制规划，再到筹措资金、建设管理，每一个环节既稳扎稳打，又积极寻求突破，在实干中抓住机遇，在实干中破解难题，确保脱贫摘帽贫困户饮水安全全覆盖。

保障民生之要　群众心里热起来

老百姓的生活离不开水的浸润，满足人民群众对安全饮水的需要是饮水安全工作的出发点和落脚点。做好这项工作，需要与群众保持“血肉联系”。

十堰市贫困人口饮水安全问题目前已解决80%，建设标准、辐射人口、工程效益都明显上了一个档次，越来越多的百姓从中受益，因水而乐。

“一年下来，水费其实就一百多块钱，真正是‘打一天工，吃一年水’。”丹江口市三清庙村贫困户徐远昌说，“而且还给我们免了入户安装费用哩！”

入户沟通，了解需求，及时化解疑虑；热线服务，抢修维护，做到有求必应；加强监测，保护水质，坚守安全底线……工程不仅要建得成，更要管得好，使之长久发挥效益。

郧阳区采用“专管加群管”的运行模式，日供水500吨以上的规模工程由供水服务中心负责管理，单村供水工程由村组管理，分散供水工程由受益个人管理；丹江口市成立农村供水管理局，统一管理集镇规模以上供水工程，并采取专业水厂和协会管护“二合一”，水利站、水厂、协会“三合一”等小型供水设施管理模式；郧西县实行集镇水厂国企管理，集中供水工程公司化管理……“省里鼓励组建区域性、专业化供水组织对农村供水实行统一管理，十堰各地也积极探索运行管理体制改革，健全长效运行管理机制。”余荣江说。

“我是把饮水安全放在巩固政府执政基础的高度来看待的。”官开华坦言，在推进工作中，难免遇到一些群众不理解、不支持的情况，比如供水管道占用村民土地，对交水费存有异议等，“耐心沟通，好好劝说，大家都能理解，毕竟这是造福老百姓的公共事业。”

唯有不断加强供水工程的规范化精细化管理，才能确保为农村地区注入源头活水的强大生命力，湖北为此下了大力气。深入推进“百佳十优”农村示范水厂创建活动，持续加强运行管护体制机制建设，供水服务的质与效不断提升。

郧西县土门集镇水厂供水范围覆盖周边贫困户近2000人。小巧的厂房有着全新的自动化设备，取水、加药、排泥、过滤、消毒等工艺，均可实现自动化运行控制；原水、出厂水的水质、水量，均可实现在线监测。

竹山县宝丰水厂的用水户里，贫困人口占三分之一。在水厂的供水服务大厅，工作人员微笑着给村民递上水费单据，指着一旁的公告牌说：“您可以关注‘竹山供水’微信公众号，既能在线交水费，又能查询历史账单。”

科学管理，长效运行，是保障饮水安全绕不开的一道必答题。无论是源头的监控，还是末端的服务，湖北精心呵护供水生命线，更好地为人民群众服务，真正服务到群众的心上。

“做梦都没想到，水能通到梁子上来！”“很满意，政府给我们办了实事！”“日子越过越有希望！”……村子里的老百姓对水龙头评价很高。

思路对头，措施得力，工作扎实，步履铿锵。湖北水利人将在脱贫攻坚路上持续发力，把最硬的骨头啃下来，将最难迈的坎儿迈过去，为满足人民群众美好生活需要提供更加足量、更为安全、更有保障的饮用水！

《中国水利报》 2018 年 8 月 23 日

记者 赵建平 陈萌

评论

决战销号 不胜不休

饮水安全问题直接关乎国计民生，绝不能把饮水不安全问题带入小康社会。在全面小康攻城拔寨、精准脱贫决战决胜的关键时期，在农村饮水安全扶贫攻坚这一正面战场，湖北用实际行动诠释履职尽责、民生为上的担当和情怀，谱写了水惠民生、水润心田的动人乐章。

这是一份功成必胜的使命担当，更是一份全心全意为民的朴素情怀。提高思想认识是第一关，是抓好脱贫攻坚工作的关键。湖北省委省政府高位推动，将“有入户的安全水”作为脱贫攻坚的“九有”刚性标准之一，对市县党政领导饮水安全考核权重加倍。对湖北水利人而言，解决包括贫困人口在内的所有农村居民饮水安全问题，是义不容辞的光荣使命，更是意义重大的政治任务。从思路到布局，从建设到管理，从动员到督察，环环相扣、层层推进、有效衔接，要确保不折不扣完成硬任务、满足硬要求。从群众需求出发，以群众满意为宗旨，入户沟通，热线服务，抢修维护，加强监测，智慧供水，要做到工程建得成、管得好、长受益，真正让群众的心热起来。

这是一场统筹谋划尽、锐出战的歼灭战，更是一场鏖战正酣的决胜战。在规划布局上，湖北省组织编制了全国唯一的农村饮水安全精准扶贫专项规划，明确利用“十三五”头三年集中力量全部解决242万建档立卡贫困人口的饮水问题，对任务量不大的地区分批次销号出列，对贫困县集中力量打歼灭战。在推进步骤上，优先解决建档立卡贫困人口的饮水安全问题，统筹解决非贫困人口的饮水安全问题，精准施策，不落一户，确保国家现行标准下饮水安全全域覆盖。在方法措施上，应急和长远相结合，局部和全域相统筹，坚持“城乡联网、区域联供、规模为主、分散为辅”，条件允许的地区优先选择“大水源、大水厂、大管网”，避免修修补补、重复低效；条件较差的地区坚持问题导向、因地制宜，实行一村一策、一组一策、一户一策。在攻坚进度上，各地拓宽资金渠道，加快建设进度，加强质量监督，创新管护机制，以攻坚决战、不胜不休的态势全力推进饮水安全精准扶贫，确保完成今年决战销号重任。

决战销号，不胜不休。当前进入啃硬骨头的关键时期，必须全力攻克贫困地区特别是深度贫困地区饮水安全问题堡垒，确保打赢农村饮水安全脱贫攻坚战，为满足人民群众美好生活需要提供更加足量、更为安全、更有保障的饮用水。湖北正和全国其他地区一道，以更大的决心、更精准的举措、超常规的力度，不负重托，实现饮水安全脱贫攻坚目标，为全面建成小康社会的伟大征程做出精彩的注解，交出满意的答卷。

精准推进全覆盖　一管清水进农家

——恩施土家族苗族自治州5年解决148万人饮水安全纪实

咸丰杭恩塘堰

建始县茅田绝壁天梯施工

巴东茶店子调水工程，施工人员在悬崖上架设钢管

一管清水到农家，村民难掩欣喜之情

巴东茶店子水厂 （丁俊杰 摄）

4 月 13 日，全省脱贫攻坚表彰大会在汉举行。恩施土家族苗族自治州水利和湖泊局被评为全省脱贫攻坚先进集体。

这是一份沉甸甸的荣誉，更是一张令人满意的答卷：5 年攻坚，“一管清水进农家”，148 万恩施儿女喝上了安全水、干净水。

2016年，脱贫攻坚战役全面打响。作为湖北唯一全域贫困地区，恩施土家族苗族自治州委州政府以高度的责任感和使命感，坚决贯彻落实中央、省委省政府脱贫攻坚部署，把农村饮水安全问题列为头号工程。

5年来，在省水利厅的大力关怀下，州县两级党委政府的共同努力下，全州投入15.5亿元，在悬崖峭壁间铺设了7万多公里“生命”管道，把一管管清水送到农民家中。到2020年，全州形成了以规模集中供水工程为骨架，小型集中供水工程和集雨水池水窖分散工程为依托的供水网络，农村自来水普及率达到92.5%。恩施土家族苗族自治州农民彻底结束了祖祖辈辈缺水吃、挑水吃的历史。

决不让村民再吃石板水 州县两级共同打响“全覆盖”

在外人眼中，恩施土家族苗族自治州背靠长江、脚踏清江，年平均降雨量在1500毫米左右，吃水应该不是大问题。

其实不然，恩施土家族苗族自治州超过一半以上区域为喀斯特地貌，不易存水，冬春季节更容易发生供水短缺。加上长期以来水利基础设施建设相对滞后，水源工程缺乏，村民居住分散，吃水难问题特别突出。集镇也因人口快速扩张供水紧张，巴东野三关高峰时期约10万人，利川苏马荡夏天最高峰约26万人，供水需求远远超出原有水资源承载能力。

“说起水，就觉得心痛。”巴东县金果坪乡石板水村村书记易宗坤回忆说，该村海拔1100米，清江从脚下流淌而过，看得见吃不着，村里又没有水源，修了池子也没水装，村民们世世代代吃石板上的雨水，苦不堪言。

过去，这种情形在恩施土家族苗族自治州农村十分普遍。大山深处，老百姓几乎家家建水窖，望天接水。一到旱季，大人小孩背着水桶，艰难爬行数十里找水吃。为了节约用水，洗了脸再洗菜，洗了菜再喂猪，洗澡更是一种“奢侈”。水不卫生，不少人喝了闹肚子，更严重的还会患上各种疾病。

据统计，全州农村饮水安全涉及村民148万人，基本覆盖所有乡镇，尤其是高寒偏远山村，对安全饮水的渴望十分迫切。

“决不让村民再吃石板水，不实现全覆盖、全解决决不收兵。”州委州政府主要负责人一声令下，一场寻水之战在莽莽大山中打响。

州委州政府高位推进，迅速制定了作战图、时间表，将“一管清水进农家”作为州脱贫攻坚指挥部1号令印发实施，纳入“两不愁三保障”重要内容；州主要负责人带队到贵州省赤水市考察，州县两级选派1876名机关干部担任扶贫村第一书记，州财政每年拿出1000万元实行以奖代补；各县市高度重视，把农村饮水安全摆在基础设施补短板的重中之重；州县两级水利部门具体研究制定了可实施方案……

绝壁天梯建水池
大山中创造一个个人间奇迹

寻水难，建设难，莽莽大山中实现“一管清水进农家”谈何容易。但恩施人民不服输，在党委政府的领导下，创造了一个个奇迹。

建始县铁厂村村民们祖祖辈辈吃水离不开“三件宝”：打杵、脚背篓、背水桶。下雨三天有水吃，天晴三天没水吃。2017年，在乡党委的支持下，刘齐堂、游泽玉等4位村民组建寻水“尖刀班”，每天穿越在原始森林间。悬崖太陡，无路可走，他们又用木藤搭建了一条136级的木质“天梯”，最终在山间的一个山洞里找到了一大股清泉。

但村民们还没来得及高兴，就陷入了“绝境”。四周悬崖峭壁，人攀爬“天梯”尚且困难，施工设备进场根本没有可能。村里四次请来施工队，对方到了后，都丢下同样一句话“给再多钱也不干”，摇头离去。

“没人干，我们自己干。”曾有着打猎、挖种草药攀岩经验的6名村民口头相约，签下“生死状”。在他们的带领下，村民们穿行原始森林，行走羊肠小道，攀爬绝壁天梯。每天起早贪黑，将一袋袋水泥和沙、一捆捆水管背到水源洞口绝壁上方，然后又用滑轮绳索将材料送到谷底，再借助绳索从旁边搭的绝壁天梯下到谷底。

一步步，一次次，汗水湿透了衣服，大家不抛弃不放弃。有好几次，村民没扶稳差点掉下悬崖。冒出一身冷汗后继续前行。功夫不负有心人，历经9个月，村民们在绝壁洞口建起了一口蓄水池，铺设主管道2800米，把“天上之水”引到了每家每户。

巴东县茶店子镇自古缺水，素有“茅屋空山”之称。每年旱季，当地党委政府都要用消防车为边缘农户送水。2018年，在相距15公里的绿葱坡镇中纸村厂沟找到了水源。随后，该县投资6000万元，实施跨乡调水工程。

沿线地形复杂，主管线铺设必经高山、峡谷，尤其是从桐木岩隧道到岩口子有3.5公里的管线，全部在陡岩斜坡上，没有进场路。村民谭德应背上一把砍刀，硬是劈开了一条仅容一个人走的小路，施工队才得以进场。焊接管道时，施工方用绳索将焊工绑好后下放，每天在1000米高的半山腰悬空作业10个小时，一日三餐就在“篮子”里吃。

经过3个月的鏖战，穿越岩口子的输水管线终于在绝壁崖线处成功合龙，啃下了“最硬骨头”。2019年6月2日凌晨，茶店子镇试压通水成功，宣告集镇及周边14个村2.7万人从此告别了饮水难。

“嫁到村里39年就没吃过好水，真是感谢党的扶贫好政策。”通水当天，61岁的村民宋华兰忍不住流泪。当地村民自发写了一副对联：忆往昔四面无水脚踏空山找水难，乐今朝八方有援手捧清泉谢党恩。

在攻坚战中，这样的感人故事每天都在武陵山区上演。广大党员干部和村民们一起，冒着生命危险攀爬悬崖峭壁，穿越人迹罕至的深山老林。他们翻过一座座山，转过一道道弯，用汗水和泪水，奏响了一道清水一段情的动人乐章。

数据显示，近几年，全州利用烟草援建项目资金新建水源性水库4座，建设规模以上水厂155处，建设蓄水池（窖）15097口，铺设输配水管网78691公里。

创新供水模式　打造山区安全饮水新样本

在建设过程中，各县市因地制宜开创了供水新模式。

咸丰县坪坝营镇因采煤捅坏了水井的底子。虽然建有5处水厂，但供水依旧严重不足。去年，该县在坪坝营镇“甲”地找到了新水源。工作人员实地勘察发现，如果直接铺管道到水厂，因山区季节性等原因，供水可能会出现不足。

经过反复商讨，该县利用东西部扶贫协作杭州帮扶资金，在水源地和水厂中间的“乙”地，建立了库容达9.9万立方米的杭恩塘堰，然后从塘堰引水至5个水厂。这样一来，塘堰可提前蓄水，即便到了旱季也能保证水厂供水充足。

实践效果非常好，运营以来，该镇19个村2.62万人再也没有出现吃水难问题。咸丰县水利局创新的“甲调乙蓄丙输”组团供水模式，得到了国家相关部委高度肯定，并被评为全国脱贫攻坚先进集体。

恩施市依托白杨镇响板水库，推广水网联通，建成输水管网53公里，向8个水厂供水，解决了4个乡镇10万人饮水安全问题。“14810”（1个水库、4个乡镇、8个水厂、10万群众）模式得到了省领导高度肯定。

利川市利用地形特征，采取“高（高山地区提水解决）一中（中山地区自流引水解决）一低（低山地区集中连片解决）”相结合，解决饮水短板。

在攻坚战中，很多地方的水源并不在本村、本乡镇，像巴东茶店子这样跨乡调水的项目还不少，有的甚至是跨县市、市州调水。

2019年，巴东县溪丘湾乡因干旱导致数万人缺水，经多方寻找，在宜昌市兴山县高桥乡贺家坪村找到了水量充足的田家坪水库。恩施土家族苗族自治州与宜昌市积极协调，巴东县与兴山县反复磋商，最终敲定田家坪水库为取水源，成功解决了跨市州取水难题，成为全国经典案例。

“恩施土家族苗族自治州创新的供水模式，为全国山区解决饮水安全问题积累了经验，提供了借鉴样本。”恩施土家族苗族自治州水利和湖泊局相关负责人如是说。

PPP项目破解融资难题
27个乡镇水厂惠及28万村民

山区管网和水厂建设投资成本，远远超过平原地区。恩施土家族苗族自治州作为贫困山区，5年内累计投入财政资金15.5亿元，保障工程顺利进行。同时，为了加快建设步伐，让群众早日享受水利成果，该州积极探索投融资体制改革。

走进来凤县三胡乡，一座崭新的水厂映入眼帘。智能化的设备上跳跃着一组组数据，时刻监测着供水质量。该水厂日处理能力5000立方米，辐射三胡乡集镇、周边11个村以及咸丰火车站，可同时满足5万人用水。过去，这是一个日处理能力不到2000立方米的水厂，经过改造扩能，成为来凤最大的乡镇水厂。

这一成效来自于来凤精准扶贫农村饮水PPP项目的实施。来凤县政府相关负责人介绍，2016年，为彻底解决农村饮水安全问题，该县摒弃了小打小闹、低水平重复建设的做法，立足“建设大水源、布局大水厂、联通大管网、建立大机制”，对乡镇水厂进行了统一规划。为破解投资达3.75亿元的资金难题，该县引进了湖北水总水利水电建设股份有限公司，采取PPP模式建设。

这也是全省首个县域农村饮水安全PPP项目，双方成立了合资公司——来凤县凤天农村供水有限责任公司，注册资本1.125亿元，其中湖北水总出资51%，县政府出自49%。项目资金缺口由湖北水总担保，通过银行贷款解决。

“该模式的运行，大大缓解了县政府的资金压力。”凤天供水公司副总经理田志全表示，社会资本的参与，让项目建设有了资金保障。现已累计新建、改造27个乡镇水厂，惠及面覆盖全县28万村民。目前，项目建设已基本完成，具备通水条件，等待竣工验收。

恩施土家族苗族自治州水利和湖泊局相关负责人介绍，在项目建设过程中，各县市积极探索，打破单一政府投入方式，利用各类平台融资。如巴东整合北京、杭州等对口帮扶资金，咸丰利用杭州帮扶资金，解决了多个乡镇水厂建设难题。据统计，全州累计社会融资12亿元，大幅度提升了农村饮水安全项目建设速度。

协会统一收水费
因地制宜探索三种运维模式

管道铺设了，自来水通了，如何管理维护，考验着各方的智慧。

在咸丰县曲江镇主街上的一间门面前，挂着“曲江镇农民用水者协会”的招牌。走进办公室，石家坝村的村民李富国正在交水费。他递上一张水卡和500元现金，只听见“嘀”的一声，工作人员的电脑上便显示：充值成功。

李富国是利用赶集的机会，顺便来交水费。他说，全村有415户、1415人，没通自来水之前，用水十分困难，村民们都是零星散养猪。

通水后，养殖业如雨后春笋，短短几年涌现出 100 多家猪场，养猪量超过了 2 万头，较过去翻了 10 倍以上。他本人也养了 20 多头猪，一年用水费用大约 500 元左右。这笔费用与养猪带来的收益相比，不值一提。

曲江镇水管站负责人介绍，该协会共有 5 人，其中 1 人负责收取 17 个村 7196 户村民的水费，费用从每吨 1.5 元至 3 元不等。在协会办公电脑上，详细记录着每一位村民的信息。一旦村民缴纳水费只剩 9 元时，系统自动报警，工作人员会电话通知村民缴费。另外 4 人负责水厂日常运行以及村民的管道、水龙头、水表等维修。在每个村委会的墙上，都张贴着维修人员的电话，村民有事随即拨打。

这是咸丰县探索的一种运维模式：由协会统一管理运营，各村召开村民大会自定水价，统一在协会交钱。此外，在鹤峰县五里乡，还针对村级管理的水厂，专门出台了水厂运营管理细则。

目前，全州农村饮水安全工程有三种运维模式："一类"为乡集镇供水工程和中心村骨干供水工程，由供水企业负责运行，实施总量控制、一户一表、以量计征、统一管理、统一维护，实现自主经营、自负盈亏、自我发展；"二类"为小型集中供水工程，成立用水者协会组织，确定"谁使用、谁管理"的原则，引导协会建立章程，确定收费标准，建立收支制度；"三类"为单户或联户供水工程，由受益户所有和自我管理，实行"自建、自管、自有、自用"。

相关水利人士坦言，三种运维模式的产生，是恩施土家族苗族自治州结合山区实际，因地制宜发展而成，被广大农民所接受，有效保障了农村饮水工程的平稳运行。

"十四五"开局之年，宣恩县农村供水一体化项目的启动实施，拉开了乡村振兴之下恩施土家族苗族自治州水利事业新一轮发展的序幕。恩施土家族苗族自治州水利和湖泊局相关负责人表示，该局将谋划、建设好一批水利工程，进一步提升"一管清水进农家"的质量，提高群众的幸福感和获得感，为恩施土家族苗族自治州推进乡村振兴做出积极贡献。

《湖北日报》　2021 年 4 月 14 日

李昌雄 赖书勤

湖北恩施贫困村实现安全饮水

湖北恩施土家族苗族自治州建始县茅田乡铁厂村是一个位于湖北、重庆交界处的小村庄，属于深度贫困村，老百姓背一次水来回要走6公里。

在乡党委和县人大驻村同志的支持帮助下，苦干9个月，引来山泉到农家，实现了铁厂村祖祖辈辈安全饮水的梦想。

图为村民李宏华、徐发芝在自家房前用自来水洗菜。

（《人民视觉》文林　摄）

《人民日报》　2018年10月31日

有水百业兴

——咸宁因水点亮美丽乡村

“今年十一小长假刚刚正式营业的‘星海乐园’接待了4000多名游客来此游玩。别看客流量大，用水饮水一点都不用发愁!”谈起国庆假期景区的接待情况，星星竹海景区投资人陈凯对咸宁市未来的旅游业发展满怀希望。

咸宁地处幕阜山脉，本因喀斯特地貌受困于水。近年来，咸宁市统筹推进覆盖6个县市区的农村饮水巩固提升工程，“十三五”期间，全市农村饮水巩固提升工程建设投资6.47亿元，先后新建了8个农村规模水厂，改扩建规模水厂71处，新建小型集中供水工程446处，改善和提升79.8万余人的农村饮水安全条件。

如今，汩汩清泉带来的不仅是农村饮水安全的保障，更为咸宁市奔向乡村振兴照亮了广阔前路。

日子红火了

就在十一假期，“星星竹海”的走红让星星村支书宋全明笑得合不拢嘴。宋全明深知，这巨大的变化，关键在水。

“星星竹海”位于咸宁西部，这里是石灰岩岩溶发育地区，山上长年缺水，农村饮水安全保障程度不高。尽管星星村村委想通过打造旅游品牌振兴乡村经济，并修建了宾馆，但是供水却没有保障，导致星星村长期无人投资，游客稀少。

像“星星竹海”这样的情况在咸宁并不是少数。水困就是民困，咸宁在2018年将农村饮水安全问题纳入全市“五个三”重大生态工程建设，在全市开展农村饮水提档升级工程。2019年，咸安区优选山下的鸣水泉水库为水源地，兴建的花纹水厂通过四级提水，彻底解决了这一片区三个村约1万人的饮水问题。

万亩竹海中的花纹水厂

一泓清水不仅提高了村民的生活质量，还引来了投资。在咸宁土生土长的陈凯长期在深圳经商，早就看好家乡的旅游资源，奈何村子长年缺水，对投资始终抱有观望态度。2020 年，直到星星村供水问题得到解决，陈凯终于下定决心投资 5000 万元发展家乡的旅游产业。

宋全明介绍，目前“星海乐园”已带动 30 多户村民就业，下一步村里计划发展农家乐、开办饭庄、进行蔬果采摘。“有水百业兴，我们的好日子来了!”

水 是 命 脉

望湖村位于通城县塘湖镇东南部黄袍山革命老区，曾经这里是集山区、苏区、库区于一体的省级重点贫困村。如今，秋季的望湖村风景如画，曾经饮水难的吴明谷也迎来了新生活。

“现在我们家搬到了望湖村口，不仅盖了新房，还通了自来水、办起了农家乐，水是我们一家人的命脉。”吴明谷质朴的话语道出了众多村民的心里话。

通了自来水，生活有盼头。吴明谷在村口办起了农家乐，不少游客和过路司机到他家吃农家饭，免费加水、洗车，客人多的时候要摆十几桌。

通城县盘石水厂

除了农家乐，如今他还盘算着把豆腐作坊规模再做大些："每天打四五十斤豆子，八九点豆腐就卖完了，干子、炸豆腐、油豆腐都有人要。没有水，就做不了豆腐。现在有水了，我想把豆腐作坊做大点，做成工厂流水线，还想养几头猪，豆腐渣可以喂猪。"

受益的不仅是吴明谷一家。2020 年 12 月，总投资 6630 万元的通城县龙潭供水改扩建工程通水，惠及近 10 万人。2020 年 10 月，总投资 1156 万元的通山县万家水厂通水，解决了 5 个村近万人的饮水难题，村民生活的幸福感、获得感大大提高。

龙潭水厂

近年来，通城县大力实施农村饮水安全提升工程，成立通城县水务集团，新建、改扩建一批水厂，对龙潭、塘湖等所有规模化水厂实行统一运营，逐渐形成城乡供水“同网、同质、同价、同服务”的基本格局，走上一条管理专业化、经营企业化、服务社会化的良性运行轨道，从根本上解决了“因水致贫、因水返贫”的顽疾，滋润着15万通城农村群众的心田。

一座座别墅式的水厂耸立在崇山峻岭间，一条条输水管线伸向村组农户，一张张笑脸在汩汩清泉的映衬下美好灿烂……这里的一山一水、一家一户，无不描绘着咸宁乡村振兴的诗和远方。

《中国水利报》 2021年10月21
特约记者 敖琼　通讯员 陈琼群

引来幸福水　滴滴润民心

——红安远安丹江口农村饮水安全精准扶贫侧记

红安县县南水厂

丹江口市浪河水厂水源地

8月24日中午，红安县太平桥镇雨淋山村酷热难耐，年近六旬的村民李福山打开水龙头，直接喝起水来，并感叹："这水真甜，以后再也不用抢水了。"——这得益于我省农村饮水安全精准扶贫工程的实施。

摸清底数 精准施策
——整体推进饮水安全全覆盖

红安县是我省有名的"旱包子"地区，而雨淋山村则是"旱包子中的旱包子"。过去村民用水，全靠村里的几口老水井，通过农村饮水安全工程，雨淋山村的村民全部用上了自来水。

红安县水利局副局长韩荣华介绍，近年来，红安县水利部门与扶贫办对接，以乡镇为单位，调查到村、到户、到人，摸清建档立卡贫困人口的饮水现状并登记造册，分类采取工程措施解决饮水问题。

"感谢饮水安全精准扶贫工程，让我们贫困老百姓喝上了干净、放心的自来水。"丹江口市丁家营镇三请庙村建档立卡贫困户李林说。丹江口是我国南水北调中线工程水源地，有"中国水都"之称，但由于农村没有集中供水设备或设备老化，众多守着"大水井"的村民，只能喝井水。近几年，丹江口市新建或改建的水厂、泵站、加压站已全部建成通水，同时结合精准扶贫基础设施建设，该市农村饮水安全集中供水率达97%，自来水普及率达85%以上。水质优良、水量充足的饮水安全工程，让丹江口家家都有了水龙头，人人喝上了放心水。李林说，以前都是喝井水，男女老少都挑水，现在村里都喝上了自来水，水井、水扁担全都"退伍"了。

近年来，按照"不漏一户、不落一人"的总体思路，我省多措并举，大力推进农村饮水安全全覆盖，因地制宜，精准施策，优化方案，坚持"能延长、不新建，能集中、不分散，能自流、不提水"的原则，全力解决农村饮水安全问题。我省建档立卡贫困人口572.8万人，其中存在饮水安全的有242.3万人。2016—2017年，全省累计解决363万农村居民饮水安全问题，其中建档立卡贫困人口113.52万(不含易地扶贫搬迁)，按国家现行标准，神农架林区、远安县、红安县已全部解决。

工程量大　点多线长
——整合资金多元投资成效显著

工程建设资金投入是关键，饮水安全工程村级管网和入户工程量大面广、点多线长，建设资金从哪里来？

红安县通过增加财政投入、整合涉农资金、利用金融政策，千方百计拓宽资金筹集渠道。同时，还广泛进行宣传发动，引导农民自愿出资，安装入户管网。

韩荣华说："通过县政府出资一部分，社会资本投资一部分，村民凑一部分的方式，多元投资，确保了饮水安全项目顺利实施。"早在2011年，红安县就引进湖北万马水务有限公司投资1050万元，解决了县南水厂建设资金不足的问题。新建了县南水厂等，覆盖四个乡镇83个行政村，新铺设大口径供水管网上千公里，同时铺设众多输水入户分管网。2017年，该公司又投入600余万元解决贫困人口及面上巩固提升人口的饮水安全问题，县政府还整合1520万元用于饮水安全建设。通过饮水安全工程，全县14610户建档贫困户饮水安全问题全部解决。"没出一分钱，就用上了自来水，现在政策真好。"红安县太平桥镇雨淋山村贫困户李全银说。

在丹江口，除国家、省专项补助资金外，当地采取发行地方债等方式融资，从2016年到2018年，共筹集资金2.6亿元。在远安县，县政府先后出台了扶贫专项资金项目管理办法和资金管理流程等规范性文件，统筹整合发改、财政、国土等部门脱贫攻坚项目资金，统筹资金安排2200万元，整体推进饮水安全工程。

今年，我省已分解下达农村饮水安全巩固提升任务200万人，重点解决余下的52.98万建档立卡贫困户的饮水安全问题，通过资金整合，多元投资，有效地解决了资金投入问题。

城乡融合　建管并重
——确保农村饮水安全工程持久高效

农村饮水安全工程建是基础，管是关键。能否将建设成果维护好、巩固好、发展好，最终取决运行管护能否跟上。对此，省饮水办要求规模化发展，标准化建设，专业化管理，企业化运营，积极推进产权改革，落实管护主体。

远安县水利局介绍，在先行试点的基础上，远安县积极创新，分乡镇组建农村供水公司，负责本区域农村供水工程的建设、经营管理维护20人以上的集中供水工程，彻底解决已建工程管理中责任不明，管护责任不到位诸多问题。同时，还落实工程管护费用和水质监测费用，保障和提升农村供水水质检测能力和工程日常维修养护，配备专职检验人员，安装集中消毒设备，确保水质检测常态化、全覆盖，确保群众喝上安全、稳定、方便的自来水。远安县董家村建档扶贫户向凤国说："以前每年干旱都会缺水，去年通过精准扶贫解决了饮水安全问题，再也没有停过一次水，水也是清亮清亮的。"

在供水管护管理模式上，丹江口成立了农村供水用水管理局，注册成立了丹江口市利源农村供水用水管理有限公司，进行专业化运行管理模式改革探索。现在各个镇都配备了供水抢修人员和车辆，出现供水故障后，集镇内抢修人员40分钟内就能赶到现场，集镇外也只需80分钟。"饮水安全精准扶贫后，水源有保障，水压稳定，再也不担心干旱时没水了。"谈起饮水问题，建档贫困户徐远昌激动地介绍，现在村里的自来水都有专人管护，水质有保证，供水也稳定，"几乎没停过水，就是偶尔停水也会提前通知，当天就修好了。"

管网铺设到家，供水城乡融合共享。以红安县县南水厂为例，供水覆盖范围内，不论城镇还是农村，都是同一管网，同一水源。水库的水进入水厂后，经过沉淀、过滤、消毒等净化环节，再加压输送到村民家中。"以前喝井水，发洪水时水就浑了，干旱时有小虫子，水质没保障，现在和城里人喝一样的自来水，干净得很。"李福山说。

针对公益性的农村供水点多、用水量少、单位供水成本高、水价难以达到供水成本的实际情况，各地通过落实优惠政策，降低供水用电价格，降低农村用水成本。"一吨水2元，一年水费100多元，相当于打一天工的收入，贫困户都用得起，很划算。"李福山和李全银不约而同地说。由于村民居住分散，供水成本高，水价较高，为保障村民特别是贫困户用得起水，红安城镇农村一个水价，通过以城带乡，城乡融合共享，分摊供水成本，确保村民用得起水。

当前，我省农村饮水安全精准扶贫工作进入关键时期，省水利厅将继续克难奋进，攻坚拔寨，以不胜不休的决心，推进农村饮水安全巩固提升，坚决打赢农村饮水安全精准扶贫攻坚战，助力湖北高质量发展。

《湖北日报》 2018年9月26日

记者 祝华

湖北首个精准扶贫农饮 PPP 项目探索之路

重压之下，PPP 来了！

来凤县与湖北水总水利水电建设股份有限公司合作，投资 3.75 亿元，用 1 年时间建一张大水网，覆盖全县 28 万农村居民。来凤精准扶贫农村安全饮水 PPP 项目，作为恩施土家族苗族自治州 PPP 实践的破题之作，称得上是湖北水利建设史上的一大创举。

遇资金之“渴”，尝试选择 PPP 模式

2014 年，来凤县水利局做了一次摸底：28 万人，约一半饮水不安全。“十二五”期末，人均饮水补助 500 元。来凤山大人稀，户与户之间有的相隔几公里，一户就需要一组的补助指标。因此，当时水厂存在规模不大、设计深度不够等问题，返涡现象多。同时，未装水表，供水管理乏力，隔得近的卯足放，隔得远的吃不到，有的设施被破坏又得不到及时维修。

高质量意味高投入，来凤县聘请专业公司预估：至少两亿元。一边是脱贫硬指标：集中供水率达 95%，自来水入户率达 95%，一边是数万人饮水不安全难题与数亿元的资金缺口。

几重压力之下，来凤县委、县政府果断表示：要搞，贷款搞！于是，筹备前期，奔走贷款，2014 年至 2016 年，两年过去，但贷款没有着落。

钱从哪里来？在国家推广 PPP 模式的东风中，2016 年 8 月，来凤县决定尝试这一新的融资模式。但 PPP 是新事物，先做什么后做什么，大家当时并不清楚。

于是，来凤县聘请第三方——湖北沐楚、湖北金浪水利规划设计有限公司，对项目开展评估、论证等前期工作，协助完成 PPP 顶层设计、论证等前期工作。此后，政府采用竞争方式公开“招亲”，开出

苛刻条件：水利水电工程施工总承包壹级及以上或市政公用工程施工总承包壹级及以上资质；注册资本不低于2亿元，净资产不低于2亿元；独立承担或主持过单个合同额大于2000万元（含）的供水工程建设项目业绩。

经公开招标，湖北水总以第一名候选人资格与来凤县谈判，成为中选社会资本方。这样，政府和水总共同组建项目公司，注册资本金1.125亿元，政府方出资比例49%，社会资本方出资比例51%；建设资金不足部分由社会资本方担保贷款。

思路随即敲定：与精准扶贫政策相结合，建设大水源，布局大水厂，连通大管网，建立大机制，确保农村安全饮水全覆盖。从督办项目前期设计、招标谈判到开工，在各级党委、政府鼎力支持下，只用了3个月时间。

PPP项目，不仅减轻了政府财政压力，而且保障项目快速落地，工程标准高，施工考核严，能充分发挥工程的长期效益，更好地满足广大群众需求。与原来的BT模式（由投资商垫资修建，政府回购）相比，PPP模式也是投资商垫资，但投资商必须参与管理，既解决了资金不足问题，又保障了项目施工质量。显然，这种尝试把企业风险共担和利益共享放在了重要位置，社会资本方承担着投融资、建管、施工及后期运营与维护保养等工作。

PPP不是一场“婚礼”，而是长久“婚姻”，双方需长期合作：项目期限10年，1年建设期，9年运营期。“参与管理，如果搞成豆腐渣工程，自己就要吃苦。”项目相关责任人说。如何形成一套行之有效的管理机制，确保建得成、管得住？办法其实很简单，他们在主管网每根水管上标有专号、标识，以便后期识别、维护。若维修，小不过时，大不过夜。采取使用者付费方式，有利于增强节水意识。

向困难宣战，亟待通力合作协调配合

与其他地方一样，来凤县在PPP项目推进中，也遇到不少难题。

踏勘测量难——为选好厂址，找准水位，要走遍185个村。用哪个水源？水厂建在哪？水管怎么走？都要一一踏勘测量，烂熟于心。项目公司总经理仅上白岩山就达30余次，多次身先士卒爬悬崖、钻刺丛，晴天一身汗，雨天一身泥。在他心中，水位越高，水量越大，压力越大，覆盖面越宽；只有位置选得好，才有足够高的水位让水自流；若再次加压，成本增加，老百姓的费用就会增加。去年腊月十九，为找到茅杆洞水源更高水位，测量员们一大早再次探洞，第二天凌晨 1 点钟才出来。洞里水深 5 米多，带电筒、梯子、绳索，以酒驱寒，攀瀑布，过悬崖，水底石头如菜刀般锋利，随时有生命危险，但他们不退缩。

工程建设难——以西端最大的白岩山水厂为例。水厂要建在怀抱天池水库的山峰背面，计划总投资 7000 多万元，建成后可覆盖大河、旧司、绿水、漫水、百福司五乡镇多个片区。但建水厂，要先打 312 米隧道。雨季天池水倒灌进隧道，项目公司董事长 3 次到现场指导施工，并从中国地质大学请来教授把脉问诊。

然而，这还不是最大难题，协调更难。安全饮水涉及国土、林业、交通、电力等多个部门，更牵涉千家万户，是个庞大的系统工程。建设要趁热打铁，黄金期是 4 月到 10 月，各职能部门、各乡镇通力合作，协调配合，确保工程进度。

解饮水之渴，PPP 助 28 万村民喝上安全水

6 月上旬，笔者一路行至来凤县三胡乡金盆水厂。走进水厂，哗哗的流水声清脆悦耳，右侧是一个 1000 立方米的清水池，池顶种满绿草。这个水厂可满足 5 万人的饮水需求。从北至南，来凤县有 27 个水厂，年底建成后，可从根本上解决 28 万村民安全饮水难题。

公共服务引进社会资本，采取公司运作、使用者付费方式，老百姓是否满意？阳河村 64 岁的唐桂云说：“总算解决了生活头等大事，水费不贵，取水方便，水干净，吃得放心。”他算了一笔账：每吨水 1.8 元真不贵，以前一个乡 1 年要送 300 多车水，送水成本至少两万元。来凤县饮水 PPP 项目，为喀斯特地貌的山区提供了解难路径。

大胆探索，阳光运作。来凤县饮水 PPP 项目让政府从投资和建设中解脱出来，从建设者转变为管理者，提高公共服务效率，企业“盈利不暴利”，实现政府和企业双赢，最重要的是为普通民众带来服务与实

惠。作为全省首个农村饮水安全PPP项目，这些做法和经验，为来凤县进一步探索推广PPP项目，解决水利项目建设资金难题提供了一种可能。

《中国水利报》 2017年9月20日

冉运芳 黄泳

大格局　硬担当　真情怀

——湖北省农村供水工程 PPP 项目来凤现场培训会侧记

清晨，4 辆中巴车沿着蜿蜒公路，爬上矗立山麓的一座水厂，百余人冒着小雨走进厂区，看设备、看工艺，目送粗大水管将净化后的山泉水送往山下广袤的原野。

这是不久前举办的湖北省农村供水工程 PPP 项目来凤现场培训会的一个镜头。参会人员实地考察的是湖北省恩施土家族苗族自治州来凤县翔凤镇的青山水厂，它以两个水库为水源，日供水 5800 立方米，通过 6 万多米长的管道向下输水，覆盖山下 13 个村近 3 万人口。

来凤地处湖北省西南端，是国家重点扶持的贫困县。这里聚居着土家族、苗族等 18 个民族 33 万人。由于山高人稀、水源匮乏，加之属于喀斯特地貌，保水能力差，长期以来这里的群众饮水困难。据 2015 年的调查摸底数据显示，全县 28 万农村人口中，约一半存在饮水不安全问题，其中 46 个重点贫困村 7.6 万人饮水困难。

如今，来凤县农村饮水安全事业的巨变，已经被凝练成了湖北省远近闻名的“来凤经验”，吸引着全省 29 个县市水利部门的取经队伍，有的县甚至派出十几人的队伍，铁了心要取回“来凤真经”。

5 月 9 日，湖北省副省长周先旺率省水利厅负责人等调研了来凤县金盆水厂，并在现场强调，要在来凤县举办培训班，学习借鉴来凤饮水安全工作的经验和做法。随后省水利厅迅速决定，由省饮水办组织举办此次全省农村饮水培训班。

来到三胡乡金盆水厂，与会人员赞叹连连。水厂依山就势，建于海拔近 900 米的山麓，厂区桂花树亭亭玉立，宛如一座花园，让人心旷神怡。更吸引大家的是全县精准扶贫饮水安全示意图，来凤县精准扶贫农村饮水安全项目工程将新建和改扩建 27 个制水厂，铺设一级管网 1070 千米、二级管网 1500 余千米，整个管网从水的源头管到水的龙头，实现互连、互通、自流、信息化控制，从根本上解决全县饮水安全问题。

工程预算造价 3.75 亿元，建设期 13 个月，到 2018 年夏季完成主体工程，让 46 个重点贫困村饮上安全水，年内实现全县农村饮水安全全覆盖目标。

三胡乡金盆水厂、翔凤镇青山水厂、旧司镇马家沟水厂……几十千米的山路丝毫不影响与会人员的热情，已建成水厂的秀丽风景、正在建设水厂的合理布局，来凤县饮水安全工程以与自然相映成趣的崭新建设理念深深地触动着与会人员。

从 723 处各类供水设施到 27 个新建和改扩建制水厂，从小规模、小管网到全县 2570 千米主管网自流互连互通，从一半农村人口饮水不安全到年内实现全县农村饮水安全全覆盖，这个贫困县的经验可以复制吗？

来凤县水务投资公司董事长、凤天农村供水公司总经理段绍鹏介绍，2015 年，来凤县启动精准扶贫战役，把农村饮水安全作为脱贫验收的硬指标。县委主要领导带队到毗邻的贵州、湘西精准扶贫先进地区深入考察调研，要求水利部门把规模化集中供水作为“十三五”规划的重要内容。来凤县水利部门总结多年来解决农村饮水安全问题的经验教训，决心摒弃小打小闹、低水平重复的做法，从小厂、小网、分散，向“建设大水源、布局大水厂、联通大管网、建立大机制”方向发展，形成“规模化发展、标准化建设、市场化运作、企业化经营、专业化管理、用水户参与”的运作方式。

实现全县农村饮水安全全覆盖，这将产生几亿元资金缺口，钱从哪里来？来凤县如何运用 PPP 这一新的融资模式？段绍鹏为学员们系统讲解了来凤县进行饮水安全 PPP 项目的准备、识别、采购过程，并重点讲述了项目实施的核心部分。湖北水总中标后，来凤县水投公司与湖北水总立即联合成立来凤县凤天农村供水有限责任公司，作为 PPP 项目的建设和运营实施主体。项目公司注册资本金 1.125 亿元，社会资本方出资比例 51%，政府方出资比例 49%。项目建设除资本金 1.125 亿元外，还有 2.5 亿元资金缺口，由社会资本方担保向银行贷款解决。

一场农村饮水全覆盖工程快速推进。截至目前，工程已完成投资近 3 亿元，27 个水厂已实现供水的水厂 13 个，自来水入户安装 2.3 万户，完成 80%以上工程量的水厂 12 个，已铺装管道 2100 千米，计划于今年 6 月实现水厂通水，9 月底完成入户安装。

经过一整天的考察与学习，与会 29 个县市水利部门负责人对来凤为什么要干、干什么、怎么干、干得如何有了深入了解，并用“惊叹、振奋、信服、感佩”等词汇概括此次培训感受。

饮水安全事关全面小康社会建设和人民群众美好生活需要。与会人员深深地体会到责任重大，他们的眼光将放得更长远，特别是要将农村饮水安全与乡村振兴战略结合起来，按城镇供水标准统筹农村饮水安全工作，为老百姓提供高标准、高质量的饮用水。

他山之石可以攻玉。湖北省饮水办主任陈建华认为，“来凤经验”凸显了高位谋划的大格局，体现了克难攻坚的硬担当，彰显了为民造福的真情怀，作为全省饮水安全利用政府资本和社会资本合作的“破题之作”，可信可学可复制。他坚信，在来凤模式的示范推动下，或将有越来越多的农村供水 PPP 项目在荆楚大地落地生根、开花结果。

《中国水利报》 2018 年 6 月 7 日

记者 赵建平 孟梦 通讯员 叶明理

让群众喝上放心水

——湖北黄冈市黄州区农村饮水安全工程助力脱贫攻坚纪事

“以后再也不用吃井水了。”前些日子，看着清澈的自来水从自家水龙头里流出，家住陶店乡砂子岗村的宋爹爹兴奋之情溢于言表。

“自脱贫攻坚战打响以来，黄州区始终把‘让群众喝上放心水’作为工作重点，狠抓水利工程建设，保证让全区农户喝上干净水、放心水，进一步夯实脱贫基础，巩固脱贫成果。”湖北省黄冈市黄州区区长胡凯说。

结合农村饮水安全两年攻坚行动，黄州区委、区政府于 2019 年 9 月开始实施农村饮水安全户网改造工程，对 5 个乡镇办 74 个村（社区）的供水管网设施进行改造提升，计划今年 11 月完工，届时将解决村级配水管网标准低、渗漏严重问题，最终实现城乡供水同城、同网、同质、同价、同管理、同服务的总目标。

精准施策　做深做精

晌午，阳光正好。62 岁的村民陈宏林拧开院子里的水龙头，接了满满一桶水递给灶台前的老伴儿，两人一道张罗起全家人的午饭。

“这城里的自来水就是不一样，比井水干净多了，水压也大，口感还有点甜!”陈宏林说。

就在笔者采访前一个月，陈策楼镇王家湾村第六小组饮水安全户网改造工程刚刚竣工，黄州城区自来水厂的市政供水管网延伸到村里，让村里家家户户都喝上了和城里一样的“好水”。

在黄州区北部乡村小组，同样的供水模式正在成为主流。对部分供水管网难以延伸覆盖的小组，当地想方设法，建水塔增压保障供水安全。

陈策楼镇杜家林村是个典型的贫困村。由于村里自来水管使用时间太长，四处渗水，水利湖泊部门急事急办。“按照农村饮水安全工程巩固提升的要求，我们把过去的入户水管由PVC材质更换为粗管径的钢塑复合管，更加经久耐用。”黄州区水利和湖泊局局长周宏波介绍。

黄州区今明两年计划分两批共投入3211万元，在74个村采取更新、改造、配套、升级等方式巩固提升农村供水工程，将有效提高和改善全区14.25万人的饮水现状，进一步提高农村集中供水率、自来水普及率、水质达标率和供水保证率。

“群众急在哪儿，我们的工作就做到哪儿。水利扶贫一定要把工作做深做精，做到贫困户的心坎上。”周宏波说。

典型引路　长效管护

对于水费计收管理，黄州区有自己的特色。黄州区实行政府定价和同城同价。水价不足以补偿供水成本的，由区政府按8∶2的比例给予补贴，平均每年每个自然村补贴1.08万元，以减轻百姓水费负担。

在黄州区农村，平均每500个用水户配有一名专业管水员。同时，全区农村推行“水表出户”安装方案，将每3至5户的水表集中安装在一处，水管员无须挨家挨户敲门就能抄表。由于水管得到专人维护，用水方便，村民交纳水费的积极性也有所提高。当水费回收率达85%以上时，供水企业则按所收水费的1%～3%奖励给村委会，有效激发了村管水员的积极性。

“我们从明晰工程产权、创新管理服务体系、合理确定水价、建立考核培训机制、建立应急反应机制等方面，指导区水利湖泊部门建立健全科学管护机制，并对末梢水水质达标与水源地保护两方面工作提出指导性的意见。”区长胡凯说。

与此同时，全区正在积极推进城乡供水一体化进程，探索饮水安全工程标准化建设、企业化运营和专业化管理，优先考虑城镇水厂管网延伸项目，力争2020年农村集中供水率、自来水普及率和供水保证率分别达99%、85%和90%。

“这些年，除了住房和交通的变化，每一个村民能够直接感受到的变化，就是吃水了。”聊起脱贫攻坚的成效，周宏波这样说。他们还将在水质合格率及供水保证率上下工夫，提高农村饮水监管水平，加强饮用水水源保护和管理，确保农村饮用水安全。

“如今，黄州区农村饮水户网改造第二批工程正加速推进，我们一手抓疫情防控一手抓工程质量，要把疫情耽误的时间‘抢’回来。”分管此项工作的副局长张勇说。

《中国水利报》 2020 年 5 月 9 日

通讯员 吕建明

湖北省十堰市郧阳区：汩汩清流润民心

自脱贫攻坚战打响以来，湖北省十堰市郧阳区按照中央决策部署，在水利部和省市指导下，把解决贫困人口饮水安全问题、打赢农村饮水安全脱贫攻坚战作为首要政治任务，采取专班专责，编制工作方案，多方筹集资金，挂图作战，强化质量监管，创新营运模式，让一股股净水源源不断流向全区16万余建档立卡贫困户家中，农村饮水安全脱贫攻坚工作取得显著成效。

大手笔规划，着眼有保障、可持续

郧阳区是南水北调中线工程核心水源区，境内有汉江、堵河、丹江、滔河等760余条大小河流，水资源较丰富，但郧阳属典型的石灰岩地区，全区有11个乡镇、81个村、12.8万人居住在石灰岩区域，水土涵养力差，只见雨不存水，加上山大人稀，山高谷深水低，看得见水，吃不到水。郧阳区是国家贫困县和秦巴山集中连片特困地区，截至2013年年底，全区建档立卡贫困人口达4.9万户16.2万人，绝大多数贫困人口居住较偏远，环境恶劣，不通水不通路，全区需易地扶贫搬迁人口达6.9万人，新建集中安置点371个。

由于水源小、易干枯、部分取水垂直距离长、供水成本高、一些工程净化设施设备配套不齐全、运行不规范等问题，依然存在。脱贫攻坚战中，所有建档立卡贫困人口饮水必须达标，所有易地扶贫搬迁集中安置点必须通自来水。郧阳在集中安置的同时，还配套建设了香菇和袜业两大扶贫产业，必须保障扶贫产业用水，特别是香菇产业用水量较大。解决水的问题比较复杂，是脱贫攻坚战中的坚中之坚、难中之难，郧阳水利人深知肩负的政治责任和必须打赢这场硬战所要付出的努力。

饮水安全首先是水源的可靠性。为做好顶层设计，区里动员水利系统干部和各村扶贫工作队，开展饮水安全脱贫攻坚调查，摸清底数。通过科学论证，按照“大水源、大水厂、大管网”的理念，坚持“能集中不分散、能延伸不新建、能自流不提水”的思路，统筹抓好饮水安全脱贫攻坚和巩固提升工作，编制《全区农村饮水安全脱贫攻坚专项规划》，修编《全区农村饮水安全巩固提升工程建设总体规划》，邀请水利部水利规划总院专家前来把脉问诊，帮助制定总体规划，因地制宜规划建设一批集中和小型分散供水工程。对城区周边乡镇和人口密集的地区，采取增容改造和管网延伸；对人口密集和集中安置点但水源不足的地区，采取新建大型水源工程；对确无法找到水源的地区，采取泵站提水和打深井办法解决；对少数居住分散的地区，建设小型饮水工程。通过多措并举，一举解决全区建档立卡贫困人口饮水安全问题，并巩固提升 10 多万农村人口供水保障水平。

高标准建设，立足建得成、全覆盖

2017 年 4 月，区委、区政府发出农村饮水安全脱贫攻坚总动员令，要求 2019 年结硬账，2020 年查漏补缺、巩固提升、全面完成。大建设需要大投入。郧阳区采取整合水利发展基金、扶贫资金、土地出让金、体彩基金等多渠道资金。充分利用江河、水库、地下水、泉水等水源，改扩建和新建饮水工程 426 处。

利用汉江水延伸管网辐射带动。柳陂镇、茶店镇、青山镇因两次移民安置人口较多，原有饮用水源（水井、山泉等）全部淹没，造成群众新的饮水困难。茶店镇已建长岭水厂，直接取汉江水，直接向上游柳陂镇延伸主管网 26 公里、下游青山镇延伸干支管网 66 公里，实现一个水厂解决 3 个镇 44 个村 7.9 万人的安全饮水问题。

利用水库和现有水厂增容、管网延伸，扩大供水范围。谭家湾水库属中型水库，原建水厂向下游谭家湾、杨溪部分村供水，2018 年建成易地搬迁户 4251 户 15133 人的青龙泉社区，加上社区内配套建设 3000 亩香菇基地，需水量陡增，从鲍沟水厂架设应急供水专线的同时，规划建设日供水 2 万吨的子胥水厂，经数月昼夜施工，如期建成通水，通过管网延伸辐射 9.5 万群众，其中贫困人口 1.7 万人。刘洞、谭山、梅铺等乡镇 24 个村都居住在石灰岩地区，长期靠接雨水和打深井吃水，有些地方打两三百米深仍不见水。为此，以滔河水库（库容 7100 万立方米）为水源，增容改造南化水厂，日供水 3 万吨，管网输送长达 47 公里，解决了沿途 30 多个村 5.9 万人的饮水问题。

多措并举解决水源问题。针对高海拔、无水源的村庄，采取高处引水、低处抽水、地下打井相结合的办法，解决水源问题。南化塘镇罗堰村位于滔河水库的源头，2018 年 5 月投入资金 265 万元，建设抽水、引水相结合的 3 处小型供水工程，户户通上了自来水。大柳乡金堂村和杠子沟村海拔 600 多米，长期靠接雨水和水窖供水，施工队以白泉为水源，翻山越岭，凿石挖沟，铺设管道 8 公里，终于让两个村喝上了甘甜的放心水。

在工程建设中，水利人持续发扬“踏遍千山万水，走进千家万户，想尽千方百计，历尽千辛万苦”的精神，攻坚克难，尽锐出战，有的昼夜加班精心设计，有的驻扎工地几个月，有的翻山越岭找水源，建起了一座座“民心工程”，织起了一张张“民生网”，把源头活水送到了百姓的灶膛边、浴室上、厕所里，彻底改变了农村群众的生活方式，用自己的辛勤付出换来了群众的幸福获得。

新模式营运，确保管得好、用得起

三分建设，七分管理。在推进工程建设的同时，开始探索长效管理模式，实行区级统一管、乡镇水厂分片管、村供水协会具体管、分散供水群众自己管的“四位一体”管理模式，做到建成一处，管好一处。区政府出台《郧阳区农村供水工程运行管理办法》，明确规定农村供水工程管理责任主体、管理范围、职责分工、运行维护、水费收缴等细则，推进工程运营管护规范化、制度化。组建茂源农村供水服务公司，统一管理所有农村供水工程，实现管理专业化、经营企业化、供水商品化、服务社会化，确保工程良性运转。由茂源公司统一对乡镇水厂进行管理，乡镇水厂加强对辖区村供水协会的管理，同时为村民自主管理提供技术指导和咨询服务，切实发挥工程效益。

完善农村供水水价形成机制，建立有偿用水机制，让农村群众喝放心水、缴明白费。加强用水节水宣传，发放饮用水“明白卡”，采购安装智能水表 12 万余块，确保农户既注重节约用水又按时缴费。茂源公司对乡镇水厂采取收支两条线，物价部门核定水价，各水厂负责收缴水费并统一上交公司，公司对各水厂运行成本进行核算，支付运行管理费用，千方百计降低水价，让利于民。目前，全区农村供水水费收缴率达到 90％以上。

加强水源保护和水质监测。区水务局配合生态环境部门推进农村饮用水水源保护，对所有集中水源地实行封闭管理。同时，完善水质监测方案，加强水质消毒管理，加密水质检测监测频次，完成全区 340 余处村级供水工程末梢水水质检测，136 处集中供水工程部分水质指标实时监测，及时有效处置各类水质问题，确保水质稳定达标。

为整合资源和力量，各乡镇水利站负责当地水厂的管理和指导，公布监督投诉电话，强化应急保障，提高反应处置效率。2019 年 8 月，两次大暴雨冲毁供水设施 80 多处，在各乡镇水利站、水厂和村协会的配合下，迅速抢修，在最短时间内全部恢复供水。对供水设施故障出现突发性停水，以及部分偏远山区因长久干旱水量不足，制定供水应急预案，每个乡镇均配置应急供水车，及时送水上门，保障群众基本生活饮用水需求。

通过不懈努力，郧阳区贫困人口饮水安全问题得到全面解决，农村居民供水保障水平得到显著提升，汩汩清流进入千家万户，滋润着农村群众的心田。

国家乡村振兴局管网（原国务院扶贫办）　2021 年 1 月 26 日

龚丽

湖北省丹江口市超前实施高位推进精准脱贫供水全覆盖

湖北省丹江口市是南水北调中线工程核心水源区、国家秦巴山片区扶贫开发重点县市。全市总面积 3121 平方公里，辖 20 个镇（办、处、区）194 个村，总人口 46 万。全市建档立卡贫困人口 30306 户 96886 人，重点贫困村 56 个。在丹江口市众多的致贫因素中，水是导致贫困的最大因素。为服务南水北调中线工程建设，我市先后有 9 万多移民内安后靠库区、山区，这里“听水响，看水流，人在山上为水愁”，饮水难和饮水不安全问题成为影响农民生产生活和经济发展的最大障碍。截至 2016 年，全市仍有 53427 人饮水安全需要巩固提升，其中异地搬迁 49170 人。

近年来，丹江口市委、市政府坚持把解决贫困群众吃水难用水难的问题作为最大的民生工程来抓，累计完成投资 2.6 亿元，铺设各类主支供水管道 3427 公里，建设人饮工程 320 处，覆盖人口 32 万人，为全市脱贫摘帽提供了坚实保障。

科学设计　精准施策

农村安全饮水工作是解决“两不愁、三保障”的第一位工作。为完成好这项实实在在的民生工程，丹江口市结合精准扶贫基础设施建设，高标准规划设计，编制完成了《丹江口市精准扶贫农村饮水安全专项规划》和《丹江口市“十三五”期间农村饮水安全巩固提升工程规划》。在此基础上，立足市情，提出了“建设大水源、铺设大管网、建设大水厂”的总体思路，为解决农村饮水安全问题提供了科学依据。一是选择大水源，保障供水保证率。环丹江口库区，环汉十路、丹郧路沿线乡镇通过集中从丹江口库区提水，规划建设大型泵站提水工程 14 处。二是规划大水厂，保障供水生命力。通过库库联网、库泉联网、泉泉联网，规划建设大水厂 14 处，日供水达到 73300 吨。三是铺设大管网，保障集中覆盖率。在工程建设中，科学设计，大胆探索，共建设加压站25处、小型提水工程10处，提高了水资源利用率。

超前实施　高位推进

压实责任，全力推进。丹江口市委、市政府高度重视农村饮水安全工作，成立了以市委副书记任组长的领导小组，市政府把饮水安全工作纳入年度目标考核内容，层层签订责任书。坚持每月召开一次工作例会，研究解决饮水安全工作中的各种问题。各乡镇也成立了工作专班，形成了全市上下齐抓共管的工作局面。在市级层面，组建8个工作督导专班，实行包片联系制度，一月一巡查、一月一通报、一月一会商，实现了对人饮工程建设经常抓、抓经常，确保了建设任务落到实处。

自我加压，提前实施。按照《丹江口市精准扶贫农村饮水安全专项规划》《丹江口市“十三五”期间农村饮水安全巩固提升工程规划》要求，市发改、水务、扶贫等部门，主动担当，自我加压，实现了2016年、2017年两年内投资计划全部下达完成、三年（2016—2018年）任务基本完成的目标。全市异地扶贫搬迁370个集中安置点13202户42513人全部完成供水入户，今年4400人分散安置供水任务也将于6月底前全面完成。新建、改造水厂已基本完成通水，集中供水覆盖人口达到29.5万人，集中供水覆盖率达到97%，为今年全市整体脱贫摘帽创造了条件，提供了保障。

筹措资金，多方整合。农村饮水安全工程需要良好的投入机制保障。丹江口市一方面千方百计向上争项目、争投资；另一方面按照“多渠引水”保投入的原则，采取借、贷、垫等办法，三年共筹措资金3亿余元，有效弥补了建设资金短缺的问题，保障了项目建设顺利实施。

强化管理　高效运行

严把工程建设“六关”。为了把农村饮水安全工程真正建成“民心工程”“放心工程”，丹江口在工程施工中严格把好“六关”：项目法人责任关、施工队伍选择关、材料设备采购关、资金支付报账关、工程质量监督关、工程竣工验收关。建立健全了工程质量领导责任制、参建单位工程质量责任制、质检人员巡回监理和受益村民代表跟踪监督等机制，加强工程质量监督。目前已经竣工投入使用的饮水工程，全部达到“防渗、耐用、经济、美观、水质好、水压够、水量足”的总要求，运行良好。

探索供水管护管理模式。丹江口市成立农村供水用水管理局，与市水务局实行两块牌子、一套班子，增设农村供水管理科，设科长1名；成立了利源农村供水用水管理有限公司，进行专业化运行管理模式改革探索。同时，结合小型水利设施管护机制改革，探索出了专业水厂＋协会管护、水利站＋水厂＋协会、水利站＋协会管理三种小型供水设施管护管理模式。

落实政策，保障工程效益。市级财政预算安排115万元，市政府下发《农村饮水安全工程维修养护资金管理办法》。全市15个集镇水厂水源区保护划定方案已完成审批。水质监测中心和“千吨万人”以上水厂水质化验室全部到位，水质达标率逐步提高，2017年全市农村安全饮水水质达标率70.59％，超出十堰市认定目标值8.59个百分点。

《中国水利报》 2018年5月14日

通讯员 孙波 特约记者 程勇

泉水叮咚 最美音符

——湖北咸丰县水利局的扶贫故事

泉水叮咚，是坪坝营人听到的最美的音符！这是一个水利行业扶贫故事的结尾，也是当地百姓安全饮水的开端。

自开展脱贫攻坚工作以来，湖北省咸丰县水利局认真贯彻落实党中央及省委、州委、县委相关决策部署，扎实履行水利行业扶贫责任，强化工作措施，抓好精准扶贫农村饮水安全工程建设，全力确保脱贫攻坚工作任务按期完成。

“2016 年 10 月，4 吨水 100 元，运费 200 元。”“结清 2017 年 1 月的水费，300 元。”“听说今年水费要涨，多留 100 元给冬天。”……村民邢红艳家的抽屉里，一张红纸写得密密麻麻，以不算规范的字迹记录着十几年来家里用在买水上的花费。买水，在咸丰县坪坝营镇，是一笔必要且数额不小的家庭支出。

每年 10 月到次年 2 月的枯水期，坪坝营镇的村民都不得不租车买水，以维持最基本的生活。邢红艳家所在的中坝村，是个典型的缺水村。“前几年，每年花在买水上的钱就得 1000 元左右，对村里的贫困家庭来说，这是一笔让人喘不过气的支出。”说起过去，中坝村支部书记邢宗应总会不自觉地拿起桌上的水杯，喝上几口水。解渴，是整个坪坝营镇多年来的刚需。

坪坝营镇并不是天生缺水的。作为咸丰的重要产煤区，20 世纪 90 年代，全镇注册登记的大大小小煤矿有 100 多家，镇里的水含氟量偏高，人们一直喝着高氟水，也就有了一口“羞于启齿”的氟斑牙。更为严重的是，由于地表水下渗，河水流量逐年减少。一到枯水季，坪坝营镇连高氟水都喝不上了。

到 2016 年，除集镇外，坪坝营大部分地区仍然没有解决饮水安全问题。这年 2 月，土生土长的坪坝营人杨越刚调到镇水管站当站长。上任伊始，面对家乡严重缺水的状况，他几天几夜没睡好，反复思考到底从哪里入手，如何解决这一重大难题。“世上哪有迈不过去的坎，红旗渠能修成功，解决坪坝营镇缺水问题又算个啥?! 办法是人想出来的，一定能改写坪坝营人祖祖辈辈为水所困、为水而愁的历史!”他态度坚决。

咸丰县水利局组织专家反复论证，最终确定了在坪坝营原始森林里找水源、建堰塘，然后引水自流到水厂的方案，以彻底解决全镇 19 个村 2.62 万农村居民的用水难题。杨越刚找到附近几个村的党支部书记，请他们向当地上山挖药材的村民打听，只要听说哪里有股泉水，他就带着技术人员去现场查探。找水的双脚走过坪坝营原始森林许多地方，鞋子磨烂了，衣服刮破了，摔跤更是不计其数。

2018 年夏天，他们终于发现了石灰窑、大沟、厚朴营、流花溪几个流量适合的隐藏水源点。同年 9 月，坪坝营镇农村饮水连通工程项目设计完成，计划新建一个 9.94 万立方米的堰塘，连通梨树坝、大铧尖、锣鼓坪、大溪、杨家坪等 5 个水厂。工程完工后，将彻底解决整个坪坝营镇水源补充问题。2019 年 2 月，项目纳入咸丰县扶贫部门备案，4 月开始前期水、电、路、征地拆迁相关工作，6 月初招标投标结束，正式进入施工阶段。杨越刚和工程施工方一起制定施工进度表，计划 9 月底通水。

“这个项目施工难度大，你们能在今年 12 月底完成就不错了。”针对这些质疑，县镇两级党委和政府对施工方及相关责任单位提出抢晴天、战雨天等 7 条意见，确保工程进度。

9 月 30 日到了，工程仍有几百米的管道尚未安装到位；一根水管在卸载时意外损坏；因坡陡林密，引水管的法兰盘螺丝总是拧不紧……面对接二连三出现的意外情况，杨越刚组织的 10 人应急预备队迅速投入战斗，重新调运水管，再从集镇找来两名汽修师傅帮忙，利用工具铆紧螺丝。当晚 9 点，最后一根引水管终于安装完毕。

“放水!”坪坝营镇书记赵红敏激动地宣布。半小时后，4 股泉水翻山越岭，一路欢歌，涌进了新建的堰塘。汩汩清泉不断涌来，大家听到了泉水叮咚的最美音符!

坪坝营镇的故事只是一个缩影，类似的水利扶贫故事在咸丰县其他乡镇不断上演。“十三五”期间，咸丰县共实施农村饮水安全巩固提升工程 5 批次，项目总投资 2.4 亿元，新建改造各类农村供水工程 290

处，改善提高 20.89 万农村居民的饮水条件，为决战决胜脱贫攻坚提供了坚强有力的水利支撑和保障。

《中国水利报》 2021 年 4 月 19 日

通讯员 黄治淮

湖北兴山累计投入1.15亿元解决用水难题——

饮水无忧　脱贫不愁

湖北兴山县水月寺镇郑家埫村四组贫困户郑春祥拧开水龙头，洗菜淘米，“感谢政府为我们接通了自来水，现在生活真方便。”郑家埫村四组所在地山高坡陡，水源枯竭，以前郑春祥吃水主要靠挖土坑蓄雨水，遇到干旱她要用塑料壶到3公里外的深山峡谷背水。

兴山县属于典型的喀斯特地貌，难以涵养水分。兴山县水利局局长谭兴明介绍，缺水是像郑春祥这样的贫困户无法脱贫的主要原因。

为破解村民饮水难，该县创新采用“引水为主、提水为辅、打井为补、管护贯穿”的措施，加强对古洞口水库等县内10处大型集中供水水源工程的保护和修缮，并新建6处引水供水工程，铺设管道5.7万米，覆盖3个乡镇1388户3981人。针对部分地区雨水难留的实际情况，通过采集分散地表水、山涧泉水引流、屋面集雨、修建水窖等形式有效蓄水。

2019年，兴山县水利局在郑家埫村投资28万元，新建一个20立方米的蓄水池，架设饮水主管道5400米，从邻村滩淤河引水到郑家埫村四组，为村里45户村民安装了供水管。郑春祥一家三口再也不为干旱缺水发愁，把全部精力投到产业发展上。她家已出售牲畜17头，还打算卖8头，毛收入预计近10万元。

兴山县已累计投入1.15亿元，加强农村饮水工程建设，解决了41709户128356人的用水问题。解决了用水难，村民生产快速发展，生活质量明显提高，目前全县13个建档立卡贫困村全部出列，累计完成减贫54720人，全县无存量贫困人口。

《人民日报》　2021年1月11日

记者 范昊天

湖北通城：清水流进咱家门，老中医有了新期盼

湖北省咸宁市通城县沙堆镇湾船咀村的宋再学最近感到生活轻松了不少，因为他再也不用隔三岔五跑到镇上去拖桶装水了。宋再学世代在此行医，虽然中医馆规模越做越大，但没水煎药始终让他头疼。

宋再学开的中医馆

宋再学所在的湾船咀村原本有一个小型水厂。可受制于取水水源及生产工艺，村民们虽然有自来水可用，但水量时大时小。宋再学有时急着煎药却无水可用，有时水质又达不到煎药的要求。不得已，宋再学只能继续用井水作为生活用水的补充，给病人煎药的水，则用从相隔几里远的镇上买来的桶装水。成本高了不说，精力也耗费了不少。

宋再学的用水难题，几乎在通城县其他村镇都会发生。因为受山区地理位置及用户居住分散等条件的制约，通城县以前只能在每个乡镇兴建一个小型的水厂解决村民用水。季节性断供时有发生，水质也得不到保证。

已经停用的村里的老水厂

转机发生在2020年。当年，湖北省开始实施农村饮水安全补短板提标升级项目，一方面开展农村规模水厂建设和改造，另一方面在规模水厂覆盖不到的贫困村、山区村、边缘村，兴建或改造小型集中供水工程。宋再学所在的湾船咀村被纳入龙潭水厂的供水体系。龙潭水厂本就以龙潭水库库水作为水源，不但供水量能满足村民所需，而且库水水质长期保持Ⅰ类，水质也能得到保证。通城县水利和湖泊局局长吴彤介绍，对龙潭水厂改扩建项目总投入6630万元，按照现代化制水工艺进行设计，将日供水能力由1600立方米提升到14000立方米。同时铺设供水主管网19.6公里，沿途设分水口14处，将供水范围扩大到更多的乡镇。2021年1月24日，改造后的龙潭水厂正式投入运营，供水范围覆盖通城县四庄乡、沙堆镇及隽水镇城区，受益人口达十多万人。宋再学的用水问题也得到彻底解决。

如今，咸宁市各项农村饮水安全提标升级项目均在全力推进。在咸宁市咸安区，规模化的桂花水厂主体工程建设已经完工，即将进入设备安装阶段；小型集中供水工程花纹水厂完成四级提水建设，让山上的村民和山下的村民一样，用上同质同量的自来水。

一泓清水不但极大提高了农村人口的生活质量，还引得投资纷至沓来。在咸安区汀泗星星竹海风景区，陈家沟乡村振兴示范园项目正在加紧建设。

该项目总投资 5000 万元，集游乐、健身、餐饮、住宿为一体，预计 7 月 1 日开门迎客。项目负责人陈凯介绍，他们是土生土长的本地人，从小喝蓄水池里的水长大。后来去深圳做建材生意，生意越做越大。去年得知村里已经完全解决了用水问题，遂萌生了回乡投资做旅游项目的念头。

宋再学正在取自来水煎药

龙潭水厂及水库全貌。宋再学煎药及生活用水就取自这里

正在施工中的桂花水厂

正在施工中的陈家沟乡村振兴示范园项目

如今，湖北已经形成规模集中为主、小型分散补充的农村供水格局。湖北省农村饮水安全保障中心主任陈建华介绍，截至 2020 年年底，湖北建成各类饮水安全工程28.71万处，供水主要指标均领先全国平均水平，农村集中供水率、自来水普及率、水质达标率、规模化供水人口比例居全国前列。

中国网 2021年3月26日

杜元

城乡一体化供水的又一范例
英山筑梦　城乡同饮

时下酷暑难当，这里的土地却一片火热。地处大别山南麓、鄂皖交界的湖北省英山县，西河中心水厂扩建工程正在紧张施工。几十公里外，全县海拔最高的陶家河水厂也正赶进度、争时间。

日供水从 7000 吨到 5 万吨，受益人口从 6 万人到 21.2 万人，这座英山县最大的水厂——西河中心水厂将和其余 3 座千吨万人以上规模水厂联结成网，覆盖全县域。这是湖北省黄冈市第一个以县为单元来统筹实施的重大饮水工程。

一管清水入万家，助力英山县千年梦圆。作为刚刚摘帽不久的曾经的国定深度贫困县，英山县如何一步一步矢志不移率先在整个县域推进城乡供水一体化？有何经验可循？

那场暴雨，尽显英山供水之短

几乎所有的英山人都不会忘记 2016 年夏天的那场暴雨。

2016 年 6 月 19 日，一场强降雨突袭，英山山洪暴发、河水陡涨，河堤溃口，堤坝损毁，城区水厂供水主管网被冲毁 1 公里，取水井遭水打沙压，城区 5 万多市民生活用水告急。

城区之外供水形势同样严峻，金家铺镇上游西河水厂和下游山泉水厂的供水管网冲毁，全镇 20 多个村 2 万多人的生活用水停滞。

雪上加霜的是，6 月 30 日特大暴雨再次袭击英山，自来水厂再次受损。家住六楼的英山县副县长徐明轩，前后有 20 多天每天都要前往供水点提水上楼。

修建于 20 世纪 50 年代的英山县水厂，取水自城区东河，取水口位于白莲河水库尾库。自 2014 年起，白莲河水库入库水量增加，水位抬升超过取水口高程。水库至英山城区十几公里河道污水倒灌，英山县水源地水质恶化。遇到大暴雨，则容易被上游冲下来的库区垃圾填堵取水口，造成供水中断。

随着城镇化快速发展，城乡水厂和分散供水点规模小、水压不足、水源不稳定不充分、管理粗放等短板问题日益暴露出来。特别在农村，供水压力大，管道长，渗漏率高，天旱时供水不能完全保证，供水工程运行管理不能紧跟用水需求……

天干没水，水质不达标，取水口不合规……县人大常委会主任段丽芬介绍，英山县近几年人大代表建议、政协委员提案约 2/3 都关乎饮水安全问题。2017 年县人大和政协的建议提案有 83 份，其中有 42 份关乎饮水安全问题；2018 年 72 份建议提案，有 33 份关乎饮水安全问题。

饮水安全问题像悬在英山人头上的达摩克利斯之剑，成为英山县天大的事。

提档升级，刻不容缓。

达成共识也是一次革命

英山县是温泉名城、丝茶之乡。“八山一水一分田”的地理环境，决定了英山县饮水安全工作任务之艰巨。

英山县一直把解决城乡饮水安全问题作为头号民生工程来抓，自农村饮水安全工程建设实施以来，英山县先后已建成大小水厂 30 余座、分散工程 1169 处，已实现了全县乡镇、场、村饮水安全全覆盖，打通了农村供水“最后一公里”，满足了脱贫攻坚的底线要求。

然而，小打小闹，修修补补，投入了不少资金，采取了不少措施，饮水安全问题依旧是按下葫芦浮起瓢，始终解决不了根本问题，也难以持续满足英山县经济社会高质量发展的需要。

针对山区县情，首先要转变饮水安全建设管理的观念和模式。英山县提出：迈进新时代，水利要适应新要求，不能总是重复昨天的故事，必须要改革，前提就是提高站位、统一思想认识。

英山县委常委会、县政府常务会多次专题研究城乡饮水安全工作。英山县人大调研组对饮水安全进行了多次调研，最后形成如何保护饮用水水源、让英山人民喝上放心水的调研报告。英山县政协对解决城乡供水问题组织季度协商，全力推动。

英山县水利电力局连续开了三轮会，第一次班子成员开会，第二次所有股长开会，第三次所有水利站长参加，每个人都表态。最终，首先将西河4个乡镇的7座水厂合并，组建西河中心水厂，划定产权职责，规范人事管理，规定经营范围，实行工效挂钩。改革后，新组建的中心水厂技术力量得到加强，运行成本大为降低。

供水项目的谋划，要求英山人必须解放思想，传统思维必须创新突破。历经整个过程的原英山县水利电力局局长肖卫东说："这是全县人民的期盼，我们必须直面问题，达成共识也是一次革命。"

只有科学谋划供水水网，才能真正让广大群众喝上安全水放心水。英山县决定大踏步走出去，水利电力局组团到大冶市参观30万吨集中供水工程，到来凤县学习农村饮水PPP项目模式，踏上了全力推进英山城乡供水一体化项目的征途。

"安全饮水巩固提升是当前最重要、最紧迫的民心工程，如果老百姓连最基本的安全水都吃不上，那么我们就不称职。"采访中，县委书记陈武斌坚定地说。

思想是行动的先导。从此，英山人坚定地走上了城乡供水一体化之路。

问题倒逼城乡供水要素整合

瞄准城乡供水一体化这个路径，英山县把饮水安全巩固提升作为一道道算术题来精准运算。

英山县算了四笔精细账：一是政策账。国家各项解决农村饮水安全的政策和项目相继推出，省水利厅、县委县政府为城乡供水一体化提供了坚强的政策支撑。二是资源账。西河中心水厂毗邻的张家嘴水库，水质好，地势高，适合作为水源地；有比较稳固的基层网络体系建设，有6万多用户，有11个乡镇水利站以及30多座水厂的支撑，完全可以利用自身优势破解供水困局。三是发展账。英山县旅游资源丰富，产业特点鲜明，发展潜力大，高质量发展的需求为供水一体化提供了有力基础。四是队伍账。英山县有一批有经验、敢于担责、不怕困难的水利队伍，这支队伍正想践行使命为英山人谋福利。掰开了，揉碎了，英山县委、县政府要求把每一个关键要素都充分考虑到，优化整合成一个全新的方案。

水源地沿线保护、规模水厂改扩建、小水厂合并、供水管网互联互通……英山县提出了“建设大水源、布局大水厂、联通大管网、建立大机制”推进城乡供水一体化的工作思路，大胆谋划建设以大水厂为主，小水厂补充，分散工程辅助，三河连通（英山县全境内的三条河）、城乡一体、全域安饮的供水体系。

湖北省饮水办主任陈建华在看到英山县最初的供水方案后，提出了根据地势便利，将农村和城区供水一并考虑的思路和建议。县委书记陈武斌也着重提出，农村安全饮水一定要站在全县的角度来谋划，作为英山干部，一定要为子孙后代着想。科学规划是前提。英山县委托中国市政工程中南设计院专家，结合英山县总体规划，开展调查论证。2017年11月，《英山县城乡供水一体化工程可行性研究报告》编制完成。

“面对英山人对高质量生活的期待，我们不会止步。”英山县县长田洪光说，“我们不能再捧着金饭碗讨饭吃，我们必须打造饮水安全升级版。”

全力打造“5211”供水新格局

经过广泛征求意见、多方论证、科学民主决策，英山县重新规划的“5211”供水新格局出炉——以日供水分别为5万吨、2万吨和2座1000吨共4座规模水厂为骨干，从根本上解决供水工程重复建设、规模小等问题。

这是英山县一个前所未有的规划。工程建成使用后，可以使100%的城镇居民和75%的农村人口饮用水“同管、同量、同质、同安全”。

规划总投资达4.2个亿，钱怎么来？一靠政策，二靠人，三靠组合拳。项目经过县发改局批复后报省发改委，省水利厅、发改委都非常赞同这个项目，国家发展改革委也完全赞同，整个批复过程非常顺利。2018年3月份得到批复，一期投资2.56亿元，国家补贴1.26亿元。5个月后，资金就下达了。县里财政困难，但千方百计筹措资金，今年发行债券1500万元，明年预计发行债券将超1亿元，另外还向中国农发行申请贷款1亿元。

这一头阵打得又快又好，为英山县铺开的城乡一体化项目鼓舞了士气。

先建机制，后建工程。英山县首先制定了县级领导联系城乡供水一体化建设项目责任机制，明确了具体的责任部门和协同部门，切实强化工作责任。建设伊始，英山县就确立了改革管理体制的思路，县水务管理体制改革也迈出实质性步伐。2019 年 4 月 11 日，英山县毕泉水务有限公司成立，承担起全县城乡供水的水厂建设、运行管理和供水服务。在管理体制方面，创新管网设备养护机制、水质检测机制、水源地保护机制，充分对接饮水安全精准扶贫，确保城乡供水一体化工程“建得成、管理好、用得起、长受益”。

记者走访张家嘴水库、红花水库等发现，英山县十分注重饮用水水源保护。通过“投、解、巡”三措并举，饮用水水源变得更加安全。“投”就是县政府每年投入 150 万元财政资金用于水源地保护；“解”就是解除所有城乡供水水源地养殖合同；“巡”就是全面落实河湖长制，对全县水源地和河道巡视常态化，从源头清除污染源。

同时，英山县水利和湖泊局秉持用户思维，一方面搞建设，一方面扩展用户，管网延伸，安表到家。边搞规划，边搞项目，边扩展用户，运营规范和信息化同步考虑、同时进行。

结合“不忘初心、牢记使命”主题教育，湖北省水利厅厅长周汉奎 7 月 16 日赴英山县专题调研城乡供水一体化工作，他提出，全面解决农村饮水安全体现了水利人的初心和使命，城乡供水一体化建设顺应了时代要求，回应了老百姓现实需求，是一项打基础管长远的工程，要把工程建设好，把管理抓好，更好地造福人民群众。

“当前，我们干劲十足，我们一定不辱使命，把供水一体化工程建成管好，把实事办实，把好事办好。”机构改革后的英山县水利和湖泊局局长胡卫东信心十足。

特别值得一提的是，2019 年英山县人大和政协的建议提案有 30 份，只有 2 份是关于饮水安全问题的，同比下降 94%。

“城乡一体化供水有助于城乡融合发展，也是湖北省农村饮水工作的努力目标。”陈建华希望英山成为湖北省可复制可推广的典型。

一滴水可以反射太阳的光辉，也可以映照惠民政策的进程。随着英山县城乡供水一体化项目的不断推进，英山县将真正迈入城乡同饮的新时代。

《中国水利报》 2019 年 8 月 1 日

记者 赵建平 熊渤 孟梦

英山西河中心水厂春节前通水，受益户幸福感爆棚

蓄水桶下岗　好日子上线

拧开水龙头，清澈的自来水哗哗流进洗菜盆，家住英山县石头咀镇毕家坳组村民闫海一脸笑意：“随时有水，水量足、水质好，没有比这个更好的新春礼物了！”

2月3日是英山县西河中心水厂竣工通水的日子，日供水能力从7000吨提升至5万吨，受益人口从6万人到21.2万人，闫海是其中一个代表。

据悉，西河中心水厂是英山城乡供水一体化项目工程的重要一环，按照规划，这座水厂将和该县3座千吨万人以上规模水厂联结成网，覆盖全县，届时，英山100%的城镇居民和75%的农村人口饮用水将做到“同质、同网、同源、同服务”。

蓝瓦白墙的西河中心水厂紧邻水源地

用了十多年的蓄水桶下岗了

这些天，只要一开水龙头，闫海就会发自内心地笑起来。

西河水厂通水后，他感觉生活质量“有了一次质的飞跃”，用水带

来的方便，让他幸福感爆棚。

“你是不知道，以前老要等别人都休息了，不用水了，我再起来蓄水。”闫海家是自建房，因为房屋地势比较高，到了用水高峰，家里的自来水龙头就成了摆设。

提起用水尴尬，闫海说“太多了”——用洗衣机，要等到晚上，怕衣服洗到一半突然停水；卫生间必须放个水桶时刻补水，以防上完厕所后没水冲洗，家里会臭；遇到家里急需用水，则需到一公里以外挑井水……

“干旱的时候用水愁，过年返乡人多，也会为水发愁。”闫海说，水厂施工换水管的时候，曾专门去“看现场”，亲眼看到直径1米粗的水管埋入地下，心里才踏实下来，知道“好日子”快来了。

闫海的家是2008年建的，一开始用水缸蓄水，几年前换成可以装200斤水的塑料大桶，“现在好了，水龙头一开，自来水哗哗直流，蓄水桶呀下岗啦!”

不仅水量足，水质也更好了。

“在武汉的儿子回家过年，说水是甜的。”闫海说，以前水质时好时坏，泡出来的茶自己都不想喝。

英水县水利和湖泊局副局长马峰介绍，西河中心水厂总投资2.59亿元，惠及21.16万城乡人口。这意味着，水厂竣工通水，会有21.16万人和闫海一样，感受到这份新春礼物带来的美妙。

“黑灯工厂”日供水5万吨

一库碧水、群山环抱下的张咀水库，是西河中心水厂的水源地。

通过管道，清水源源不断进入水库脚下的水厂，经过沉淀、过滤、消毒等制水程序后，检测合格的自来水再经过管网流向千家万户。

2月3日和2月11日，湖北日报全媒记者两度现场探访时，水厂的制水车间只有水流流动的声响，但没看到一个人影。

人呢?

“员工都在中控室呢，所有的制水设施都能远程操作、监控，不需要人到现场。”水厂项目设计方、中南市政总院现场项目经理罗志宾说，这里相当于“黑灯工厂”。

在西河中心水厂，水质色度、浑浊度、pH 值、含氧量等自来水评价参数，都实现了在线监测，工作人员可以根据实时数据来自动调控水厂运行，“长期、详细的数据收集是水厂运行管理不断优化的基础。”罗志宾解释。

除了自动化设施，这个位于大别山深处的水厂，还集新技术、新工艺于一身。

反应沉淀池是水厂的“心脏”。在罗志宾的介绍下，记者留意到，从絮凝池流入的原水，经过沉淀池后，很快就清澈见底。

“奥妙全在 A 型泥水分流斜板上。”罗志宾指了指竖立在水中的白色板材说，相比传统的斜管、斜板技术，A 型斜板可以更高效地去除水中的有机物及其他悬浮物，降低水的浊度。

“西河中心水厂日设计供水 5 万吨，采用新技术，让沉淀池节省了一半的占地面积。”罗志宾介绍，英山全县以中低山为主，水厂就在一块依山的坡地上，但沉淀池、过滤池都需要建在平地上，设计时精打细算过每一块土地。

绿色环保理念也在水厂得到很好的体现。罗志宾介绍，来自沉淀池的排泥水，经过浓缩后进入脱水车间再处理，可以用作花卉等作物的肥料，提高水厂收益；制水过程中的反冲洗废水，会通过水泵回收至进水端，进行二次利用，每天可以减少 1000 余吨弃水。

城乡一体化供水进程过半

西河中心水厂，是英山城乡供水一体化项目工程的重要一环。截至目前，英山县城乡一体化供水项目工程进度已完成 50%。

马峰介绍，英山县总人口 40.5 万人，自农村饮水安全工程实施以来，先后建成 30 余座大小水厂、1169 处分散工程，实现全县乡镇、场(3 个林场)、村饮水安全全覆盖，其中，西河水厂供水范围涉及西河沿线 4 个乡镇的 83 个村。

城乡一体化供水项目旨在解决当地人关心的饮水安全问题。

随着各乡镇集镇供水需求增加，加上此前的安全饮水工程规模小、分布广、设计标准低、制水工艺落后、管网老化严重，以及自然灾害使安饮工程损坏等方面原因，已有相当部分已建的安饮工程功能失效，给农村居民饮水造成新的困难。

2016 年 6 月的一场特大暴雨，更是让英山县供水短板凸显，山洪暴发、堤坝损毁，导致城区水厂供水主管网被冲毁 1 千米，5 万多市民断水 20 余天，西河水厂管网被冲毁 21 千米，导致石镇、金铺、孔坊、红山 4 个乡镇 8.13 万人饮水困难。

痛定思痛。英山县提出推进城乡供水一体化的工作思路。

经过广泛征求意见、多方论证、科学民主决策，英山县重新规划的“5211”供水新格局出炉——扩建西河水厂达到日供水 5 万吨，在红花水库新建日供水 2 万吨的东河水厂，改造陶河、百丈河水厂，日供水规模分别达到 1000 吨，铺设主管道 155 千米，项目总投资 4.2 亿元，从根本上解决供水工程重复建设、规模小等问题。

据介绍，目前供水一体化工程中的陶河水厂已建成投入使用，百丈河水厂初步设计已完成评审，东河水厂已完成设计，马上完成评审和批复工作。城乡供水一体化项目完工后，英山 100％的城镇居民和 75％的农村人口用水将“同质、同网、同源、同服务”。

《湖北日报》客户端　2021 年 2 月 17 日

记者 艾红霞　通讯员 熊渤 包严方 黄镇

将优质水送进千家万户

——湖北仙桃市推进全域供水

家住汉江边，畅饮汉江水，这本该是湖北仙桃人天赐的福利，可现实却是“家住汉江边，喝不到汉江水”。

让梦想照进现实，并不容易。

仙桃市委、市政府自2015年开始，按照“统一规划、统一筹资、统一建设、统一运营”的总体部署，推进城乡供水一体化，工程总投资概算10.4亿元，竭力破解城乡供水格局。作为仙桃全域供水规划的重要组成部分和“骨干支撑”，仙桃市文泉自来水有限公司（原仙桃市第四水厂）凭借成熟的供水技术和优质的供水服务，将安全、优质的自来水送到千家万户。

8个镇50万人安全饮水，责任之重

郑场镇渔泛村村民曾端娥轻轻拧开水龙头，只见清澈、干净的自来水哗哗流出，接水、洗菜、淘米，早饭开始了。

“孩子们都到城里去了，家里人用水也不多，煮饭、洗衣服都是用自来水，价格也不贵。”曾端娥说。

渔泛村与汉江仅一堤之隔，可是多年来，村民们吃得最多的是井水。“贫困居民近汉江者，自到江边挑水，肩挑背磨，爬坡下坎；距江远者，则排队买水。”《仙桃市自来水志》主编杨昌松这样讲述村民以前取水的情景。

这些年，在满足城区45万人口供水需求的同时，全市供水半径逐步向周边镇村扩展，越来越多的居民正在加快实现“同饮一江水”的梦想。可大部分偏远乡镇和村庄用水仍来自镇、村水厂，水源取自地下水、东荆河水等。“这些水厂因处理工艺较落后，加之供水时间受限制，供水质量和供水安全均得不到保证。”仙桃市文泉自来水公司总经理潘

艳国说。

按照“全域供水”总规划，拟新建四水厂、新一水厂，改造二水厂，新改建乡镇加压泵站13座，延伸供水管网至各乡镇构成环状管网，实现自来水全覆盖。同时，逐步淘汰现有乡镇小水厂，节约地下水资源和电力资源。

2015年8月，仙桃市第四水厂开工建设，以汉江水为水源建设地表水水厂。项目总投资2.6亿元，设计总规模10万立方米每天，一期工程规模5万立方米每天。

作为全市农村安全饮水巩固提升工程七大项目之一，第四水厂承担着西部片区包括毛嘴、郑场、剅河等8个镇场约50万人口的安全饮水任务。

“管网配套工程决定水厂成败。”工程建设之初，仙桃市文泉自来水公司始终坚持以高标准设施配套管网建设的理念，健全“毛细血管”，让一泓清水直达村民家中。

潘艳国说，在原水管网和配水管网101公里铺设工程中，公司投资1.36亿元资金，全程采用9毫米壁厚螺纹卷钢。数据显示，2018年，管网漏损率低至7%。陈场、毛嘴等乡镇加压站与配水管网一并设计、招标、建设、投产，保证了主管网末端用户的水质水压。

安全优质自来水，标准之高

2017年1月25日，第四水厂正式开泵供水。清清汉江水从郑场镇徐鸳段取水点出发，一路奔流近10公里，经过初步制水到水厂，再经过配水混合井、网格絮凝池、平流沉淀池、气水反冲洗滤池、清水池、送水泵房等10余道工序进入市政供水管网，然后通过各镇加压泵二次加压送达千家万户。

“从建设之初起，我们的目标就是打造安全长效、管理自动化、信息化一体化的现代化水厂。”潘艳国说。

现代化意味着制水工艺更加精细。据介绍，公司在设备购置上全部采购一流的工艺设备、一流的检测装备，检测指标多达106项，出厂水质100%符合《生活饮用水卫生标准》中的各项指标。经排泥池、回收水池处理过的尾水会再次返回配水混合井，重新进行处理，实现汉江原水处理率100%。

现代化意味着设备管控更加智能。笔者探访市文泉自来水公司，偌大的水厂，只听得到低沉的机器声和哗哗的流水声，很难找到工作人员的影子。“我们的生产实行自动化控制管理，除特殊岗位外，一般无人值守。”随行的工作人员说。厂区四周围墙还装有弱电报警电网，取水口、氯气配房等重点区域设有在线监控设备，实行24小时监控。

在中控室大型电子显示屏上，全厂生产过程、工艺设备运行情况及变配电系统状态一目了然。工作人员通过移动通信设备，可随时观察运行数据，远程指挥厂区生产调度，实现制水流程综合自动化。

现代化意味着运行管理更加高效。每日1次水质常规检测、每周1次设备检查、每月2次安全大检查、每年1次全面体检、不间断的安全培训……这是市文泉自来水公司挂在嘴上、贴在墙上、落实在行动上的安全管理规定。

“供水安全关系千家万户，来不得半点马虎。”潘艳国说，水厂运行2年，未发生一起安全事故。2018年，实现供水量7859.5千吨。

目前，水厂已与西部片区6个镇场签订供水合同，另有2个乡镇正在进行加压站清洗、消毒和设备调试等工作。

“家住汉江边，同饮汉江水”，指日可待

仙桃，因水而兴，得水而美，缘水而盛。仙桃人，对水有一种特别的情愫。

“襄河水，清悠悠，穿平原，过沙洲，弯弯曲曲向东流，流过仙桃市我的家门口……”一曲《襄河水》唱出仙桃儿女对汉江母亲河的依恋。“住在汉江边，共饮汉江水”，更是155万仙桃人多年夙愿。

作为一项民心、德政工程，全域供水项目备受关注。可是，一口气新扩改建5座水厂、新改建13座加压泵站、新建1座备用水源地，钱从哪儿来？仙桃市委市政府创新投资模式，尝试PPP代建模式，吸收民间资本参与建设。

4年来，在全市各级各部门支持配合下，全域供水总体推进稳步有序。新一水厂与城区管网并网通水，四水厂供水稳定，二水厂扩建工程从每天2万吨提升到每天5万吨，备用水源地正在抓紧建设。

眼下，仙桃正举全市之力，打造全域供水“升级版”，全面推进农

村安全饮水提升工程，让 155 万人喝上安全、优质汉江水。截至目前，全市 23 个镇办场园共有 376 个村纳入管网安装改造范畴，其中贫困村 95 个。今年 9 月底，全市所有贫困村将全面完成管网改造任务。

《中国水利报》 2019 年 6 月 16 日

通讯员 邓一凡

建安全饮水工程　谋百万人民福祉

农村饮水安全工程是一项重大的民生工程，惠及千家万户，社会关注度高。大冶市自开展农村饮水安全工程建设以来，在上级领导和有关部门的关心指导与大力支持下，把解决农村饮水安全问题作为推进城乡统筹发展、加快全面建成小康社会和促进乡村振兴的首要任务来抓紧抓好，大力实施农村饮水安全工程，大幅度提高集中供水工程覆盖范围和覆盖人口，改善了农村群众饮水条件，实现了农村饮水安全目标。

加大“三个力度”
保障饮水安全工程顺利推进

大冶市将农村饮水安全工程作为保障农民身体健康、改善农村人居环境、促进农村经济发展的“一号民生工程”，在工作中加大“三个力度”。

一是领导力度。成立了农村饮水安全工程建设领导小组、王英水库引水工程建设指挥部、城乡一体化进村入户工程建设指挥部，明确各部门单位工作职责、任务和措施，各乡镇（街道）也相应成立了工作专班，负责辖区农饮工程的组织、指导、协调工作，合力推动农饮工程实施。

二是规划力度。从实际出发，综合考虑水源、水量、水质和周围环境等各种因素，统筹农村饮水安全工程布局，编制完成了《大冶市农村饮水安全工程规划》，依据规划编制了《大冶市城乡供水一体化进村入户工程建设实施方案》，计划到 2018 年基本实现城乡一体化供水全覆盖，供水管网延伸到建制镇，形成以王英水库引水工程为龙头，向全市各乡镇统一供水的城乡一体化供水格局。

三是保障力度。大冶市农村饮水安全工程总投资 18.85 亿元，采取市级财政保障、企业捐赠、向上争取和 PPP 模式等方式筹集资金，保障城乡一体化供水工程顺利实施。

实施“两大工程”
提升供水能力，保障供水质量

大冶市地形复杂，是典型的丘陵地貌。市委市政府因地制宜，合理布局，主要实施两大农村饮水安全工程。

一是就地新建改造工程，提升农村安全饮水质量。自农村安全饮水项目实施以来，共兴建各类饮水工程 251 处，涉及 266 个村，受益总人口 58.63 万人，完成总投资 3.28 亿元。

二是全域布局，实施城乡供水一体化工程。王英水库引水工程 2015 年 4 月 14 日正式开工，历经两年，铺设管道 96.92 千米，建成了日供水规模 30 万吨的现代化殷祖水厂，工程主管网与市政供水管网对接，延伸至全市 14 个乡镇（街道），建成了以王英水库引水工程（殷祖水厂）为主中心，覆盖大冶城区及广大农村的供水体系，总资产 12.45 亿元，为保障全市城乡供水奠定了坚实基础。

下一步，计划投资 3.51 亿元，加快中心城区及城镇供水管网建设和改造，完善配水系统，对部分农村供水设施进行维修改造和巩固提升，对 241 个村实施城乡供水一体化进村入户工程。确保到 2019 年年底，全市饮用王英水库水的农村居民达到 95%以上，实现“一库水、一座厂、一张网”的“同网、同价、共管”城乡供水一体化新格局。

殷祖水厂门楼

强化“四项措施”
严格水质和水源管理

大冶市采取四项措施加强水质保护和水源管理。

一是实施河长制湖长制，强化饮用水水源保护区管理。统筹推进“治山、治土、治水、治气”工程，全区域全流域综合治理，岸上岸下标本兼治。建立健全饮用水水源地的环境保护机制，明确了保护对象、范围、措施和责任主体，确保大冶湖、保安湖以及毛铺水库、杨桥水库等重要水体水质达标。

二是加强水质监测，确保水质安全。组建了大冶市农村饮水安全工程水质检测中心，加大对水源地、水厂、供水终端的水质监测力度。同时，建立了“千吨万人”规模水厂水质日检制度，进一步保障了饮用水水质安全。

三是建设乡镇污水处理厂，切断水污染源头。投资 7 亿元建设污水处理工程，目前工业废水收集处理系统工程和金牛、保安、还地桥等乡镇生活污水处理厂建成投入使用，刘仁八、殷祖等乡镇污水处理厂全面启动，今年全市污水处理厂全部建成。

殷祖水厂全景

四是加强统一管理，确保正常运行。逐步将乡镇自来水厂、污水项目及附属管网设施等资产，划归市水务集团公司统一运营管理，实现全市供水、污水治理一体化管理运作。同时对全市所有建档立卡贫困户实行免费安装入户，并规定贫困户每月享受 4 吨的免费供水。兑现了市委市政府向全市百万市民作出的“喝好水、不涨价”的庄重诺言。

《中国水利报》　2018 年 8 月 23 日

大冶市水务局供稿

饮水安全全覆盖　城乡供水一体化——

东宝区 17 万村民喝上自来水

山区贫困户用上自来水　（《湖北日报》全媒记者　戴辉　摄）

农村饮水安全是打赢脱贫攻坚战的基础。2019 年 8 月，荆门市东宝区以“城市农村一个样”为目标，投入 1.5 亿元打造农村饮水安全“升级版”，实现饮水安全全覆盖、城乡供水一体化。

今年 7 月，东宝区 8 个自来水厂改扩建完工，日供水 2 万吨，惠及 2.09 万贫困人口，延伸覆盖到 128 个村、17.12 万村民。

多方参与破解资金难题

“没想到能喝上漳河水。”自从家里通了自来水，88 岁的贫困户杨朝先很开心。

站在栗溪镇鹅项村山头，远远可见浩渺的漳河。“修漳河水库也有我的功劳。”杨朝先骄傲地说，1958 年，他挑着被褥走了 20 多千米山路，加入到漳河水库建设大军，一干就是 3 年，还在工地火线入党。

“看得见漳河，却喝不上水。”曾让杨朝先有些遗憾。今年 7 月，关庙港自来水厂改扩建完工，一条 23 千米的水管穿山越岭，从漳河引入鹅项村。

“农村饮水安全工程，半数以上取自漳河优质水。”东宝区水利和湖泊局局长王彪说。

引入优质水源，钱从哪里来？

东宝区采取“四个一部分”：财政出资一部分，财政直接拨付及争取地方政府债券资金 8600 万元；部门向上争取一部分，水利、发改向上争取资金 1580 万元；国有企业投资一部分，区城投公司投入 3400 万元；基层负担一部分，各乡镇、工业园和相关村共投入 1307 万元，包括引导受益群众投工投劳、在外创业成功人士捐款捐物等。

涓涓细流汇成办大事的强大力量。

与时间赛跑抢进度

“每天验收交接、查遗补漏，事情挺多。”房文娟一上午已跑了 2 个乡镇 4 个村。

房文娟是东宝农村饮水安全脱贫攻坚项目的业主法人代表。2019 年 8 月，东宝农村饮水安全工程动工，马河、栗溪、仙居等山区乡镇地广人稀，施工难度大。“有时为一户山上农家，需引 4 千米水管，几级加压。”房文娟说。

“望山跑死马，却治好了我的晕车症。”房文娟笑着说。山路弯弯，她跑遍 128 个村的每一片山水，确定新建及改造 8 个水厂，新建自来水管网 1540 千米、加压泵站 13 处、分散供水工程 139 处的实施方案，最大限度扩大受益群众范围。

今年年初，受新冠肺炎疫情影响，工程暂停。3 月 17 日，东宝安全饮水工程成为荆门市第一批复工复产项目，工程分 6 个标段同时开工。为确保如期完工，东宝区对工程建设、道路协调、临时占地、自来水入户等重点工作列出任务清单，倒排工期，加强调度，增加施工人员和机械设备，加班加点赶进度。

探索“公办公营”新机制

余氯0.41、pH值8.5、浑浊度1.41……“检测常规指标42项，全部达标。”子陵自来水厂值班员李秀云正在抽检水质。

这个自来水厂投资900多万元，紧邻建泉水库，宛如一个小公园。“从过滤到消毒、沉淀，按城市大型自来水厂标准兴建，日供水6000多吨。”王彪说，以前乡镇自来水厂由私人承包经营，管护松懈，水质难保障。新建的自来水厂，水质保障能力大幅度提升。

如何确保农村饮水安全工程“建得成、管得好、用得起、长受益”?

东宝区探索农村供水“公办公营”新机制，明确由区城投公司为农村供水管理的主体单位，出资2400余万元，回收所有承包经营的自来水厂，组建东振水务公司。配备30人的专业运营队伍，建立区级维修管护资金专账，统一管理全部8座自来水厂，变过去私人、集体等多元经营主体为国有企业统一运营，引导农村供水回归公益属性。

《湖北日报》 2020年7月29日

记者 戴辉 通讯员 刘洋

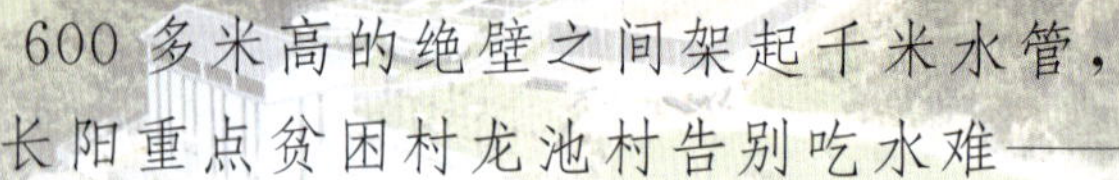

600 多米高的绝壁之间架起千米水管，
长阳重点贫困村龙池村告别吃水难——

找 水 记

6 月上旬，长阳土家族自治县渔峡口镇龙池村，暴雨暂歇，群山苍翠，雾气萦绕。

站在 600 多米深的河谷抬头仰望，一根飞跨绝壁之间的千米水管宛如一条“黑线”，在云遮雾罩之下若隐若现。

汽车沿着盘山公路继续行驶 20 多分钟，下车后再爬十几分钟的泥泞山路，便到了龙池村七组大缺崖，悬挂在两根钢索之下直通村落的空中水管清晰可见。

拧开水龙头，清泉喷涌而出，好生甘甜……

听水响，看水流，千百年来吃水愁

龙池村紧邻巴东县，是长阳土家族自治县 39 个重点贫困村之一。该村柳山片区平均海拔 600 米，山势陡峭，加上当地属喀斯特地貌，“听水响，看水流，人在山上为水愁”的民谣，真实反映了当地千百年来吃水难的愁苦。

近几年来，在相关惠农政策支持下，龙池村家家户户建起了水窖，蓄积雨水，用于人畜饮用。然而，水窖蓄水水质难以保障，饮用不安全。“时间一长，水发绿，有时还有虫子”，贫困户吴远道告诉湖北日报全媒记者。

让村民们喝上干净安全的自来水一直是龙池村的期盼，也是地方党委政府的心愿。但水源从哪儿来，始终是绕不过的坎儿。“曾研究过几套方案，最终都被否决了”，长阳土家族自治县水利和湖泊局副局长肖发新介绍，龙池村附近没有高位水库，也无山泉水，从邻近的巴东县引水路程较远，协调难度大；从山下的大布滩河抽水上山，垂直提水 600

多米，需建4座泵站提水，建设难度大，维护成本高。“到户水费20元一吨，就算建好了，大伙儿也吃不起”，龙池村党支部书记赵丽华说。

几经找寻，终于在邻近的招徕河村窝淌（小地名）发现一处泉水，水质干净、水量充沛，但村民们还没来得及欢呼就又陷入烦恼。两村之间隔着大布滩河，两岸是刀劈斧削的绝壁，从窝淌引水需跨过1400多米宽、600多米深的峡谷。怎么办？经多次查勘论证，县里最后决定，在两山之巅架设空中水管（俗称“飞线”），将山泉水引至龙池村大缺崖。

绝壁施工，空中水管横跨千米天堑

去年8月，长阳启动实施农村饮水安全巩固提升工程，投资100多万元，“飞线”工程开工建设。“飞线”工程由两根钢丝绳和一根水管组成，两头“系”在大布滩河两岸的悬崖上，跨度1480米，最大悬空高度600多米，单跨和悬空高度均为我省同类饮水工程之最。

扶着钢索，记者站在悬崖边俯瞰，瞬间目眩，双腿发软，只得赶快小心退回。悬崖绝壁，大型机械难以进场，每根钢丝绳重达3.75吨，单靠人工“飞线”是如何建成的？

施工负责人田康继介绍，工人们系上安全绳，拉着0.4厘米粗的钢缆，分别从对岸山顶下到大布滩河面，坐船将两根钢缆在河中央对接，再用绞盘将钢索拉直。之后再用细钢索将直径更粗的钢缆拉过对岸……通过这种方式，依次将直径更粗的钢缆和输水管架设在两山之间，最后用于悬挂水管的粗钢绳直径2.6厘米，长近1500米，架设一根就花了17天。“从河滩到山巅，不带任何东西，单程就需要4小时”，施工人员殷云寿介绍，为节省施工时间，他和工友每天背着十几斤重的开水、馒头、烧饼施工，中午在悬崖上找一小块搭脚地，抱着安全绳，拿出馒头和开水将就一餐，连续几十天，天天如此。

一次作业中，田康继系着安全绳下悬崖，下到一半时，突然感觉手臂无力，被悬在半空，上下不得，田康继立即通过对讲机向工友呼救。危急时刻，殷云寿和向长江迅速索降至田康继受困位置，在两人合力相助下，田康继才得以解困。

经过近一年的艰苦施工，今年6月2日上午9时许，一条横跨峡谷、长1480米的水管引来汩汩清泉，飞渡进入农家。看到清泉喷出，龙池村大缺崖村民一片欢腾。

65岁的村民柳昌群打开水龙头，喝上一大口，啧啧称赞：“甜，真甜！”

肖发新介绍，“飞线”水管每天可供水240立方米，水源地水量充足，彻底解决了村民们的饮水难题。

清泉来了，村民笑了，龙池村脱贫的信心更足了。

《湖北日报》 2019年6月30

记者 祝华 通讯员 李鹏飞 曾严

千米“飞线”穿绝壁
清水飞入百姓家

为了保障农村高龄、困难老年人的需求，山东省荣成市探索通过个人信用管理鼓励志愿者服务，在村级开办“暖心食堂”，创新互助养老模式，用较小的成本解决农村居家养老的问题。

而在湖北长阳土家族自治县的龙池村，当地村民们也通过一个千米“飞线”的项目，喝上了干净水。

龙池村曾经是当地的重点贫困村，这个村的柳山片区平均海拔 600 米，山势陡峭，属于喀斯特地貌，缺水问题十分严重。为了让村民能用上放心水，县政府和水利部门选择了高空架设“飞线”的方式，从隔壁村庄引来水源，让水“飞进”了每一户村民的家中。

经过一番跋涉，我们来到了大山深处的龙池村柳山片区。村民柳昌群告诉我们，眼前这个水池是他自己挖的，主要作用就是储存雨水，来满足日常的用水需求。

龙池村村民柳昌群：原来一到下雨的时间，我就铺一张大的薄膜，它能兜住水，一下雨，薄膜上的水就蓄到这个池子里了。水臭得很，但是还是要喝。

多年来，这一带的大部分村民都只能依靠这种落后的办法用水，喝上干净的自来水是他们的共同梦想。2018 年，依托精准扶贫政策，村里获得了资金和技术的支持，这让所有人大受鼓舞。他们派出好几组人，去附近寻找可以引入村子的水源。

龙池村村委委员吴远道：我们揪着棉麻藤，慢慢地爬上去，看到一个溶洞，里头就冒水，当时我们心里可高兴了。

水源地是找到了，但想要将水引过来，需要跨越 600 米深、1400 多米宽的山谷。面对如此复杂的地理条件，水利部门想出了一个办法：在两边山头架设一条“飞线”，凌空将水引过来。

长阳土家族自治县水利和湖泊局局长傅建斌：把这个钢丝绳用人工

放到河底，再用船拖到对岸，再从对岸用卷扬机卷到左边的山包。就是这么一个工作过程。

总台央视记者张剑：经过一年的施工，克服了无数的困难，2019年6月，就在我背后的这个山谷，一条长约1480米的“飞线”架设成功了，从那之后，对面山上的泉水就能通过这条管道一直送到这边的龙池村，为村民们带来干净的饮用水。

随着“飞线”一起建设的，还有一座小型自来水厂。拧开水龙头就能喝水，村民们的梦想成为了现实。

龙池村村委委员吴远道：水费1块5（每吨），老百姓也能够承受，我们是320户，1200人吃这个水。

来到柳昌群家，他热情地招待我们喝茶。

龙池村村民柳昌群：这就是飞线过来的水，拿这个泡茶挺香。

现在，柳昌群不仅用自来水泡茶、做饭、洗衣，还拿来喂猪、喂鸡，生活过得有滋有味。

除了生活上的便利外，“飞线”还带动了村里的产业发展。椪柑种植是龙池村的特色产业，过去，他们需要专门从远处抽水过来，并雇用专人进行灌溉，费用高，效果也不理想。

长阳清江椪柑专业合作社法人代表李德生：就是有雨水就好啊，没雨水天干的时候就顺其自然，以前都是这样。像我这片地每天至少两个工人，专门来搞灌溉。

李德生告诉我们，“飞线”架设后，水管直接接到了种植园里，大幅度提高了灌溉效率，这给他省了一大笔钱，椪柑的产量也上去了。

长阳清江椪柑专业合作社法人代表李德生：水果水果，水是第一位，首先是产量，在天干的时候保证水的供应，肯定产量要高。大概要高 20%到 30%。第二就是品质它要好。

据了解，目前在整个长阳土家族自治县，一共有 12 条这样的“飞线”，保障着那些少数居住偏远山区的村民们的用水，不让一个人在脱贫路上掉队。

长阳土家族自治县水利和湖泊局局长傅建斌：人的吃水问题，吃干净水、安全水已经解决了。结合我们的乡村振兴，结合我们现代化国家推进的方方面面，来进一步改善我们的水源问题。

《中央电视台》 2021 年 4 月 21 日

湖北长阳：泉水飞跃天堑　村民过上甜日子

横向跨度 1480 米、最大悬空高度 600 多米……湖北长阳土家族自治县渔峡口镇，一条空中水管穿越悬崖，接连着两山之巅，如同“空中飞线”。

据了解，这条千米“飞线”，不仅解决了渔峡口镇龙池村 305 户村民的吃水难题，也助力这里的村民过上了甜日子。

历尽艰辛找水源

在龙池村，有一句民谣，“听水响，看水流，人在山上为水愁”，折射了当地百姓吃水难的愁苦。

龙池村紧邻巴东县，是长阳土家族自治县 39 个重点贫困村之一，该村柳山片区平均海拔 600 米，山势陡峭，且属喀斯特地貌，不易储水。长期以来，村里因没有水源，季节性缺水问题突出。

龙池村已卸任的老支书柳昌群回忆，过去，村民吃的是“天河水”，大大小小的洼地就是蓄水池。后来，家家户户开始建水池储存雨水，但一遇到干旱季节，就只能从山下的池塘或河里挑水吃。山路崎岖，背着 50 多斤重的水，来回至少需要一个多小时。

“吃水难，吃到好水更难！”柳昌群说：“那时，家里的衣服从没洗干净过，集水场的‘牛脚水’（当地方言，意为能闻到腥味、发黄的水），哪怕混浊不堪，也得硬着头皮用它洗菜、洗衣、洗澡。”

“让村民喝上干净安全的自来水，寻找水源是关键。”渔峡口镇龙池村党支部书记赵丽华说，龙池村附近并没有高位水库，也没有山泉水，从山下的招徕河水库抽水上山，垂直提水 600 多米，建设难度大，维护成本更高。

一条艰难的找水之路，龙池村的历届村干部走了好几十年。

今年 50 多岁的吴远道是龙池村村委会委员、饮水安全管护员，为了找水，他的脚步踏遍了龙池村的每一寸土地。他回忆，当时，村干部们为了确定水源具体位置，前后 6 次爬上陡崖。终于，在邻近招徕河村密林里，寻得一处泉水。

飞跃天堑架水管

水源找到了，可是两村之间却隔着 1400 多米宽，600 多米深的峡谷。如何引水进村，成为一大难题。

“当时，长阳县水利部门经过多次实地查勘、论证，最后决定通过架设‘飞线’的方式，将临近的招徕河村高山上泉水引渡过来。”长阳土家族自治县水利和湖泊局局长傅建斌说。

2018 年 8 月，长阳实施农村饮水安全巩固提升工程，“飞线”工程开工建设。但是，要将又重又粗的钢缆和输水管架设在两山之间，施工难度可想而知。

“因两边都是悬崖，跨越峡谷的工程需要靠人工作业。”施工队员向长江回忆说：“我们就系上安全绳，拉着 0.4 厘米粗的钢缆，分别从对岸山顶下到招徕河水库，坐船将两根钢缆在河中央对接，再用绞盘将钢索拉直，之后再用细钢索将直径更粗的钢缆拉过对岸……”

施工队员殷云寿讲述，那段日子，为节省施工时间，他和工友每天背着开水、馒头、烧饼施工。“中午肚子饿了，我们就在悬崖上找一小块相对平坦的地方，抱着安全绳，拿出馒头和开水，匆忙吃完，继续开工。”

经过接近一年的艰苦施工，2019 年 6 月 2 日，一条长度 1480 米的空中水管，终于架设完成。从此，汩汩清泉水，通过这条空中“飞线”，源源不断地流入龙池村 305 户村民家中。

活水引来甜日子

龙池村的村民不再“愁水”后，致富奔小康的劲头越来越足。

“我们这水可是山泉水，水质好着呢！”柳昌群拧开家里的水龙头，汩汩清泉水平稳流淌。他说，通水后，自己不仅在家种了板栗，还种了几亩地的木瓜。“管理到位的话，一亩地能赚4000元到5000元，与以前相比，收入增长了很多。”

“不少以前离乡的村民，发现现在在家门口也能挣钱，陆陆续续开始返乡。”赵丽华说：“现在，龙池村很多村民都开始养猪、养牛，不到两年时间，就有20多户村民发展生态养殖，户均增收5万元以上。”

柳昌洪便是龙池村一位返乡村民代表。今年，他结束了外出务工的生活，在家专心当起了“猪倌”。

“我现在养了20多头猪，每一头都长得又白又胖。”柳昌洪信心满满地说：“今年的收入，肯定不比在外面打工差。”

赵丽华介绍，2020年，龙池村全村人均收入达到9000元，与2015年人均收入约4000元相比，翻了一倍还多。

据了解，“十三五”期间，长阳土家族自治县已全面完成农村饮水安全巩固提升，建设集中供水工程1663处、分散供水工程8029处，新增输水管道6500余千米，并实现国家现行标准下饮水安全全覆盖。

新华网 武汉 2021年4月15日

记者 刘桔 刘胜勇 覃丹

绝壁深洞引清泉

11 月 13 日，探水队队员通过铁吊篮运送水管到天宝洞内。

湖北省恩施土家族苗族自治州恩施市屯堡乡田凤坪村位于朝东岩绝壁下方，这个村子是恩施市深度贫困村之一。每年 10 月到次年 3 月，当地降水减少，这个村就会面临缺水问题，近 800 名村民要四处找水喝。今年 10 月，驻村扶贫工作队和村民组成探水队，在朝东岩绝壁中间——距岩底 300 多米、岩顶 100 多米的天宝洞内，寻得一处水源。经一个月的铺设管道、送发管线等工作，目前，清泉已从山洞引出，到达田凤坪村，预计春节前村民就能喝上清甜的山泉水。

（杨顺丕　摄）

《中国青年报》　2018 年 11 月 14 日

一管跃天堑　甘泉凌空来

——湖北土家山寨建“空中红旗渠”解石城水困

一辆摩托车驮着两筐水管“突突”地盘山而上，驶到距离石城山山顶最近的坪，管水员吴峰将摩托车停住，拿起工具攀爬至山顶。

山顶处，一根水管被悬空固定在索道上，笔直指向距离石城山数百米远的邻近山峰，往远方峡谷上空遥遥望去，黑色的水管呈“Z”形隐约牵扯在远处数个山峰之间，直至目不能及。

离空中水管200多米的山下，宜万铁路轨道在两山间露出一截，时有火车轰轰而过。

吴峰用扳手关掉冲砂的阀门。他负责管护的湖北长阳土家族自治县木桥溪村“调水”工程，穿越两大峡谷，飞跨7座山头，架设管道40余公里，其中悬空管道3400米，管道最高处海拔800米。

爬山，下山，在不同山头调水点巡查维护成了这个37岁养猪大户的新常态。能喝上好水，吴峰管护得甘之若饴。

这个“豁出命”建成的“空中红旗渠”，历经6年“马拉松”式找水的劳苦和2年近原始建设工程的艰辛，终于在去年腊月二十八跨镇引来甘泉，解了石城村192户700名村民世代缺水之困。

找穷根：饮水特困村的祖辈水困

石城山山体独立，风景秀丽，四周为断崖式绝壁。山下兰草谷溪水潺潺，瀑布飞溅。居住在山上的石城村民，祖祖辈辈只闻山下涧流响，不见山上水灌塘。

当地人提到这个村就直摇头：“这地方不好，三个月亮就晒枯了。”

在山上开农家乐的向克翠，常被游客建议在屋外建个水池方便洗漱。然而在通水之前，她所使用的都是从田间、小沟里积攒起来的“天河水”，沉淀一下还得紧巴巴地用。“有水就不错了，哪里还顾得上干不干净。”向克翠说，山下离得稍近点的小水源，有水的时候排队守上半夜也只能灌上一桶。到了冬天，“天河水”也没了，只能化雪或者铲下冰凌，架柴用锅煮。

住隔壁的杜开木，在国家实行饮水解困工程时，筑起了一个半封闭式的大水窖，接水管放置在山坡边的土沟中。撬开沉重的石板，里面积蓄的水浑浊发黄。

“存的都是旁边农田面源污染过的水，水质肯定保证不了。”长阳县水利水电局有关负责人介绍，“还有很多村民家，挖个坑，铺层膜，存蓄的水到了夏天都发绿发臭。”

从 20 世纪 90 年代开始，长阳县水利部门帮助石城村先后实施了堰塘、地窖、蓄水池工程，然而没有好水源，饮水安全问题不能得到根本解决。

养殖缺水无法扩大规模，几代人不敢建新房……水困牢牢束缚了石城人，也禁锢着石城村的发展。

寻水源：“豁出命”的 6 年寻水路

三步并作两步走。

在国家大力推进农村饮水安全工程建设、湖北省对饮水安全工程进行财政贴息等利好政策扶持下，2010 年，长阳水利部门建立“1311”模式，驻点帮扶饮水特困村。1 名局领导班子成员带领 3 名工作人员、1 名设计人员，解决 1 个饮水特困村的脱贫饮水工作。在拉网式的入户走访中，石城村民长久以来的水盼水愿在工作组心中生根。

从山下抽水？408 米的落差，至少要两级提水，且不说建设成本之高，管护之难，仅一吨水 2 元多的电费，也会使村民无法负担。

从别的山头引水呢？村民受当地五爪观水电站以“亚洲第一高索道桥”引水的启发，将目光投向外村、外乡镇。

长阳水利部门与石城村民一道，踏上漫漫寻水路。

北至白云山，西到贺家坪。

一根绳，一把刀，一件雨衣。

2 个乡镇，3 个村，5 个山头，200 多平方公里。

2 名村主要干部骨折，8 人次历险，身患肝癌的村支书向定锐带队翻山越岭，走遍纵横的沟谷。

30多个水源，30多份手绘水文资料图，都因水质、水量、覆盖范围、管理难度等种种问题不合适。少数村民逐渐丧失了找水信心。

要在有生之年解决石城村民饮水难——这是其间做了五次手术也不放弃找水的村支书向定锐的执念。长阳水利部门也抱着不解决全县饮水安全问题誓不罢休的决心，进一步加派力量，分7个小组再次踏上寻水之路。

2014年夏，在海拔900多米的景阳沟，优质的水源、合适的高差、各项符合引水要求的指标终于让水利部门拍了板。历时6年的寻水之路，至此画上圆满的句号。

建水路：三克难关引清泉

有源还得有路。

从景阳沟到石城，引水管道必须穿越十几公里两大峡谷，飞跨4公里7座山头。缺资金、施工难、跨乡镇，哪一道难关都不好过。

长阳水利部门立下规矩：绝不因脱贫饮水工程让村集体负债，更不能加重村民负担。优先安排国家规划资金23万元，从部门办公经费等挤出40万元，协调组织部、扶贫办、财政局、国土局解决80万元，县水利设计院、国土局免去全部工程测量、设计费用7万元。整个工程最终耗资150万元。

山窄谷深，又有超高压电网越过，原定的无人机架线行不通，工程重新聘请具备资质的设计单位架设飞索。

断崖绝壁间凌空引水，艰难的不仅是设计。

车载，骡驮，再转人扛。有时候一段路砍了个把月才能通人，有时候只能将一包水泥分成两袋，绑在人腰间攀援而上。25元一袋水泥的成本，还得加上200多元人工运费，一个劳动力一天最多只能运送一趟。

水泥运上山，却没水搅拌砂浆，施工队每到一座山，首要任务便是挖坑积水，尽可能减少背水的劳力和成本。

2015年3月正式动工，到了7月初，1号、2号桩点的管线仍未完成架设任务。即使是习惯了负重的骡马，也时常“撒气”停在半路不走。

同样在2015年7月，村民李盈新在5号桩放线，相隔800多米的对望峡谷，另一组人员拉线，峡谷风大，钢索圈突然失控，套住李盈新滑向悬崖。在距崖边1米时才硬是被同伴死命拉住，望着飞速弹落到峡谷的钢索线，李盈新吓得瘫坐半晌，至今仍心有余悸。而在当年冬天，运送水泥的村民杜开周，在跨越巨石时脚底打滑，他眼疾手快揪住几根灌木，就听见背的水泥掉落悬崖发出一声巨响。

拉钢索，牵管道，背砂石，运水泥……施工过程充满危险且苦不堪言，村民们建设的积极性却没有动摇。党群会上，村民达成每户出10个工的一致意见。很多村民的出工量大大超标，吴峰出了30多个工，还用自家农用车义务拖水管、运材料。工程建成，村民义务投劳4000余个，节省成本40多万元。

水利部门与村民并肩作战，召开大小会议100多场次，实地调研，制定方案，派驻工作组长期驻守工地，加强技术指导，严格质量监管。

饮水工程管线经过两镇四村，涉及近40个农户的山林土地。水利部门与村党总支一起，挨家上门，帮干农活，说尽好话，用真情顺利打通管线跨镇跨村之路。

兴百业：水“跃”石城换新颜

去年除夕前，石城村兑现了向村民应下的“一定让大家有水杀年猪、煮猪头”的承诺。

这一年的冬天，再不必煮冰凌。全长40多公里的饮水工程全程通水，192户村民春节燃放的鞭炮声响彻山谷。

凌空架起的管道仿佛云中飞龙，盘旋在群峰之间。甘洌的泉水隔峰蜿蜒奔来，喝一口沁人心脾。

这一天，村民吴涛带回设计师，计划推倒他老家20世纪60年代的土坯房：“有水好建房，我要带女朋友回新家。”

管水员吴峰的养猪规模终于可以放心地扩展，不必重蹈缺水卖猪的老路。他向乡亲们表态：“一定替大家管好水。”自己也计划着，今年生猪出栏达到百头以上，能比去年增收好几万元。

向克翠的农家乐也计划翻新，并将按照游客的建议再建个水池，她笑容满面地说："有水就好了，生活就安逸了。"

灌溉有了保障，村里的100亩葛根基地救活了。村支书向定锐说："效益好，下一步再扩大规模。"

没了缺水软肋，县农业局、林业局专家上山指导规划特色农业，村级产业发展如火如荼。如今，石城已有18个农户拆旧房、建新居，37个农户规划建房，还有24个农户准备发展生态养殖和农家乐。

石城，正在脱贫路上大步飞奔。

从这个土家山寨再出发，湖北水利精准扶贫也迈开新的步伐。

《中国水利报》 2016年6月2日

记者 熊渤 孟梦

攻坚岩口子，一管飞架“绝壁天渠”

——湖北巴东县江南三镇易地扶贫搬迁茶店子供水工程建设侧记

雨后初晴，离河谷近千米的湖北省巴东县茶店子镇朱砂土村岩口子云雾缠绕、绝壁高耸，稍微往谷底一看，不寒而栗。

循着悬崖边的空压机震天轰鸣声望去，一根根 10 多米长的输水钢管，在工作人员的操作下精准对接，然后在飞溅的焊花中，连接成一条输水管线，在绝壁上艰难延伸，即将与悬崖边铺设完成的主管线“胜利会师”。

这是巴东县江南三镇易地扶贫搬迁茶店子供水工程项目的岩口子施工现场。巴东县通过实施江南三镇易地扶贫搬迁茶店子供水工程，切实解决茶店子片区区域饮水困难问题，助力脱贫攻坚。

2018 年 8 月 30 日，工程正式动工。取水工程、输水管线、净水处理厂区、配水管网等四大主要建设项目同步施工，缩短工期。

项目的最大工程量在管线敷设上，管线敷设地点多为悬崖峭壁，施工环境险峻，最大难点在岩口子的绝壁处。岩口子百米绝壁近乎垂直，崖线离河谷高度超过 1000 米，管线敷设必须沿着百米绝壁架设，施工难度超乎想象，是一段名副其实的“绝壁天渠”。茶店子供水工程指挥部会同施工、监理，经过多次实地踏勘论证，制定出垂直升降机、履带车转运、绝壁操作平台等 3 套精细的组合式施工方案。

2019 年 3 月，岩口子攻坚战正式打响！

垂直升降机方案主要用于将输水管线及材料，从百米崖线吊装到绝壁下面的第二操作平台。然后对接履带车转运方案，用履带车转运至管线横断面的敷设现场。没有现成的符合施工需求的垂直升降机，工程建设技术部门就开始进行技术攻关，利用大型钢管钢梁焊接一个悬空平台，借助钢索固定，然后在钢梁上方安装水平移动滑轮，通过钢索与两台大功率卷扬机连接。输水管线及材料即可通过水平移动滑轮到达绝壁前方，在卷扬机的牵引下从绝壁前方垂直下降到第二操作平台。

就这样，一个专为“绝壁天渠”量身打造的垂直升降机便“横空出世”。

解决了管线及材料的吊装问题，如何将一根根大型钢管在绝壁上精准焊接的难题再次摆在施工方的面前。

“必须做到安全施工零事故。”业主代表屈超说。不足百米的绝壁施工便道，上下攀爬一个来回就得花一个小时左右，下去基本是沿着岩石慢慢滑动，往上完全靠爬行。

在绝壁上下，可谓步步惊心！工人们硬是在绝壁上凿出一条每次仅1人能通过的施工通道，并在每根钢管焊接处搭建简易操作平台，每个平台配备两个手动滑轮，用来固定、微调、焊接钢管。除固定的钢管护栏、安全网、安全绳等安全设施外，人员上下必须系安全带、戴安全帽，他们仿佛是挂在绝壁上的“蜘蛛人”。

“由于‘挂’在绝壁上的管线维修难度大，除了每个焊缝要接受专业检测外，还要对其进行防锈和钢管永久固定的处理，达到正常使用寿命50年的标准。”现场技术总负责黄伟介绍，必须把工程做成精品，经得起时间的磨蚀、历史的检验。

攻坚岩口子，一管飞架“绝壁天渠”。2019年5月31日，穿越岩口子的输水管线终于在绝壁崖线处成功合龙，最难啃的“硬骨头”啃下来了。

随着茶店子引水工程主管线即将通水运行，茶店子水厂进入“一级战备”。在厂长谭金银的带领下，全体职工进驻供水一线，加班加点，抢建表井，加装水表，安装检修入户支管，全力确保一管清水畅通无阻进农家。

“吃上自来水，比吃肉还高兴呢。”茶店子村十一组贫困户周泽生说。以前，他家靠在房顶平台上收集雨水生活。遇到旱季，就得买别人用车拉来的水，40元一吨。“集镇的供水也是限时段供应。”分管扶贫工作的茶店子镇党委副书记徐静说。

6月2日1点，净水处理厂试压通水成功；6月3日22点，集镇老水厂通水，茶店子供水工程取得重大进展。工程预计9月底正式投入使用，贫困村“吃水难”的历史将宣告终结。

《中国水利报》 2019年7月23日

通讯员 张应善

湖北保康破解喀斯特地区饮水难题

2月11日，在海拔1200米的保康县马良镇赵家山村，57岁的村民李绍国端起杯子，美滋滋地呷了一口热茶，眼角闪烁着泪花："终于过上舒心年了。"

这一口热茶的幸福，来之不易！

保康作为全山区县，七成以上地区属喀斯特地貌，山高坡陡，溶洞暗河遍布，难以涵养水分。"十二五"末，该县仍有19万人没有解决安全饮水问题，其中贫困人口8.3万人。

在马良镇断缰、两峪乡芭桃、店垭镇天星等片区，水源完全依赖天降雨雪。洗完脸的水洗菜，洗完菜的水洗衣服，洗完衣服的水再喂牲口；逢红白喜事，一担水便是最珍贵的礼物。

该县经过3年的攻坚，终于彻底解决了19万山区群众的安全饮水问题。

为了群众，偏向深山行

"天上下雨地下流，雨停三天用水愁。"千百年来，保康山区群众祖祖辈辈为水愁、为水困。

2016年，时任保康县长的张世伟来到扶贫联系点马良镇赵家山村走访。在一户农家，主人热情地端出一杯热茶。看着混杂着泥土和虫子的茶水，张世伟痛心不已。"从群众最难的事情抓起！"张世伟现场办公，决定从全村海拔最低的"老井"提水。

历时3个多月，"老井"提水工程顺利完工，但村里仍有20%的村民饮水难问题没有得到解决，提上来水的水质也容易富氧化。

次年，转任县委书记的张世伟担任县农村饮水安全工作领导小组组长，围绕水质达标率80%以上、自来水普及率85%以上、贫困户自来水全覆盖的总体目标，抽调、聘请精兵强将，组建9个工作专班奔赴一线。

有人提出："山高路险的喀斯特地貌地区，注定无法打井取水。早些年已有专家定论。""如果饮水难都解决不了，还谈什么脱贫致富？"保康县委、县政府决心已定。

2017 年年初，中化地质矿山总局湖北地质勘查院进驻赵家山村，一场深井取水攻坚战全面打响。

赵家山村打出了"样板水"

"出水了！出水了！"2017 年 4 月 12 日，赵家山村格外热闹，村民们买来鞭炮，庆祝机井成功打出深井水。

77 岁的村民杨德新瘫痪在床，已经 10 年没出过家门，听到消息后兴奋不已，硬是让家人用三轮车载着自己来到打井现场，亲眼见证这激动人心的时刻。

镜头回放到 2017 年 3 月 25 日。

这一天，地质专家通过核磁定位，经过数十次调查勘测，终于在赵家山村"郝家冲"探明了喀斯特地貌地下河的基本走向。

4 月 1 日上午 9 时许，一支特殊的车队浩浩荡荡开进赵家山村，大型钻机、空压机各就各位。由宜昌鲁瑞水处理设备有限公司 8 位技术人员组成的打井专家团队，利用核磁地质探测仪，精确找到下钻地点，打下第一钻。"这地下都是空的，咋会有水？""石头缝里找水，真是天方夜谭！""要能打出水，我把它喝干。"少许村民仍不相信。

施工没有停歇。大型钻机、空压机 24 小时作业，一天最多可打七八十米。

4 月 2 日，井口打出来的石渣伴着少许泥浆一起被吸出，让大家看到了希望。

4 月 3 日下午 1 时许，当 60 根合金钻头连成的 360 米"神针"插入地下 350 米时，一股清泉在空压机的增压下汩汩流出，现场一片沸腾。

4 月 12 日，工程队打到 483 米深时，出水量达到 100 多立方米。专家团队宣布，赵家山村三组机井正式出水，并给出结论，"地下水可作为自来水源，日出水量可达 80 至 110 立方米，解决 800 人的饮水问题。"

为确保井水入户，该村依托水井新建占地850平方米的赵家山水厂，配套建设200立方米储水池，购置降氟、消毒设备，安装自动监测控制系统，实现水厂无人化值守和自动化控制。

目前，赵家山水厂日出水量可达200立方米，井水通过管道送到每家每户，村民们都吃上了长流水、干净水、放心水。

科学管水，长效用水

今年1月15日，在马良镇漆园村，容积200立方米的水厂闸阀打开瞬间，汩汩清流涌入饮水管道，投资534万元的供水工程建成投用，周边7个村3446人告别吃水难。当地村民奔走相告。

这是保康在脱贫攻坚中推广“赵家山经验”的一个缩影。

在经过科学论证后，专家团队认为，山区各地的喀斯特地区，均有望通过钻探深井的办法破解吃水难题。

为把这个民心工程办实办好，该县探索出一套科学规范的供水、管水、用水新模式。“现在用水实施阶梯收费，每月用水5立方米以下，每立方米3元；每月用水5立方米至10立方米，每立方米5元；每月用水10立方米以上，每立方米10元。”保康县水务局负责人介绍，相关水厂实施轮流值班，定期对机械、管网等设施设备进行安全排查，发现隐患及时排除，确保24小时不间断供水。

过去，该县通过挖水窖、建水塔实行“一家一户”分散供水，成本高、管护难度大。如今，该县统一勘测设计、统一工程预算、统一施工图纸、统一组织实施，送水到户。对相邻连片村，配套建设水厂，铺设供水管网，实行跨村连片供水。

在漆园村等地，还推行“以钱养事”机制，设置公益性岗位，确保水厂管理规范有序；村民们按人平2元的标准建立农村饮水维修基金，政府财政给予相应补贴。

如今，“幸福水”流进了保康千家万户；有条件的农户家里，已经纷纷安装洗衣机、热水器。

《湖北日报》　2019年2月18日

记者 夏永辉　通讯员 都正阳 杨邹

湖北保康：高山打出幸福水 小康日子比蜜甜

保康县，湖北省襄阳市全山区县，七成以上地区属喀斯特地貌，以前季节性缺水问题严重。如今，通过打深水井，山区群众祖祖辈辈吃水难的苦难日子已成历史记忆。

保康县马良镇赵家山村，平均海拔 1000 米，缺水制约着村子的发展。

湖北省襄阳市保康县马良镇赵家山村喀斯特地貌 （陈先瑞 摄）

2017 年前，赵家山村群众吃水只有两条路，要么靠天下雨下雪，从屋檐接雨、融化雪水或挖水窖蓄水；要么靠人力，从远处挑水。但不管是接雨水还是挑水，都是痛苦不堪的回忆。接雨水靠天收，老天爷下不下雨无法把控，而且水窖蓄水时间长了会长虫子。而挑水要走山路来回走十几里地，一桶水还不够牛喝。因为缺水，水也不干净，当地干部下乡、外来客人走亲戚，到这些缺水地区后，不敢喝水，都是自己带水。

2017 年 4 月 12 日，工人在湖北省保康县马良镇赵家山村打水现场安装出水管　　（陈泉霖　摄）

2017 年 4 月 12 日，湖北省保康县马良镇赵家山村村民在打井现场热烈庆祝机井成功打出幸福水（陈泉霖　摄）

赵家山水厂建成后，不仅解决了全村老百姓吃水，还带动解决了周边苏家寨、盛垭、长岭湾、张家岭 4 个村 3366 人的饮水问题。

赵家山水厂是保康县乃至湖北省在喀斯特山区打出的第一口深水

井，也是襄阳市破解喀斯特地区饮水难题的一次创新性探索。

2018 年，保康又投资 6000 万元，成功打深井 9 口，全部配套建设标准化水厂，彻底改变了 5 万多群众吃水难的历史。其中，最深的漆园村水井达 1030 米，覆盖周边 7 个村，受益人口 3400 余人。

2021 年 7 月 3 日，在湖北省襄阳市保康县马良镇赵家山村蔬菜种植基地，村民在蔬菜地里劳作（陈先瑞　摄）

有水百业兴。这几年，赵家山村新发展了 500 亩蔬菜、400 亩烟叶、100 亩软籽石榴，村民收入翻番了。2020 年，赵家山村集体经济突破 20 万元，人均纯收入 16678 元。“现在老百姓的日子越过越红火，生活越来越幸福。”保康县马良镇党委委员、赵家山村党支部书记赵祥华说。

新华网　2021 年 7 月 16 日

赵梦琪 陈泉霖 吕莉莉

“旱包子”通上自来水

“感谢党和政府帮我们安装水管，让我家吃上了甘甜的自来水!”11月15日，随县尚市镇敖棚村村民鲁兵洲拧开家里的水龙头，清澈的自来水哗哗流出。

今年入夏以来，随县部分地区遭遇持续特大旱情，群众生产生活用水受到影响。敖棚村是当地有名的“旱包子”，村民们都是两三家合伙打一口深井取水用。正常年份用水都显得拮据，遇到大旱之年更为紧张。鲁兵洲与老伴住在村子最北边，因无力打井，生活用水一直靠鲁兵洲到400多米外的村边小河里挑水。眼看河沟里的水也快干了，老两口愁上心头。正在这时，该镇党员服务队走进敖棚村。

第二批主题教育开展后，随县聚焦群众民生难题，全力抓好问题整改。敖棚村等地饮水困难被列为立行立改抓落实的重要民生工程之一。

尚市镇政府与随县水利局多方筹措资金，新建水厂一座，并将该镇的自来水管网延伸到敖棚、太山等吃水困难的村子，自来水终于引入昔日的“旱包子”，当地66名群众的吃水困难问题得到彻底解决。太山村东周家湾贫困户骆帮海喝着从水管流出的自来水，脸上乐开了花。

截至目前，该县水利局已投入资金320多万元，解决了325户690名贫困人口的饮水问题。

《湖北日报》 2019年11月24日

记者 赵良英 通讯员 鲍亚忠 程鹏

从“旱包子”变“活水源”

——广水市农村饮水安全工作纪实

党的十八大以来，湖北农村饮水安全工作一直在攻坚克难，砥砺前行，取得了令人振奋的成效。其中随州广水市的农村饮水安全工程建设较为典型，它从无到有、从小到大，覆盖面从局部到全域，保障能力从弱到强，总体实现了从喝水难到有水喝、再到喝好水的蝶变。

地处鄂北岗地的随州广水地区，是湖北省出了名的“旱包子”。为解决当地农村安全饮水问题，从 2007 年开始，广水市水利部门根据当地水资源分布和地形条件统筹制定了城乡供水一体化的战略。十多年来，虽然广水依然顶着一顶“旱包子”的帽子，但是城乡用水状况却是今非昔比了。

“城乡供水一体化的战略”分为“东线、中线、西片三个区域，按照五库连通，两城连网，城乡一体的模式整体推进”。广水市水利湖泊局副局长张谊民介绍说，广水的地势北高南低，水资源比较封闭，大型水库都是在北边。为此规划了两线一片，东线-中线、西片的五个水源地实现了联通，2012 以后把应山城区和广水城区水网都连起来，同时把农村管网和城市管网连起来，形成了五库连通、两城连网、城乡一体的形式。

高山村地处广水市东南最偏远的杨寨镇，这里山高水少，过去村里世世代代都是吃井水和塘水为主。记者采访时，59 岁的村民刘楚英正在家里洗衣服，现在只要打开水龙头就能用上卫生清洁的自来水了，真方便。

为高山村供水的就是广水农村安全饮水工程的东线水厂——霞家河供水服务站。这个供水站日常储水 1 万吨，负责广水市东线杨寨、吴人关、广水办事处等 3 个乡镇，辐射农村人口达 10 万人。霞家河供水服务站经理李忠涛告诉记者，他们水厂是专门为农村供水的，过去这 3 个乡镇的老百姓都是吃井水、河塘水，现在他们的水厂解决了当地农民安全饮水问题。

供水水厂为老百姓送来了清洁水，为水厂供水的则是水库。如今，广水全市有5座大型水库，它们犹如人体的心脏，承担着全市人口用水重担。位于东线的霞家河水库是东线最大的水库，承担了13万人的饮水重任。这里群山环绕，环境优美，水质清澈，记者走在水库大坝上，“湖光山色”尽收眼底。霞家河水库大坝供水管理处主任彭彬彬说，他们为了保护水源，定期巡查，每周清查，每天清理水面漂浮物。

记者来到农村安全饮水工程中线的飞沙河水厂，一进大门，首先映入眼帘的是由灌木修剪成的“饮水思源”四个大字。水厂负责人告诉记者，这里被誉为“花园式水厂”，目前覆盖了广水13个乡镇，辐射人口40多万人，可以说承担着广水大部分农村的饮水任务。水厂的工作人员胡年华说，尽管工作比较辛苦，但是一想到自己能为40多万乡亲们提供清水，就很开心。

两城同网、城乡一体是广水农村安全饮水工程的另一个亮点。广水市由广水办事处和应山两地组成。如何让两城同网、城乡一体，一直是广水水利人努力的方向。为了让两城打通，他们扩建了城市供水管道和线路，满足了城区的用水需求。广水市水利湖泊局副局长张谊民介绍说，广水市城市水网没有建立时，都是农村补水给城市。农村水厂用水量太大，现在是城市水厂反哺给农村。为此，他们在城乡结合处安装了连接管，让城乡的水管打通相互输送。记者在八里岔飞机场附近，就见到这种连接管。张谊民说农网和城网相互调配，哪边不够用，就往哪里送，双向调节。城乡一体化就是这个体现。

除此以外，西片工程以黑洞湾水库、四家寨4水库、徐家河水库为水源，修建2座水厂，解决西片吴店镇、余店镇、马坪镇等4个镇约12万人饮水问题。

通过一系列饮水工程建设，如今，广水实现了花山水库、飞沙河水库、黑洞湾水库、徐家河水库和霞家河水库的“五库联通。”广水市水利湖泊局副局长张谊民说，在党和政府的指导下，经过这么多年的建设，广水的农村安全饮水工程2、3年后覆盖率将达到90%，供水保证率达到95%以上，水质也会稳步提高。

问渠那得清如许，为有源头活水来。广水农村安全饮水工程的成就，不但改写了当地农村居民饮用水的历史，而且使广大群众切身感受到了党和政府在为老百姓办实事、办好事。

有了这源头活水，广大群众增强了获得感和幸福感。有了获得感和幸福感，就有了生产积极性，老百姓有了积极性，就能够为推动全省乡村振兴、高质量发展添砖加瓦。

湖北农村广播 2020年1月9日

记者 胡玲

湖北黄石：建泵站铺管网，一泓清水入农家

在湖北省黄石市 S78 蕲嘉高速大王镇出口附近一栋二层厂房里，整日机器轰鸣，五台电泵机组开足马力，将清洁的自来水源源不断输送到附近 49 个村 2.9 万户村民家中。

黄石经济技术开发区·铁山区大王镇、太子镇共有 11.1 万人，由于附近没有水源，长期以来村民只能依靠大冶市殷祖水厂供水。受送水线路长、村民居住分散等现实条件制约，前些年村民用水并不顺畅，降压甚至断水情况时有发生。大王镇上堰村村民程良文为了解决用水难题，特地自己买了一台小型加压泵以方便用水。

为切实解决村民们的实际困难，2020 年 8 月，黄石经济技术开发区·铁山区依托于城乡饮水一体化工程，正式启动大王、太子片区二三级官网建设项目，大王二级加压站作为重要的配套工程同时开工。该项目总投资约 6172 万元，其中泵站采用智能化控制设备，可根据村民实际用水量实时调节供水压力，保障终端用户家中自来水无过压、不降压。今年 1 月，片区内总长 125 千米的二三级自来水管道，以及 24 千米的一级管网施工工程全面竣工并投入使用，困扰附近 11 万村民多年的用水难题得到彻底解决。今年 1 月以来，程良文家的加压泵就再也没有启动过。

作为跨区域供水的供水单位，大冶市殷祖水厂是全国首批农村供水规范化水厂，供水调度、水质净化消毒、尾水处理、水质化验均采用国内先进的设备、技术和工艺。水厂总投资 9.03 亿元，于 2017 年正式竣工，目前日均供水量达 16 万吨，供水范围覆盖了大冶城区及各乡镇，受益人口 85 万人。

大冶市农村饮水安全工程建设管理办公室主任柯方明介绍，目前，大冶市 170 个行政村已实现由殷祖水厂供水，还有 50 个行政村的入户工程今年将逐步推进。此外，受之前建设规模和使用年限等因素影响，

部分乡镇村组的自来水管网老旧破损，今年将启动老旧管网改造工程，大力推进乡镇供水站的建设和职能水务建设，让农村居民全部享受到安全、便捷的用水服务。

大冶市殷祖水厂全貌

中国网　2021年4月6日

记者 杜元　通讯员 熊渤 王晓 孟梦

大悟县侯家冲水厂试运行，比正常工期快进三分之一

“挑灯夜战”让2万人喝上甘甜水

沉淀池内，原水经管道流入，进入水处理程序；加压泵房内，设备全部就位，正进行内部装修……12月28日，大悟县河口镇顺山村侯家冲水厂内，工作人员正在进行供水前调试。

“工程于27日开始试运行。”大悟县水利和湖泊局饮水办主任赵世运介绍，正在进行设备调试，下月供水后，河口镇区及周边6个村的2.1万人将喝上甘甜的自来水。

4个月建成一个新水厂

群山怀抱的侯家冲水库，水质清澈，这里是侯家冲水厂的水源地。

12月28日下午，水库大坝上，一台挖掘机忙着回填挖开的土方，土方下面是一根直径31.5厘米的黑色虹吸管。

“这是水厂的取水管。”在水厂业主法人代表王山海的指引下，湖北日报全媒记者现场看到，水管一头扎进水库1米深处取水，另一头从水库坝底穿出，据介绍，正式供水前，这根水管将与水厂预埋的水管对接，只用打开阀门，水库的原水将直接流入数百米开外的水厂。

下午接近6时，挖掘机仍在施工。“挑灯夜战是常态。”王山海说。

记者了解到，这个投资400万元的水厂从开建到试运行，仅用了4个月时间，比同类型工程减少了2个月工期。

“这都是一点点拼出来的。”王山海说。建设单位按时间节点倒排工期，细化到每一天，配备足够的机械设备和施工人员，动态控制施工进度，确保按期完工。此外，大悟县成立了安全饮水巩固提升领导小组和三个专班，工程遇到问题及时解决。

800立方米的清水池，是水厂的主要建筑之一。制好的自来水从这

里进入自来水管网，需要一个坚固的“底盘”，但水厂所处位置之前是河床，淤泥较厚、地基很软。

如何既要进度又保质量？王山海介绍，挖除原有软基，换填合格的土方并分层碾压，确保基础稳固；同时建立质量控制体系，业主和监理人员会旁站监理施工全过程。

“驻守工地 4 个月，穿坏了两双鞋。”王山海说。

农村居民从“有水喝”到“喝好水”

白墙灰瓦、徽派院墙……冬日的田野里，仿徽派建筑设计的侯家冲水厂，犹如一幅水墨画。

家住大悟县河口镇顺山村侯家冲的侯祖传，这段时间在工地打零工。

“这些天在厂区干活特别有劲，就盼着早点通水。”侯祖传笑称自己是“水厂受益者”，在水厂帮工期间，“零距离”接触水厂各种现代化设备，让他格外期待工程正式供水。

侯祖传告诉记者，家里现在用的、喝的是侯家冲老水厂制出来的水，遇到暴雨或者干旱季时，自来水会有点浑浊。

“老水厂的水，也是符合国家标准才会进入管网，因老水厂建成时间较早，制水设备和工艺不及现代化水厂先进，老百姓对水质有了更高要求，要满足他们喝好水的愿望。”工程开工以来，省水利厅高度重视，厅负责人及时就跟进做好技术指导服务作出安排，省农村饮水安全保障中心负责人每个月赶到现场，督查工程进度。

大悟县县委副书记鲍克明介绍，侯家冲水厂设计规模 4000 立方米每天，比老水厂的供水能力翻倍，“正式通水后，除多方保证水质外，还将设立水厂开放日，定期向社会开放，让用户了解制水工艺，在用水的同时提升节水意识”。

《湖北日报》客户端　2020 年 12 月 31 日

记者 艾红霞　通讯员 陈协清 曹瑞晶

决战“饮水不愁” 冲刺全域覆盖

麻城三河口水厂 （湖北省饮水办供图）

饮水安全，事关人民群众的生活大计，事关人民群众的生命健康。

2019 年是决战决胜脱贫攻坚的关键之年。农村饮水安全巩固提升工程，是打赢脱贫攻坚战的重要任务。全省各地真抓实干、尽锐出战，奋力冲刺今年底农村饮水安全全域覆盖的目标，为我省脱贫攻坚和乡村振兴提供坚实保障。

任务清单化 年底实现全覆盖

11 月 24 日，拧开水龙头，清澈水流哗啦啦直响，村民何国胜一脸笑容。

何国胜家住咸宁市通城县麦市镇向阳社区平等 6 组的黄龙山上，“听水响、看水流、人在山上为水愁”是以前当地吃水难的生动写照。何国胜说：“用抽水泵，水压不稳，遇到天气干旱，一滴水都没有。现在有了自来水，生活饮水方便多了。”今年 6 月，通城开展农村饮水安全脱贫攻坚“回头看”，精准聚焦，破解难题。8 月，当地从黄龙山水源地铺设水管，帮助平等 6 组 37 户农家接通了自来水。当前，该县正全力开展农村饮水安全巩固提升百日攻坚。

恩施市屯堡乡田凤坪村绝壁找水

（新华社图）

今年 1 月，恩施土家族苗族自治州明确：重点解决恩施、利川、建始、巴东、咸丰五个县市 17 万农村居民饮水安全问题，继续解决全州饮水安全巩固提升问题，确保实现农村饮水安全全覆盖。今年以来，各县市积极查漏补缺，紧盯时间节点，扎实推进，全力解决饮水安全巩固提升问题。恩施土家族苗族自治州水利和湖泊局还成立 6 个督导组，分片包干对 8 个县市进行 27 次督办，跟踪解决难点问题。截至 10 月底，恩施土家族苗族自治州完成今年 93.51 万人农村饮水安全巩固提升任务，提前实现国家现行标准下的农村饮水安全全覆盖目标。

咸宁、恩施两地取得的成效，是我省决战农村饮水安全问题的缩影。经过持续努力，我省农村饮水安全工作取得了明显的成效。截至 2018 年年底，全省已建成各类农村供水工程 35.3 万处，供水总人口 4402 万人（乡镇及以下），农村集中供水率和自来水普及率分别达到 91.3%、87.8%。

今年全省计划解决 365 万人农村饮水安全巩固提升问题。全省上下倒排工期，抢抓进度，全力提升农村集中供水率、自来水普及率、供水保证率、水质达标率，力争在今年年底前实现国家现行标准下农村饮水安全全覆盖目标。

供水规模化　城乡共饮“一碗水”

11 月 3 日，麻城市浮桥河湿地公园浮桥河村，村民王文权拧开水龙头，透亮的清泉哗哗直流，“今年大干旱，但几乎没停过水，要是以前就得到河里挑水了。”

浮桥河村离麻城市区几十里远，属大别山区，几年前村民用水基本靠自打的井水，“一到干旱年份，井水干了，就要到一公里外的河里挑水，费时又费力。”

发展城乡一体化、规模化供水工程，用大水源、建大水厂、铺大管网，是持续稳定长久地保障农村饮水安全的有效途径。

2014年，麻城市大力推进农村饮水安全工程，实施规模化供水，建成浮桥河、三河口等规模水厂。仅浮桥河水厂，日供水2.3万吨，供水范围涵盖5个乡镇174个行政村，解决24万人饮水问题。新建的三河口水厂还收购了一些小型水厂，升级改造后，形成长藤结瓜式的水厂群，供水保证率大幅提高。

麻城市水利和湖泊局介绍，目前麻城市日供水万吨以上水厂3座，总日供水能力10.3万吨，覆盖人口达70万人，同时还有“千吨万人”规模水厂16座，规模供水占比达85%以上。

2017年4月，英山县创新模式，以“依托大水源、建设大水厂、铺联大管网、建立大机制”为方向，形成“规模化发展、标准化建设、市场化运作、企业化经营、专业化管理”的运作方式，全力打造全县农村饮水安全升级版。明确将西河沿线红山、孔家坊、金家铺、石头咀4个乡镇水厂纳入西河水厂统一管理，全力推进城乡供水一体化工作，计划扩建西河水厂达到日供水5万吨。在红花水库新建日供水2万吨的东河水厂，改造陶河、百丈河水厂，日供水规模分别达到1000吨，铺设主管道155千米，项目总投资4.2亿元，从根本上解决供水工程重复建设、规模小、零散乱的问题。

省饮水办介绍，经过多年发展，截至2018年年底，全省“千吨万人”以上规模供水工程776处，供水人口3092万人，占比70.2%，集中供水率、供水保证率都大幅提高。

管理规范化　确保喝上“安全水”

饮水安全工程，建是基础，管是关键。

“房县已建成的228处集中供水工程，都有明确的运行管理者。”房县水利和湖泊局副局长吴洪介绍。房县饮水安全工程有个人租赁经营、村集体监管、国有管理三种运行管护模式，其中个人租赁经营27处，村集体监管171处，国有管理30处。

为保障供水工程管理有章可循，房县出台了《房县农村供水管理办法》和《房县农村供水工程维修养护资金管理使用办法》，明确了水厂经营者管理职责、水源保护、水质处理方法、应急处理等相关规则。

组建县农村供水管理局，负责全县供水工程的日常运行管理。县财政每年配套 81 万元用于工程运行维护。县农村供水管理局通过政府采购遴选确定了维养劳务公司对国有管理的 30 处水厂进行代管，采取“水费代收、专户缴存，维修派遣、据实核算，规范管理、定岗定薪”的原则，规范了水厂运行管理，保证了水厂供水安全。

成立农村饮水安全水质检测中心，按规范定期对水源水、出厂水、末梢水进行检测，建立水质监测台账。“老百姓最关心的是水质问题，让老百姓喝上放心水是我们的职责。”房县水利和湖泊局局长徐文介绍，房县按照“统一监管、阳光取样、联合送检、规范检测”的原则，确保水质检测工作有序开展。目前房县的 228 个水厂，每年要检测 687 频次，为农村饮水安全提供了强有力支撑。

走进武汉新洲区长源供水有限公司刘集水厂，映入眼帘的是蓝天碧水、繁花绿草，各项工作井然有序。

近年来，刘集水厂坚持内外兼修狠抓运行管理，实现水厂管理专业化、规范化、精细化。对内从安全生产、优质供水、现场管理等方面建立规范化管理制度，从安全生产、优质供水、现场管理等几方面制度建设进行查漏补缺，广泛发动员工参与，完善应急安全处置预案，并将制度上墙公开。对外加强水源地建设，按要求设立一、二级保护区警示标志、隔离围栏，每天安排专人对水源地一、二级保护区进行巡查，发现问题及时上报、处理，还成立了志愿者服务小组，为老人、偏远村庄提供免费供水维修服务。

省饮水办介绍，近年来，全省各地饮水工程不断健全长效运行管护机制，区域化、专业化管理呈扩大之势；规范化管理不断加强，管理水平和服务质效得到提升，全省先后涌现出一批管理规范、服务优良的农村水厂，起到了引领、示范和带动作用。

人民对美好生活的向往，就是我们的奋斗目标。全省饮水安全工作者将继续坚守初心使命，强化责任担当，以饱满的热情、扎实的努力，不停歇、不止步，持续推进湖北农村饮水安全工作，让人民群众喝上更好的水。

《湖北日报》 2019 年 11 月 28 日

记者 祝华

荆楚脱贫人口从“有水喝”到“喝好水”

“以前干旱久了没水吃，现在随时都有干净的自来水，生活方便多了。”2月1日，巴东县茶店子镇朱砂土村三组脱贫户张绪成拧开水龙头接了一壶水，执意要给回访用水情况的茶店子水厂工作人员烧水泡杯茶，一起品尝“幸福水”的滋味。

巴东县茶店子镇位于武陵山连片特困地区，喀斯特地貌突出，山高坡陡，地下中空，“人在高处走，水在低处流”是当地吃水难的真实写照，全镇32个村都缺水吃。在没通自来水时，张绪成一家用水主要靠屋顶集雨。

张绪成一家能用上自来水，缘于巴东县实施的精准扶贫农村饮水安全补短板工程。为解决当地村民吃水难题，巴东县水利局制定垂直升降机、履带车转运、绝壁操作平台组合式施工方案，在千米高山峡谷中铺设15.5公里输水管网。2019年9月，茶店子供水工程投入使用，茶店子集镇及周边14个村2.7万人告别“饮水难”。

一管飞架“绝壁天渠”，啃下“硬骨头”，“解渴”特困山区。这，只是我省决战农村饮水安全问题的缩影。

农村饮水安全事关百姓身体健康，是脱贫攻坚“两不愁三保障”中的重要指标之一。

聚焦贫困地区，全省水利部门举全行业之力，精准施策，加大资金投入，创新农村供水模式，打通输水“动脉”，织密入户“血管”，让汩汩清水流进千家万户。

湖北日报记者从省水利厅了解到，我省在编制全省“十三五”农村饮水安全巩固提升规划的基础上，又组织编制了全国唯一的省级农村饮水安全精准扶贫专项规划。截至2018年年底，全省规划内农村饮水安全脱贫攻坚任务全部完成。2019年，全省570余万建档立卡贫困人口饮水安全保障问题都已解决。截至当年底，37个贫困县农村集中供水率、自来水普及率分别达到93.72%、91.06%，较2015年分别增长14百分点和18个百分点。

让贫困人口喝上放心水，兜牢民生底线。到2020年年底，全省农村集中供水率96%，自来水普及率94%，超额实现规划目标，规模化工程供水人口比例由“十二五”末的60%提升至77%。

有水百业兴，汩汩流动的清水，为群众脱贫致富、区域持续发展提供了水利支撑。

“水一通，日子好过多了。”自从有了自来水，家住通山县望湖村的吴明谷办起农家乐，他还盘算着把豆腐作坊规模再扩大，这在没水的年头想都不敢想。

和吴明谷一样，“因水而喜”的还有通城县关刀镇杨家村的村民们。

在通城县关刀镇工业园里，新建成的厂房传来阵阵机器声，深度贫困村杨家村翘首以盼的“扶贫车间”在此落成。为保证工业园区用水，关刀水厂专门进行管网延伸和改造，县水利部门投入100多万元，从8公里外将自来水输送到工业园，2020年工业园已正式投产，入驻6家企业，年产值达1个亿。

农村安全饮水项目“点多、面广、线长”，如何让“放心水”源源不断流淌？

“建设是基础，管理、管护至关重要。”省农村饮水安全保障中心相关负责人介绍，目前正积极推动建立健全农村饮水安全管护责任体系和制度体系，并设立监督电话和电子邮箱，组织向用水户发放明白卡，畅通群众监督投诉渠道，不断提升农村供水管理水平。

脱贫摘帽不是终点，而是新生活、新奋斗的起点。该负责人介绍，将继续按照“建大、并中、减小”的思路，积极推进城乡供水一体化、区域供水规模化发展，持续稳定保障农村饮水安全。

目前，省农村饮水安全保障中心正在科学谋划实施“十四五”农村供水保障规划，将着力抓好水利补短板强功能三年行动农村饮水提标升级工程建设，进一步提升农村供水品质和服务保障水平，进一步巩固拓展脱贫攻坚成果，为乡村振兴提供“发展水”。

《湖北日报》 2021年2月9日

记者 艾红霞 通讯员 熊渤

有效破解饮水难题
湖北3县水利局获国家脱贫攻坚表彰

2月25日，全国脱贫攻坚总结表彰大会在北京举行，其中，湖北省五峰土家族自治县水利局、十堰市郧阳区水利和湖泊局、咸丰县水利局等3家水利单位切实履行行业扶贫责任，狠抓农村饮水安全工作，全面解决建档立卡贫困人口“饮水难”问题，实绩过硬、事迹感人，获全国脱贫攻坚先进集体荣誉称号。

五峰地处鄂西南山区，受独特的岩溶地貌和气候条件影响，水资源呈现出季节性、区域性短缺的特点，缺水成为了当地农民脱贫致富的一大障碍。

五峰水利局依托部门职能，精细谋划，大胆创新，有效解决了饮水问题。几年来不仅实现了农村饮水安全全覆盖，还在饮水安全工作中探索创新“池长制”，落实428名池长，为水池安装二维码，基本情况、受益户信息一目了然，为衔接乡村振兴，推进智能化管理打下了良好基础。此外，五峰水利局还先后实施了牛庄至傅家堰乡等一批跨区域调水工程，有效解决了部分典型水源匮乏区域的季节性缺水难题，并重点开展水电扶贫项目，惠及贫困户脱贫和支持贫困村基础设施建设。

自精准扶贫工作启动以来，郧阳区水利和湖泊局借助水利部定点帮扶的历史机遇，为全区脱贫攻坚提供坚实水利支撑。

据介绍，该局充分发挥行业优势，狠抓农村饮水安全工作，对城区周边乡镇和人口密集地区采取增容改造和管网延伸，对人口密集和集中安置点但水源不足的采取新建大型水源工程，对无法找到水源的采取泵站提水和打深井的办法，对少数居住分散的建设小型饮水工程。目前，郧阳区56.41万人农村饮水安全全部达标；严格按照全区统一安排部署，派出7支工作队驻村帮扶，不断夯实贫困村的内生动力；经过一系列基础设施建设，各村的村容村貌发生巨大的变化，2019年年底，该局包保的7个村全部实现脱贫摘帽。

自脱贫攻坚以来，咸丰县水利局坚持把抓好农村饮水安全、助力脱贫攻坚放在中心位置，经过5年的建设，共投入2.58亿元建成农村供水工程369处，农村自来水普及率和集中供水率分别由2015年的70.87%和69.38%提升至2020年的91.95%和96.79%。

据介绍，2019年年底，咸丰县利用东西部协作资金，修建库容9.9万立方米的杭恩塘堰，从海拔1650米的“甲地”小团坝引水至“乙地”杭恩塘堰，再输水至“丙地”梨树坝、大铧尖等5处水厂。项目实施后彻底改善了片区缺水现状，打造了山区供水保障低成本、高效益的“坪坝营模式”。

近年来，湖北各级水利部门坚持以人民为中心，认真贯彻习近平总书记“让农村人口喝上放心水”的要求，在固基、应急、强管、谋远上下功夫，比国家要求提前一年完成全省农村饮水安全脱贫攻坚任务。截至目前，除解决242万贫困人口饮水问题外，还使711万非贫困人口饮水安全得到巩固提升，率先实现现行标准下省域农村饮水安全全覆盖，为全省脱贫攻坚、抗疫抗洪、乡村振兴提供了有力保障与支撑。

《湖北日报》　2021年2月26日

记者 艾红霞　通讯员 熊渤

优秀！湖北3家单位、6名个人被评为全国农村饮水安全脱贫攻坚先进集体和先进个人

日前，水利部发布《关于表扬农村饮水安全脱贫攻坚先进集体和先进个人的通报》，其中湖北省有3家单位、6名个人上榜。

其中十堰市农村饮水安全工作领导小组办公室、恩施土家族苗族自治州农村饮水安全工程规划和建设领导小组办公室及黄冈市罗田县水利和湖泊局入选全国农村饮水安全脱贫攻坚先进集体。受表彰的先进个人有宜昌市农村供水管理中心主任邓劲方、孝感市大悟县水利和湖泊局局长付贵平、咸宁市通城县水利和湖泊局党组成员万召武、襄阳市保康县水利局副局长张明、黄石市阳新县水利和湖泊局局长陈敦才、省农村饮水安全保障中心三级主任科员彭雷宝。

经过十五年不懈奋斗，我省农村饮水安全工作取得了历史性成效，总体实现现行标准下农村饮水安全全覆盖。湖北是2018年全国首批完成农村饮水安全脱贫攻坚任务的6个省份之一，截至2020年年底，全省农村集中供水率、自来水普及率和规模化工程供水人口比例分别达96%、94%、77%，比2005年年底分别提高73%、73%和70%，均超全国平均水平10个百分点左右。

对照水利部、国务院扶贫办和国家卫生健康委发文采信的《农村饮水安全评价准则》全面评估，湖北全省县城以下4369.97万农村人口均达到安全或基本安全标准；饮水基本安全人口188.35万，占比4.31%。去年8月份，全国脱贫攻坚普查结果显示，我省共入户调查114.66万贫困户，没有饮水安全无保障问题。我省提出的“千吨万人”规模供水基准划分标准上升固化为国家标准，探索总结的“建得成、管得好、用得起、长受益”建管模式被水利部确定为农村饮水安全工作的总体要求，研究制定的区域水质检测中心建设方案、农村供水规范化管理示范

水厂创建方案被水利部推广。

此外，去年省政府又将79个农村饮水提标升级项目纳入全省疫后重振补短板三年行动方案，总投资91亿元，计划改善农村供水人口1000万。

《极目新闻》 2021年5月19日

记者 刘丁维 通讯员 包严方

规范管理

湖北实现县级农村饮水安全管理责任全覆盖

截至 4 月底，我省 91 个县（市、区）农村饮水安全管理已全部落实地方政府主体责任、水行政主管部门监管责任和供水单位管理责任，实现“三个责任”全覆盖。

今年 1 月，按水利部统一部署，我省全面落实农村饮水安全管理“三个责任”。截至 4 月 30 日，全省应落实“三个责任”的 91 个县（市、区）共明确行政主体责任人 271 名、行业监管责任人 146 名，1970 处受益人口千人以上的供水工程落实管理责任人 1638 名。

省饮水办介绍，“三个责任”的建立，明确了地方政府、水利部门和供水单位的责任边界，对确保农村饮水安全工程建得成、管得好、长受益有重要作用。

《湖北日报》 2019 年 5 月 9 日

记者 祝华 通讯员 宋孝忠

清水入户　润泽民心

——湖北农村供水规范化水厂走笔

麻豪口水厂厂区

近年，湖北省把饮水安全作为人民群众最基本最迫切的民生工程来抓。一座座智能水厂平地而起，一条条输水管道纵横交错，向亿万群众输送清洁、卫生的饮用水，实现了农村饮水安全的历史性转变，为脱贫攻坚和乡村振兴注入源源动力。

民心所望　施政所向

湖北江河纵横，湖泊众多，“千湖之省”是其闪亮的名片，但由于降水时空分布不均，以及部分地区水污染较重，水源性缺水问题和水质性缺水问题同时存在。

过去，湖北农村供水设施普遍较小，供水形式以传统简陋的分散供水为主，数百万的农村群众面临高氟水、苦咸水、血吸虫病等饮水安全问题。喝上干净卫生的饮用水，成了农村群众最现实最迫切的需求。民心所望，施政所向，湖北省高度重视农村饮水安全工作，坚持走“城乡联网、区域联供集中为主、分散补充、质效双提、全域安饮”的新路子，频出硬招实举，强力推进农村供水工程标准化、专业化、精细化、规模化建设。一批管理规范、服务优良的农村水厂如雨后春笋般蓬勃涌现，成为保障农村供水安全的示范者、领跑者和推动者。

近年，为更好地发挥农村供水规范化水厂的示范作用，水利部开展了农村供水规范化水厂遴选工作。在2020年度农村供水规范化水厂名单上，湖北省4座水厂榜上有名：公安县麻豪口水厂、大冶市殷祖水厂、浠水县白莲河水厂、武汉市新洲区刘集水厂。这些水厂告别了农村供水工程的传统形象，已与美丽乡村相融相契，成为一道道亮丽风景，折射出湖北农村供水工程的新样态、新风采。

俯瞰刘集水厂

管水精心　护水用心

自来水有了，但如何管好水、护好水、用好水，并不是一件容易的事。“农村水厂承担着农村饮水安全重任，要确保长效运行，必须加大管理力度，总抓手就是规范化管理。”湖北省农村饮水安全保障中心副主任陈协清说。

走进公安县麻豪口水厂，操作间悬挂的《消防管理制度》《安全例会制度》《特种作业人员管理制度》《事故管理制度》等抬头可见，一目了然。加药间的安全帽、灭火器、防毒面具、套鞋等摆放整齐，井然有序；药品用量登记簿填写规范，更新及时。据了解，麻豪口水厂已建立健全考勤记载、设备运行、水质检验、维修保养、卫生防护、安全生产等各项内部管理制度，坚持用制度管人、管事、管物。

在大冶市，殷祖水厂积极推进“智慧水务”建设，提升水利业务管控能力，水厂调度室的大屏幕上清楚地显示着厂站生产、管网运营和水质质量等数据的实时情况。“目前我们新建了 CIS 地下管线定位系统、信息处理系统、智慧收费系统，尝试采用电子标签对进村入户用户和大用户的信息进行跟踪定位，并与王英（水库）引水工程信息系统对接，完善调度、监测系统，以科技手段弥补传统人工管理缺陷，可以说服务和管理效能大大提升。”殷祖水厂厂长乔刚说。

殷祖水厂中心监控室

饮水放心 日子舒心

有水喝远远不够，有干净水喝，才是农民心中所盼。每两小时对制水过程进行常规巡视，每天三次对源水到出厂水各环节的水质进行常规 9 项检测，每月检测一次出厂水 42 项、源水 29 项……浠水县白莲河水厂用大量的数据分析和精确的检测，层层控制，确保流进百姓家中每一滴水的品质。

突发性的爆管、漏水等老大难问题，曾严重影响居民正常的生产生活。对此，武汉市新洲区刘集水厂发出“30分钟内到场处理”的承诺，确保在最短时间内恢复正常供水。水厂还开通了24小时服务热线，做到热情接待、有问必答、认真处理，对用户来信、来电、来访反映问题处理及时率达99%以上。

满意不满意，还得用水户说了算。“现在自来水进了家，方便又卫生！”“我们全村人再也不用吃浑浊发黄的井水了。”“管道有问题就打电话，工作人员很快就来维修，我们都很放心。”用上幸福水，百姓奔向好日子的劲头和信心更足了。

饮水安全关乎生命健康、事关民生福祉。湖北农村饮水工程从无到有、从小到大，覆盖面从局部到全域，保障能力从弱到强；百姓从喝水难到有水喝、再到喝好水，湖北水利人用实际行动诠释民生为本、履职尽责的情怀和担当，谱写出水惠民生、水润心田的动人篇章。

（刊于《中国水利》2020年第22期，原题为《清水入户　润泽民心——湖北农村供水规范化水厂走笔》，略有删减）

《中国水利》　2020年12月12日

杨铁 吴远良 窦亦然

从源头到末梢

——湖北大力提升水质保障能力

10月17日，湖北省麻城市浮桥河湿地公园浮桥河村，年近六旬的村民王文权拧开水龙头，透亮清泉哗哗直流。“今年大干旱，但几乎没停过水，要是以前就得到河里挑水了。”

浮桥河村离麻城市区几十里，属大别山区，几年前村民用水基本靠自打的井水。2014年，麻城大力推进农村饮水安全工程，实施规模化供水，建成浮桥河、三河口等规模水厂。仅浮桥河水厂，日供水2.3万吨，供水范围涵盖5个乡镇174个村，解决24万人饮水问题。新建的三河口水厂还收购了一些小型水厂，升级改造后，形成长藤结瓜式的水厂群，供水保证率大幅度提高。

规模化、规范化供水保障了水质。走进浮桥河水厂，伴随着哗哗的响声，浮桥河水库的原水不断被抽进水厂，经沉淀、吸滤、消毒等过程后，再输送到千家万户。水厂配有专门的水质检测员，定期对水质进行检测。

湖北省武汉市新洲区刘集水厂日供水能力2.5万吨，供水人口12.5万，因良好的厂区环境被称为花园水厂。“水厂从水源抓起，严格管理每一个环节，确保供水安全。”刘集水厂工作人员介绍，水厂已建立起完善的水质监控体系，在举水河水源地，取水口设立了隔离围栏，在线监控系统24小时监控水质，并派人定期巡视水源地；在水厂，水质检测员每天对进入水厂的原水浑浊度、色度等指标检测一次，对出厂水相关指标再检测一次；在管网末端，每周进行涵盖10项指标的水质检测，新洲区相关部门也定期对水质进行检测。

湖北省饮水办介绍，近年来，在实施农村饮水安全工程建设的同时，湖北大力提升水质保障能力。目前，湖北已形成集水厂自检、区域水质中心巡检、卫生疾控部门抽检为一体的农村供水水质检测体系。全省“千吨万人”以上集中供水工程基本完成水源保护区划定，绝大部分规模化水厂都已建立水质检测化验室，区域水质检测中心还对辖区内水厂进行全面巡检，确保百姓喝上放心水。

《中国水利报》 2019 年 11 月 19 日
通讯员 祝华 陈协清

湖北宜昌：破解山区管水难题，让群众吃上“舒心水”

“今年水费多了不少钱，但我交得高兴。”在湖北远安县旧县镇鑫鹿自来水公司服务大厅，观东村村民程贤兰一边给水费卡充值，一边说。

为何高兴？原来，该村实现农村安全饮水公司化改革后，水量大了、水色清了、停水少了。

旧县镇观西村支部书记王茂军也感叹：管水任务交给市场后，水质明显提升，水费更加好收，村里的包袱也轻了。改革后，全村一年收缴水费 6 万元，较改革前增长 87%；用水 6 万吨，较改革前下降 50%。

用水不用愁、管水不再难的转变，得益于宜昌从 2017 年开始持续推行的农村供水公司化改革。

宜昌市农村供水管理中心主任邓劲方介绍，宜昌地形素有“七山一水二分田”之说，农村地质大多属半高山石灰岩，海拔高差大、人口分布散、供水设施规模小、缺乏大水源，是农村供水管护上几大难题。

为了解决农村饮水管护难题，在多方学习、调研基础上，2018年7月，宜昌市印发了《关于加快推进农村饮水公司化改革的通知》，要求县市区因地制宜，走“专业化管理、企业化运营”之路。随后宜都、枝江、当阳等10个县市区积极作为，组建供水公司90个，推动镇、村、协会“多头管水”向专业供水公司“一龙治水”转变。

目前，宜昌已经对2386处百人以上集中供水工程，全部进行统一管理。改革后，水量得到保障，专业化维修更加及时，安全得以保证。宜昌市水利和湖泊局副局长张代贵介绍，宜昌市供水保障率由“十二五”末的85%提升到97%，水费收缴率65%提升到98%。

宜昌山大人稀，入户管线行走在千沟万壑间，跑冒滴漏等故障频发，向农村延伸越深，成本越高，人力越不够。为此，宜昌探索实施智慧水网建设，通过安装物联水表，实时采集用水数据，后台随时汇总、分析，实现精准管控，水源科学调度。

长阳磨市镇供水厂负责人刘军华介绍，信息技术的应用为管理带来了便利，磨市镇供水公司减员到9人，人力成本大幅降低。如此一来，损漏能及时被发现，水管员手机接单，数小时内便能到位维修。水质、水量、水价手机上随时看，水费随手缴。如今畅饮的不仅是安全水、平价水，更是明白水、智慧水。

改变的还有群众的节水意识。在远安县旧县镇观西村二组许圣桃的家中，水龙头旁放着两个装着水的大桶。“水色清的洗菜水用来拖地，水色深的洗衣水用来冲厕所。”许圣桃指着桶里的水说，装了智能水表后，用多少水交多少钱，不能再大手大脚了。

《人民日报》　2020年12月29日

周燕琼

全域规划统筹推进　创新机制规范管理

——湖北鄂州市实施城乡供水一体化纪实

湖北省鄂州市委、市政府高度重视农村饮水安全，立足顶层设计，创新体制机制，择索出“城乡供水一依化”的供水模式和管理机制。“鄂州供水模式”得到水利部和湖北省委、省政府的充分肯定，并在中央多家新闻媒体宣传。2010年，鄂州市鄂城区被评为“全国农村饮水安全工程建设示范县”，走出了一条独特的发展之路。

立足实际科学规划
实施城乡一体化供水工程

鄂州市位于湖北省东南部，长江中游南岸，是历史悠久的吴王古都，1983年经国务院批准设立省辖市，辖鄂城、华容、梁子湖三个行政区和葛店、鄂州两个经济开发区，面积1596平方公里，人口107万。鄂州市被水利部确定为首批全国水生态文明城市建设试点市，是湖北省城乡一体化试点城市。

“十一五”期间，鄂州将农村饮水安全工程作为城乡一体化建设的切入点，前瞻性地提出“整合供水资源、统一编制规划、实行集约化经营”的建设思路，科学编制《第州市市域供水专项规划》，对城区、八大新区城市供水和其他农村地区供水统筹兼顾，按照“大管网、大水厂、全循环、高保障”的要求，规划城乡供水管网节点布局。“十一五”期间，鄂州市累计投入资金3.48亿元，解决农村饮水安全49.24万人，铺设干支管网2100千米。鄂州市城镇自来水普及率100%，农村自来水普及率达93%，率先在全省初步实现“农村供水城市化、城乡供水一体化”目标，初步建成“四同”（同网同源同质同管）、“三化”（农村供水城市化、城乡供水一体化、网络管理信息化）的城乡饮水安全体系。

多措并举统筹兼顾 促进饮水安全工程提档升级

“十二五”期间，鄂州市按“统一打包申报、统一建设管理、资金统筹使用”建设模式，将农村饮水安全工程集中由市水务集团统一实推，在推进农村饮水安全工程提档升级的同时，提前谋划实推饮水安全工程巩固提升，同步推进水厂建设、管网改造、水质检测等多项工程，全面完成省下达鄂州市农村居民饮水安全计划 22.74 万人，农村学校师生计划 7.7 万人，完成总投资 4.9 亿元。

鄂州市葛华水厂

一是投资 2.4 亿元建成葛华水厂，一期供水规模 10 万吨每日，水厂于 2014 年 10 月正式供水，目前已有近 30 万人受益，并实现集团化管理；二是大力推进全域大管网铺设，先后完成葛华地区 DN600～800 管网、鄂州开发区至梧桐湖 DN600 管网、吴楚大道西段 DN600 管网等重点供水管网 156 千米；三是增设供水加压设推，优化调配管网压力，建成葛店开发区 6 万吨每日、梧桐湖 3 万吨每日等供水加压工程；四是深入开展农村饮水安全工程建设，提高集镇居民区入户水质，先后建成梁子湖山区生物慢滤小水厂 9 座，改造集镇及周边村组管网 138.7 千米，解决了鄂州市边远山区群众饮水难问题。

抢抓机遇多方筹资 推进饮水安全工程巩固提升

“十三五”期间，鄂州市以巩固提升为主线，以精准扶贫为重点，综合采取改造、扩建、联网等方式，进一步推进饮水安全工程巩固提升。目前，正在大力推进鄂州市城乡一体化供水巩固提升工程，主要建设内容包括雨台山水厂改扩建工程、太和水厂迁建工程、城东水厂新建工程及城区管网改造工程，新增供水能力30.5万吨每日，改造10万吨每日的供水设推，铺设配套管网40千米，改造城乡老旧管网80.31千米。项目总投资9亿元，其中项目资本金3亿元，银行贷款6亿元。

为解决项目建设资金，加快推进项目建设，鄂州市政府委托市水务集团作为项目代建人，以委托代建购买服务的模式实推项目建设；同时，积极争取国家专项建设基金及农发行贷款，有效破解项目建设融资难题。截至目前，已到位政府配套资金5000万元、国家专项建设基金1.23亿元，中央预算内投资1000万元，6亿元的贷款正在办理相关手续，年底可分批发放。目前，雨台山水厂改扩建工程完成投资7500万元，占年投资计划的83%；太和水厂迁建工程完成投资了7400万元，占年投资计划的92%，将于年底建成运行；城东水厂新建工程及城乡管网改造工程已全部完成前期工作，确保在2018年年底全部竣工运行。

加大投入加强监测
确保人民群众饮水安全

坚持把水质管理作为饮水安全工程的核心，不断加大对水质检测设备和检测能力的投入，严格水质控制，落实把关措施，提高检测水平。

一是加大硬件投入。投资2000多万元，建成面积1650平方米的高标准市城乡水质检测中心，负责全市水资源监测检测工作，包括城乡生活用水全分析106项指标和地表水及地下水水质109项全分析指标。中心现有检测人员21人、大小仪器设备53台套，水质检测能力进一步提升。

二是实施人才引进和培训。从市疾控中心引进长期从事水质检测工作的高级工程师一名，并将中心人员分期分批送省厅培训。

三是健全检测网络。建立完善水厂自检、农村饮水安全水质检测中心巡检、卫生疾控部门监督监测相结合的水质管理体系。除市级监测站外，还投资190多万元分别建设了葛华水厂水质检测中心、雨台山水厂水质检测中心两个县级监测站。

四是强化监测频次和质量，确保水质安全，水厂各班组每小时对出厂水浊度、pH 值、余氯检测 1 次。水质中心每天检测浊度等 9 项指标 1 次，每周检测管网水高锰酸盐等 3 项指标 1 次，每月实施 42 项常规指标检测 1 次。同时，市水质中心在全市建立了 30 个水质监测点，每月抽检 4 次，市疾控中心每月抽检末梢水 1 次，确保供水水质安全合格。目前，全市水源水水质综合合格率 100%，出厂水水质综合合格率 99.65%。

五是深化水质中心机制体制改革，将水质中心委托市水务工程监督管理中心管理，使水质检测机构相对独立，确保检测结果公正、公平、公开。

创新机制规范管理
确保饮水安全工程取得实效

鄂州市始终坚持“建管并重”，制定出台《关于实推农村饮水安全工程建设的若干意见》《鄂州市饮水安全工程建设管理办法》，强化建设程序、扶持政策、建后管理等方面工作。

一是加强项目监管。项目建设实行行政首长负责制，签订责任书，每年度对工作完成情况进行考核，定期通报工作情况。2016 年，鄂州市将全面解决精准扶贫人口 4329 人的饮水安全问题。

二是创新质量观念。严格工程建设招标投标制、建设监理制等“五制”管理，牢固树立“质量就是效益，质量就是生命”的理念，严格推行“五级管理”和“四级质量”保障依系，突出抓好重点部位、关键工序的工程监理和监督检查，确保工程建一项，质量保一项。

三是提高供水保障。随着城乡一体化供水巩固提升工程的实施，全市设计供水总规模将达到 72 万吨每日，2018 年项目建成后，供水能力将达到 51.5 万吨每日、临江、燕矶、杨叶三个小水厂将全部关停，全面实现城乡供水一体化，为鄂州市及航空都市区的经济建设和社会发展提供有力的供水支撑。鄂州市建立实际决策和运作的农村饮水安全工程建设模式，高起点规划，高标准建设，取得的实际成效不仅赢得了城乡居民的肯定，也得到上级部门的大力支持。下一阶段，鄂州将进一步加大工作力度，全面开展农村饮水安全工程巩固提升，深人推进城乡供水管理信息化建设，以更严实的作风、更明显的成效、更持久的保障，力争使鄂州市农村饮水安全工作走在全省、全国前列。

水质检测人员正在检测水质

便民缴费点

《中国水利报》 2016 年 12 月 14 日

陈协清 刘志男

让山区群众长期喝上安全水——

房县破解供水工程管护难题

房县回龙镇村民喝上放心自来水

3 月 15 日，走进房县回龙集镇水厂，伴随着哗哗的响声，来自 10 千米外的原水，不断被抽进水厂，经沉淀、吸滤、消毒等流程后，再输送到千家万户。

山区村民居住分散，供水工程管护难度大。近年来，房县探索农村供水管护专业化改革，1100 多个饮水工程都有水管员，保障工程长久运行，让村民长期稳定喝上安全水。

点多面广效益低　山区农村供水管护难度大

“半夜起来去抢水，日头当顶水未归，倚门望夫含酸泪，但见水桶空稀稀。”房县位于秦巴山区腹地，过去这里吃水贵如油，老百姓被困在水上，也穷在水上。

脱贫攻坚战打响以来，房县累计完成投资 2.89 亿元，按照集中供水和分散供水相结合的方式，实现安全饮水全覆盖。

与城市供水相比，农村供水工程点多面广、水损大，难以实现规模效益；村民长期使用井水，无缴水费习惯，水费缴纳率低，管理经费不足；农村年轻人大量外出，专业技术人员缺乏，工程后续管理跟不上。

“这些特点在房县都表现得很明显。”房县农村安全饮水保障中心负责人杜虎介绍，房县位于秦巴山区腹地，山大沟深，又是省内国土面积第二大县，供水工程点多面广，多达1100多处，管理难度大。2015年以前，房县农村供水工程部分建成，因县里无专业供水管理部门，水利部门委托各村管理，因而出现了一些“苗头性”问题。

工程无专业人员管理，设施损坏后，维修也不及时；无专人收取水费，水费缴纳率不到50%，工程维护难以良性运转；村民随意用水，排放进稻田抗旱、放进粪坑浇菜等比较普遍，既造成水资源的浪费，还易造成大规模停水，特别是春节时大量人员返乡，家家户户长流水，很容易造成水量不足，严重影响百姓生活，投诉较多。

“这些问题，既影响村民用水，又影响工程长久运行。”杜虎说。

分类改革专业管理　1100多处工程都有水管员

供水工程建成后，如何管好，房县在省内较早展开探索。

“2015年，房县在十堰率先组建农村供水管理局，专门管理农村供水工程。”房县水利和湖泊局局长徐文介绍。随后，农村供水管理局根据全县供水工程权属，按照所有权和经营权分离的原则，实施管护专业化改革。

由政府投资建设、供水范围超过2000人的工程，由农村供水管理局通过招标确定经营公司，负责水质管理、水费代收和工程管护。这些供水工程规模效益差，维护经费由县财政统一拨付，实行政府“以钱养水”。由社会资本建设的供水工程，由公司租赁运营，水务部门监管，实行“以水养水”。还有一部分小型供水工程，由村集体管理，安排公益性岗位看管。

为保证工程管理规范化，2018年房县还出台了《农村供水管理办法》《农村供水工程维修养护资金管理使用办法》等，明确了水厂经营者管理职责、水质处理方法、应急处理等规则。针对农村水费收缴难的实情，办法明确，用户未按时缴纳水费，应收取违约金，长时间不缴可终止供水。

通过改革，全县1100多处供水工程都有专人管理，并挂有管护牌。在姚坪乡屈家坡村水厂管护牌上，覆盖范围、建设时间、管护员和监督电话等均清晰标注。

为保证水质，房县还成立了水质检测中心，定期检测全县水厂水质。近几年来，全县供水合格率均达100%。

管护好了停水少了　村民由投诉到点赞

专人专岗管理后，房县农村供水服务质量都明显提高。

15日一大早，军店镇三溪沟村水厂管水员张宏兵就开始忙碌，他每天要定时向水厂消毒池加入药剂、清除沉淀池的沉积物，定时巡查管网，“要‘一看’‘二摸’‘三听’‘四敲’，确保管道不漏水，接到村民用水问题的电话，就及时上门维修”。

正月初八，军店镇福利院的水有点儿浑浊，张宏兵立即排查，发现有村民挖地时挖破水管，通过及时抢修，当天恢复正常供水。“现在供水出现故障，几小时就能修好。”三溪沟村三组村民孟立山说。

供水满意度提升，水费收取率逐年提高，近年维持在98%。“以前经常接到供水投诉，水费催缴难，现在投诉大幅减少，不少村民还主动在微信或到维养公司缴水费。”房县农村安全饮水保障中心运营负责人杨东斌介绍。

供水单位对供水设施定期检查，开展日常维护与异常检修，每季度开展引水口、净水厂、闸阀等主要设施设备检修保养，出现破损及时维修，缓解了农村小型水利工程“寿命不长”的问题，因管道破损造成的水损大幅减少。以房县城北水厂为例，供水范围仅12个村，过去一年水损达十几万吨，现在水损仅两三万吨。为防止修路、耕种等挖坏供水管道，房县正在在主供水管网沿线设立标识牌，以保证工程长久运行。

记者手记　建好还要管好

农村饮水安全，是群众最关心、最直接、最现实的基本民生问题。为解决好这一问题，全省各地投入巨额资金，建设大量设施，实现了饮水安全全覆盖。

长期以来，因种种原因，农村水利工程寿命不长的问题在各地不同程度地存在。

农村饮水安全工程也不例外，目前后续管理仍面临一些问题。今年全国两会，台湾民主自治同盟中央委员会就提交了加强农村饮水安全工程后续管理的提案，全国人大代表、保康县马桥镇尧治河村党委书记孙开林也建言加强农村饮水全管理，以解决工程管护不到位等问题。

农村饮水安全工程，要建好，更要管好，惟有如此，群众才能长久受益。房县通过管护专业化改革，实行分类改革专业管理，取得了实效和群众认可，对其他地区也有借鉴意义。

《湖北日报》 2021 年 3 月 25 日

祝华 李先江 张启龙

多元投入破瓶颈　聚力共筑安饮梦

——浠水县白莲河水厂

浠水，地处鄂东腹地，南临长江，北依大别山，百里浠河绕城而去，千年古道穿城而行，北通荆楚，南极吴越，自古便有“水陆要冲，鄂东门户”之称。

“头枕两库，腰系三河，脚踏一江众湖”的浠水，因水得名，但因丘陵地貌导致水资源分布不均，农村饮水安全工作曾经形势严峻。让群众喝上干净水、放心水，实现农村饮水安全全覆盖，是民之所盼、人心所系，更是浠水水利人的使命所在、施政所向。

浠水县水利局近年来在县委、县政府正确领导下，在各级相关部门的大力支持下，围绕“大投入支撑、大步骤推进、大范围实施”的总体要求，以“一主三副、城乡一体”为主思路，积极探索实践 PPP 融资模式突破资金短板，不断完善项目设计规划，初步建成布局合理、供需有序、运转有力的城乡供水管理体系。

“大”字着手　建立长效机制

浠水县农村饮水安全工程自 2005 年启动以来，先后建设完成 107 处饮水安全项目，建成水厂 69 座。但由于设计规模过小、水源分散、水质不稳等原因，各地水厂运行管理举步维艰，有些甚至面临废弃关闭。

是立足现状、小打小闹，还是放眼长远、一步到位？是零敲碎打、修修补补，还是多方投入、规模推进？

浠水县委、县政府经过广泛调研论证，果断确定在“大”字上做文章，紧盯“建得成、管得好、用得起、长受益”的总体目标，以水源定工程，以水量定规模，以整体规划分步实施的工作规划，全面建成城乡管网全面对接、进村入户管网全覆盖的农村饮水安全体系，突出城乡一体，确保全域覆盖，着力抓好重点环节建设。

白莲河水厂

“多”元投入　化解资金难题

巧妇难为无米炊，资金问题是最大的困难。浠水县不撒“胡椒面”，发挥财政资金“引窝蛋”作用，下力气整合涉农资金，用市场手段吸引社会资本进入农村饮水安全工程建设，填补资金缺口，让具有普惠性、微利性的公共事业更具发展活力。湖北省单笔投资最大的单体饮水安全工程白莲河水厂总投资3.2亿元，其中中央和省级补助50%，缺口需靠自己解决。2012年10月，经过多轮会商和竞争性谈判，浠水县成功引入深圳中智联投资股份有限公司资金1.6亿元，注册成立湖北三河源水务集团，参与白莲河水厂建设和经营，补齐了投资缺口。实践证明，引入的投资公司具有资金运作能力、雄厚技术力量、成熟的市场管理经验，实现了“政府宏观管理、群众普遍满意、公司市场获益”的共赢。

“白莲河大水厂PPP融资管理模式的成功应用，亮出了浠水农村饮水安全的第一张名片，吸引社会各界参与供水工程建设，拓宽了筹资渠道。”浠水白莲河水厂负责人丁华成说。同时，浠水县下力气整合涉农资金，把分散在各部门的涉农资金捆绑使用，集中投放，为农村饮水安全项目提供资金保障。“十一五”以来，全县整合各类惠农资金以及精准扶贫资金累计达4100多万元。

“活”力运营 创新管护模式

饮水思源，更要思“远”。让老百姓喝上安全水这只是第一步，管好水、护好水、用好水才能真正让水长流，让群众长久受益。浠水县饮水安全管理办公室及时出台工程管护制度，对全县已建的69座大小水厂，全部按照“分级管理、管养分离”的模式，分级签订管护协议，明确责任人。定期检查和突击检查相结合，对各水厂管理环节进行督导检查，督促各水厂定期上报取水情况，杜绝不达标水源流入百姓家。同时，以黄冈市委、市政府关于实施白莲河库区水面综合整治工作为契机，浠水县组织联合执法，全面实施水源保护工作。

截至目前，浠水县已建成白莲河水厂80公里的东西线主管网和向乡镇延伸的60公里支管网，建成了851公里的通村管网，全县共有26万户近70万人解决了饮水安全问题。

一条条入户管道、一项项农饮工程，如同水龙头里的涓涓清流，解百姓之饥渴，润群众之心田。任重道远须奋蹄，风疾潮涌好扬帆。浠水水利人将不忘初心、大步向前，用梦想点燃激情，以实干践行担当，不断汇聚全面推进农村饮水安全工作的奋进力量，大笔如椽谱写“治水兴城、泽被后世”的精彩篇章。

《中国水利报》　2018年4月24日

记者 赵建平 周雪濛

精细立本　匠心为民

——武汉市新洲区刘集水厂走笔

“我们每天喝的水，原来要经过这么多工序，不容易啊！”“水质有保障，这下放心了！”初秋时节，参加水厂“开放日”活动后，湖北省武汉市新洲区几位居民感慨地说。

“这是一座现代化程度高、科学规范管理的乡镇水厂，有许多值得我们学习借鉴的地方。”8 月下旬，前来水厂学习经验，实地参观交流后，公安县银龙水务公司总经理周旭说。

群众交口称赞、吸引兄弟单位来“取经”的这个乡村水厂，是武汉市新洲区刘集水厂。坚持“建筑艺术化、厂区园林化、管理精细化、工艺标准化”，刘集水厂将工匠精神融入饮水安全保障工作的每一个环节，小至排气筒的水波式设计，大到制水工艺流程的标准化管理，处处彰显着守护生命之源的殷殷为民之心。

精心设计　花园厂房先进工艺

道路宽阔，树木高耸，门口一块大石印着水厂名字，透过围栏隐约可见门内葱茏茂盛的绿地。刘集水厂，到了。

别看只是个乡镇水厂，它却有着城市水厂般的规模和气派，体现了大水源、大水厂、大覆盖的建设理念。位于大别山脚下、长江以北，武汉市最东部市区的刘集水厂，承担着新洲区邾城街道刘集片区、汪集街以南片区等 70 多个村庄近 15 万人的供水重任。厂区占地近 50 亩，设计日供水能力 5 万吨，一期工程于 2017 年完工通水，日供水能力 2.5 万吨。

浅黄墙面的厂房，蓝色的屋顶砖瓦，绿意盎然的草地，五彩斑斓的花朵，既是现代化的水厂，也是风景秀丽的花园。“这个排气筒水波式的图案是我们融入生态理念精心设计的，让人一看就能联想到水。”在园区一片湿地旁，水厂厂长周刚介绍。而这片湿地，也有其巧妙之处，它的“营养”来自污泥。

对于制水过程中产生的污泥，通常做法是自然排放或用大量的水反复冲洗，既浪费水资源，又可能污染环境。刘集水厂购置了500多万元的制水污泥排放设备，可实现泥与水的有效分离。污泥摇身一变，成了农家用的肥料、花卉苗圃用的营养土。“我们生产环保一起抓，用污泥来养湿地，实现污染物零排放。”周刚说。

精心设计，力求卓越，刘集水厂采用了国内最新的标准化工艺来施工建设。在过滤这个关键工序，投资662万元建设气水反冲洗滤池，反冲洗耗水量降低了20%～30%，具有节能、冲洗洁净度高、水质稳定等优点。

精细管理　健全制度强化保障

“设备名称：罗茨鼓风机组，出厂日期：2016年10月，负责人：吴文兵……”走进水厂反冲洗泵房，发现设备上都贴着保养卡，详细记录着设备的信息。给每一个设备上“户口”，明确责任人进行管理，刘集水厂的精细化、标准化管理可见一斑。

安排专人对水源地保护区进行巡查，设置警示标识、隔离围栏加强保护，确保水源地取水安全；修订完善生产管理规定和安全操作规程，拟定供水应急预案，开展应急处置演练，切实防范安全隐患；所有供水设施严格按照操作规程运行，增加设备巡检次数，实行班组每日巡查、运行人员每小时自查，确保运行安全；每小时进行5项水质检测，每天对出厂水进行9项检测，每周对管网末梢水进行常规检测，每月对原水、出厂水、管网末梢水进行23项检测，层层控制，确保水质安全……

不止是设备维修养护精确到人，刘集水厂明确了安全生产、水质监测、巡视检查、卫生清洁等各方面的制度。“包括入户安装选用多大口径管道、多长时间完成，我们都有明确的要求。”周刚说。

贴心服务　安全优质全心为民

为群众提供安全优质的饮用水是水厂的使命，群众满意是水厂的价值追求。刘集水厂确定每月10日为水厂开放日，邀请居民、社会代表等参观水厂，实地了解制水工艺，解答供用水热点问题，让居民亲自见证放心水，也促进水厂不断提高服务水平。

突发性的爆管、漏水等老大难问题，曾严重影响居民正常的生产生活。刘集水厂发出“30分钟内到场处理”的承诺，确保在最短时间内恢复正常供水。水厂还开通了24小时服务热线，做到热情接待、有问必答、认真处理，对用户来信、来电、来访反映问题处理及时率达99%以上。

刘集水厂牢记职责使命，积极投身脱贫攻坚战，为供水范围内的180户贫困户免费安装用水设施。距水厂12公里的破月村，属供水的最末端。水厂技术人员精心勘测，组织设计施工，增大管径，解决了水压小等难题，让全村1000多人用上了自来水。

服务农村供水，情系千家万户。精细立本、匠心为民的刘集水厂，将继续做好二期工程建设，坚定走制度化、规范化、标准化、精细化的高质量发展之路。

《中国水利报》 2018年10月1日

记者 陈萌 赵建平

精细化管理的典范

——公安县麻豪口水厂

麻豪口水厂输水泵房

位于长江干堤荆江段荆右干堤620处的安全区内，居住着湖北省公安县麻豪口镇白龙村的200余户居民。虽然守着长江，这里的居民却一直为吃水问题发愁。

“过去都是自己到长江挑水，水质差，只能用明矾消毒了再喝，麻烦得很。”家住白龙村的张光远无奈地摇头。

公安县是血吸虫疫区，加之工农业生产影响，河湖水质差，无法达到饮用水水源水质要求，居民大多采用小机井提水或到长江中挑水，对其进行沉淀、消毒后饮用。农民群众的身心健康和生产生活受到严重影响。

饮水安全是民生第一要事。2014年，公安县委、县政府专门将建设水厂、解决麻豪口镇村民饮水安全问题纳入2014年县政府十件实事，将农村饮水安全工程建设与三峡后续工作规划进行项目整合，大力推进水厂建设。

2015 年 2 月 10 日，总投资 8468 万元的麻豪口水厂通水运行。运用取水设备引来长江水后，经过凝絮反应、平流、沉淀后，还要经过过滤、消毒两道工序，再通过清水池到加压泵房加压，最后通过管网，流入麻豪口、藕池、黄山头 3 个乡镇 60 个村的 15.36 万村民家中，彻底解决了当地群众的吃水难问题。

水厂建得成是一方面，还要管得好，才能让百姓长受益。对于承担着农村饮水安全重任的农村水厂而言，提高精细化管理水平，确保各项工作安全，尤为重要。对此，厂长文爱民有着自己的一套办法。

走进麻豪口水厂，优美的厂区环境，合理的厂房布局，加之精心养护的树木绿植，使人仿佛置身于一座花园式水厂。

“建厂之初，我们就坚持花园式厂区设计标准，对办公区、生产区的布局进行了精心设计，并栽种大量景观绿植，为的就是营造良好的厂区环境。”文爱民说，“首先要顾好‘面子’，先把水厂的环境营造好、维护好。只有这样，制出来的水才能让百姓放心。”

饮水安全是广大农村群众最直接、最现实、最关心的利益问题。“里子”和“面子”要两手抓、两手硬，才能让饮水安全真正落到实处。

“那么，‘里子’又该如何保证呢?”“在生产运营中，水厂始终将标准化、规范化、法制化建设作为工作的切入点和主攻目标，以提升精细化管理水平为抓手，全力确保供水安全。”文爱民说。

文爱民的话，从细节中得到了证实。

在操作间，墙上悬挂的消防管理制度、安全例会制度、特种作业人员管理制度、事故管理制度等一目了然，抬头可见。

在加药间，安全帽、灭火器、防毒面具、套鞋均放置在固定位置，摆放整齐；药品用量登记簿填写规范、更新及时。

在输水泵房，“安全生产，警钟长鸣”八个大字十分醒目。

在制水区，设备设施、栏杆、扶手一尘不染。

据了解，截至目前，水厂已建立健全考勤记载、设备运行、水质检验、维修保养、卫生防护、计量收费、财务管理、安全生产、档案资料、环境卫生等各项内部管理制度，坚持用制度管人、管事、管物。

“在生产中，我们始终追求三个安全：水质安全、水源安全和生产安全。”文爱民说，“水质安全在于我们严格对水源水、出厂水、管网末梢水进行检测，做到水质不合格不出厂，不合格不入户；水源安全在于加强水源地保护，将上游2000米、下游200米的水域划定为水源地保护区，设置保护标志，安排专人巡查；生产安全在于制水过程中始终严格遵守各项规章制度，及时对生产设备进行维护养修，规范操作流程，确保生产安全。”

据统计，截至目前，水厂已安全运行5.2万台时，供水1000万吨。

饮水安全的落脚点在百姓身上。在强化内部运营管理的同时，麻豪口水厂还建立微信群，向用水户积极宣传饮水安全政策、运行管护办法和饮用水卫生安全科普知识。并将职工的工作内容、联系方式，水质，停、供水公告等信息向用水户公布，接受用水户监督的同时，便于及时进行管网抢修，及时处理用水户投诉。“水厂的每一项工作都以让百姓满意为出发点，水厂上下正在为实现零投诉的目标而努力。”文爱民说。

而今，张光远终于告别了那段曾经靠着肩挑提水喝的苦日子，享受到了优质自来水带来的获得感和幸福感。“不瞒你们说，现在我喝生水都放心。”看着家中水龙头里流出的洁净自来水，张光远的眼中满是喜悦。

据文爱民介绍，下一步水厂将继续拓宽供水范围，实现辖区主管网覆盖，为辖区用水的大力拓展夯实基础，奋力推进水厂管理工作再上新台阶，真正把这一关系人民群众切身利益的实事办好、好事办实。

坚持精细管理，注重长效管护，麻豪口水厂以工匠精神为指引，探索出了一条农村水厂的建管之道。

2017年9月，湖北全省“百佳十优”农村水厂创建推进座谈会在荆州召开，麻豪口水厂作为精细化管理的典范，接待了全省数十家水厂的管理者前来取经。

相信，今后还会有越来越多的“张光远”，享受到麻豪口水厂流出的优质饮用水。

《中国水利报》 2018年1月9日

记者 李攀 赵建平

用“城”的标准建“村”的水厂

——枝江市胡家畈水厂建管之道探访

编者按： 农村饮水安全作为人民群众美好生活的重要需求，面临着城乡供水、区域供水发展不平衡，水源保护、水量保证、水质保障、供给服务不充分等突出问题。湖北积极贯彻落实十九大精神，正在全省范围内开展的“百佳十优”农村水厂创建活动，从提高质效入手，通过典型示范，全面带动提升管理水平，补齐不平衡不充分短板，为满足人民日益增长的美好生活需要提供更加洁净、更为安全、更有保障的饮用水。“走荆楚·看水厂”系列报道，透过湖北省特色农村水厂风貌，展现农村饮水安全巩固提升工作的新思路新举措新成效，也为新时期进一步做好农村饮水安全工作提供有益借鉴。

在波光潋滟、琉璃千顷的胡家畈水库旁，坐落着湖北省枝江市最大的农村水厂——胡家畈水厂。

自 2015 年年初投入运行以来，水厂不断提升科学服务水平，依托先进的制水工艺、齐全的设施设备、完善的运行机制，通过 1220 公里长的管网，将一泓清水输送到安福寺、仙女、董市 3 个乡镇 36 个村的农户家中，不仅赢得了广大用水户的衷心点赞，还作为枝江市的典型水厂，多次接待全国多地的代表前来考察学习，更得到了水利部、省、市相关领导的肯定和赞誉。

一个普通的农村水厂，何以吸引了如此多的目光？9 月下旬，记者来到胡家畈水厂，一探究竟。

正本清源　水源保护法制化

水源地保护是确保水质安全的“第一道防线”，是农村饮水安全工作的“第一道闸门”。

“枝江市始终高度重视水源地保护工作，制定了《枝江市饮用水水源地环境保护暂行规定》及安全达标建设规划，陆续投入2000多万元，开展饮用水水源地安全保障达标建设。同时，整合水利、环保、卫生等部门资源，组建水源地保护工作站，负责保护区内生态修复、环境监测保护、水污染应急处置和调水补水工作。”枝江市委副书记、市长丁庆荣介绍说。

《枝江市饮用水水源地环境保护暂行规定》和相关规划的出台，让枝江水源地保护工作逐步走上了法制化轨道。

作为胡家畈水厂的取水水源地，总库容2696万立方米的胡家畈水库，不仅面积大，且库中山丘重叠，保护工作难度很大。

2007年，市人大常委会对全市饮用水水源保护区范围进行了划分，将胡家畈水库正常蓄水水位水域及以上200米陆域划为饮用水水源一级保护区，一级保护区向外2000米为二级保护区，准保护区为承雨面积范围，30多个水源保护区标志牌在库区周边醒目树立。

此后，胡家畈水库综合整治连出“重拳”：根据《枝江市饮用水水源地环境保护暂行规定》及安全达标建设规划，建立水源保护制度，每天安排专职人员，对附近农田、渠道、建筑物等进行巡查，严厉查处侵占水面、渠道设障、非法养殖、破坏植被等违法行为；及时清理水库水域内垃圾，对可能对水源造成污染的行为进行劝阻；划定水源保护区，加强宣传，增强周边村民自觉保护水源安全意识；设立有奖举报制度，鼓励群众参与监督，确保水源水质和引水顺利；迁走养猪场2处，取缔精养鱼池3处，查处危害水源安全事件2起……

重拳之下，成效显著。

如今，经过治理的胡家畈水库，碧波荡漾，水库水质长年保持在Ⅱ类以上，源水洁净，水源地保护理念已深入人心。

“让农民喝上干净水，是当前农村最直接、最现实、最迫切的需求。枝江市始终将农村饮水安全和饮用水水源地保护纳入十件民生实事和十项专项治理之中，市政府主要领导亲自领衔督办。目前，枝江市水源地保护已达标，4座中型水库饮用水水源水质全部达到Ⅲ类及以上标准。”枝江市农村供水管理局局长廖晓华说。

科技助力　管理手段信息化

随着工作人员轻轻点击鼠标，胡家畈水厂中心控制室的巨幅显示屏上，设备的运行工况、监控视频、水质状况、管网实时压力与流量、受益人口等信息一目了然，历史记录、实时报表可随意查询。从源头到水龙头的自动化、信息化管理，让在场人员赞叹不绝。

如今，包括胡家畈水厂在内的枝江市10处供水工程，全部在农村供水信息化平台上运行，而这正是枝江市农村饮水安全巩固提升工作的重点和亮点所在。

与运营机制成熟、自动化控制程度高、管理更为规范的城市水厂相比，农村水厂的短板突出体现在运行管理上。如何补齐管理短板，进一步提升城乡供水一体化水平？枝江市在这方面下足工夫。2014年以来，枝江市政府陆续投入近2000万元，委托武汉大学和武汉清源智慧水务科技有限公司，打造全市农村供水信息化平台，将各个农村供水工程的信息接入市水利局监控中心，以提供市级对工程管理和监督的信息和决策分析支持，厂级的日常管理支持，省、市级的工程建管支持，从而实现全市农村水厂生产与供水监管、水质与运行数据分析。“有别于厂家监控系统，平台重在建管和监管。”廖晓华说。

“枝江市农村供水信息化平台的建成，实现了对水源保障监测、净水生产流程监测、供水管网运行监测、数据采集分析等全流程计算机管理，大大提升了胡家畈水厂的管理水平。”厂长兰金华说，“通过对水质实时监测和对加药消毒的计算机控制，保证了水质达标合格；对供水管网实行压力和流量监测，管道出现故障后及时报警，为管道抢修提供精准位置，大大缩短了故障查找及排除时间，提升了供水保障率。”

信息化平台建设，实现了枝江市农村饮水安全工程控制自动化、运行智能化、监测实时化、管理现代化，使供水设备完好率、供水保障率、水质合格率、群众满意率进一步提升。

2016年9月22日，全国农村饮水安全管理与信息化培训班现场会在枝江召开，作为全省的试点，枝江市农村饮水安全信息化工程建设得到了与会领导和代表的高度赞誉。

据悉，湖北将以枝江市农村饮水安全信息化建设为试点，继续推进县级农村饮水安全信息化试点工作，完善省级信息化管理平台，争取早日实现县级平台与省级平台互联互通。

加强监测　水质保障常态化

城乡供水一体化是解决农村饮水安全的治本之策，而同质则是推动城乡供水一体化的关键之举。

如何保证供水水质，让村民像城市居民一样喝上清甜的自来水，一直是胡家畈水厂乃至枝江市努力的方向。

走进厂区，“水质检测中心”六个大字非常醒目。据水厂相关负责人介绍，这是市政府投资200余万元建设的枝江市水质检测中心，与水厂管理用房合建。

作为市级水质检测机构，中心承担着全市农村饮水安全工程水源水、出厂水、末梢水的水质检测和监测工作，监测站网覆盖8个乡镇，可全面掌握和及时反映全市农村饮水安全工程的水质状况，为水利部门开展各项饮水安全工作提供参考依据，从而保障农村居民饮水安全。

在水质化验室，《自来水水质国家标准》《化验室安全生产操作规程》《水厂化验员责任制》一一上墙，一目了然；操作台上水质消毒净化设备码放整齐、配置齐全，工作人员正忙着对水质进行检测。“近几年，水厂和水质检测中心共投资200余万元，购置各类水质检测设备20多台（套），每天严格按照操作规范，对水源水、出厂水、末梢水进行严格检测，确保从‘源头’到‘龙头’的全流程放心。”兰金华说，“除水厂自检外，我们还坚守中心抽检和市卫计局监督检查两道防线，使水质达到国家合格饮用标准。目前，水厂的水质合格率长期保持在98%及以上。”

“民以水为天，水以安为天。枝江市委、市政府高度重视农村饮水安全工作，通过层层把关，确保水质安全，让市民、村民共饮放心水。”丁庆荣说。

在水质检测的严格保障下，枝江市农村供水水质一直位居全省前列，全年平均水质合格率达到93%以上。

兰金华告诉记者，尽管水厂在农村饮水安全工作中取得了一定成绩，但在经营管理工作中还存在着许多不足。今后，将进一步强化管理，努力争创省“百佳十优”水厂，为成为全省乃至全国农村饮水工作领跑者而砥砺前行。

用“城”的标准建“村”的水厂，胡家畈水厂用生动的实践，诠释了城乡供水一体化的方向所在。

胡家畈水厂中心控制室　　（李攀　摄）

《中国水利报》　2017 年 11 月 9 日

记者 赵建平 李攀

服务规范化　供水城市化

——洪湖市峰口中心水厂建设纪实

初秋时节，走进东荆河畔的湖北省洪湖市峰口中心水厂，一排排香樟、雪松、紫薇等植物在微风的吹拂下，清香扑鼻。

身穿印有“洪湖市梦源水务有限公司峰口分公司”字样工作服的厂长常纪发介绍，近十年来，峰口中心水厂以农村供水管网改造为重点，以规范化服务为目标，以“决策零失误、水质零污染、供水零浪费、用户零遗憾、计量零投诉、社会零指责”为基准，着力打造农村城市化供水品牌。

水厂始终按照“一块表、一个表箱、一个加密阀、一个闸阀、一个水龙头”的要求规范村民用水行为，将“重管理、强服务、增效益、促发展”的理念贯穿于工作始终，使峰口中心水厂成为洪湖市农村供水的标杆。水厂设计日供水能力2万吨，实际日供水量1.3万吨，实现24小时供水，担负着峰口镇城区及周边48个村和万全镇16个村近16万人的生产、生活用水任务，农村入户率达到100%。

“城乡供水一体化，做到同网、同时、同压、同价、同质，改定时供水为全天候24小时供水；装有应急电源，保证停电不停水；设定3公斤压力，保证7层楼及以下正常用水。建立加压站，保证偏远地方水量水压稳定。”洪湖市水利局饮水办主任范道荣说。

技术员廖明翔介绍：“峰口中心水厂全程供水在控制室监控操作，微机化管理；对水质浊度、余氯等进行在线监测，水质达到国家农村饮用水卫生标准，同时对取水口、厂区、车间实行在线监测，实行取水、制水、供水自动化管理。”

在营业大厅微机室，服务员蔡瑜笑盈盈地接待交纳水费的村民。他告诉交费农村居民，峰口中心水厂对每个用水户建立了微机信息电子档案，计收水费严格执行洪湖市发展和改革局“两部制”水价，每月按月抄表，当月15日至20日向用水户发布水费信息，让用水者明明白白交纳水费。农村居民还可以刷卡交费，也可以用微信、支付宝交费，十分方便。

据悉，洪湖市峰口中心水厂服务大厅一年 365 天营业，即使春节也是照常服务，24 小时有人接待，切实履行向社会承诺的各项事宜。工作人员抄表率达 100%，水费回收率达 80%以上，每吨水的能耗价格严格控制在 0.2 元以内。水厂严格加强财务管理监督，所收的水费交由专业会计事务所统一做账，收入存银行，开支下拨，上缴规定税费，提足折旧资金。

万全镇陈庄村 65 岁的黎洪山老人逢人便讲：“我家的入户供水管破了，水往外直流，一个电话，水厂的师傅们不到一个小时就赶到我家修好了，而且服务态度非常好，还专门给我留下服务电话。上门维修的唐悦师傅说，峰口水厂 24 小时有人值班，随叫随到，不收一分钱。”

如今，一个亮化、净化、绿化、美化洪湖市峰口中心水厂映入人们的眼帘，水厂全员职工将不忘初心，齐心协力，对照标准补短板，深入用户听民声，落实好“安全第一、水质第一、服务第一、效益第一”宗旨，力争创建湖北“百佳十优”水厂。

水厂厂房　　　　（峰口中心水厂供图）

《中国水利报》 2018 年 9 月 4 日

记者 赵建平　通讯员 陆剑

服务用心　群众安心

——安陆市漳河水厂侧记

在湖北省安陆市漳河木梓乡黄冲村段岸边，一处黄白色相间的建筑群格外引人注目。这就是安陆市农村饮水安全骨干工程——漳河水厂。

干净整洁，绿草如茵，走进水厂厂区，让人不禁深吸一口气，醉心于怡人的景色。“水厂取水于漳河，水源稳定，水质优良。”安陆市水利局局长刘章彬说。绿色栅栏隔开了漳河和水厂厂区，河岸边矗立着饮用水水源一级保护区的牌子。

水厂的建设，始于解决长期困扰漳河两岸木梓、巡店等乡镇农村居民饮水问题的迫切需求。安陆市政府 2013 年启动新建漳河供水工程，2015 年 8 月，总投资达 2000 万元的漳河水厂顺利建成并投入运行。

水厂占地约 10 亩，日供水规模为 4000 吨，供水范围覆盖巡店、辛榨、木梓、棠棣 4 个乡镇 38 个村，受益群众达 4.27 万人。

“有了水厂，以后可以放心用自来水，再也不用吃不干净的水了。”黄冲村四组村民黄春清是漳河水厂建设的见证者，也是村里第一个安装漳河水厂自来水的农户。至今，他还记得清水从自家水龙头流出时的欣喜心情。

漳河水厂采用“絮凝—沉淀—过滤—消毒”的水处理工艺，严格执行水质检测有关制度，确保供水安全。水厂的建成，不仅让当地农村居民告别了吃苦咸井水、塘堰浊水的日子，彻底解决了集镇居民、企事业单位的用水难题，更有力促进了当地社会经济发展。

与京山县交界的方河村，位置较为偏僻。接通自来水后，七组的李婆婆激动不已：“真想不到我家离得这么远，还能喝上自来水！”

为确保农村水厂长久惠民，运行管理和供水服务必须得跟上。漳河水厂建成后移交木梓乡水管站进行管理，在站长郭耀峰的带领下，水厂全体职工发扬艰苦奋斗的精神，通过近 3 年的努力，从零用户开始，逐步壮大，走上了稳定发展的道路。

郭耀峰不仅自己潜心钻研，成为一名行家里手，还积极带领大家一起学习制水工艺和设备维修技术，提升业务水平。前年汛期，漳河出现百年一遇特大洪水，水厂送水泵房进水，设备被淹，郭耀峰组织抢修队伍提前转移关键机电设备，最大程度减少了损失。退水后积极开展抢修，在最短时间内恢复供水。

"水厂维修人员与用水户保持密切联系，水表上有工作人员的电话，可以随时沟通，及时处理出现的问题。"郭耀峰说，"去年年底，有20余户贫困户要入住到易地搬迁集中安置房，我们组织施工人员抓紧入户安装，使这些贫困户在春节前顺利乔迁新居，用上了自来水。"

水厂以优质的服务赢得了群众赞誉，在群众有安装自来水需求或者出现用水故障时，工作人员总是第一时间赶到处理，认真细致做好服务工作。

漳河水厂是一座"年轻"的水厂，也是一座快速成长的水厂。"只要我们坚持全心为民服务，一定能有更大的发展，惠及更多的群众，取得更好的效益。我们会尽最大的努力，做好农村饮水安全这件关乎民生的实事。"郭耀峰语气坚定地说。

《中国水利报》 2018年1月30日

记者 陈萌 赵建平 通讯员 刘晓卫

打造城乡供水一体化的“鄂州样板”

——鄂州市葛华水厂

沉淀池 （李攀　摄）

大规模、大水源、大管网——作为饮水安全“鄂州样板”，葛华水厂在湖北省实施的城乡一体化和规模化供水工程建设中成为标杆。

与其他农村水厂不同，大，是葛华水厂给记者留下的第一印象。不管是平流池、沉淀池，还是清水池，规模都明显大于其他农村水厂。

据厂长江学峰介绍，水厂占地140亩，一期工程总投资2.4亿元，设计供水规模20万吨每天，实际供水规模6.5万吨每天，单日最高供水量超过8万吨，实现了向葛店开发区、华容城区、红莲湖新区及周边乡镇供水。

鄂州市地处湖北省东部。2008年，被省委、省政府确定为全省城乡一体化综合配套改革试验区后，鄂州市不断加快城乡供水一体化建设步伐，立足顶层设计，创新体制机制，摸索出了独具特色的“鄂州供水模式”，得到水利部和省委、省政府的充分肯定。位于葛华新城的葛华水厂，正是在这样的背景下应运而生。

葛华新城是鄂州市城乡总体规划的五大功能区之一，新城内原有葛店水厂、葛店开发区水厂、华容水厂三座水厂。经过多年运行，由于工艺落后，设备老化，三座水厂供水能力的不足严重制约了葛华新城的区域发展，难以满足该地区企事业单位及城乡居民的用水需求。

据鄂州市水利局总工程师余成英介绍，2012年，为切实解决葛华新城供水不足和城乡饮水安全问题，实现城乡供水一体化目标，鄂州市委、市政府确立了“整合供水资源，统一编制规划，实行集约化经营”的建设思路，提出关停原有三座老旧水厂，新建一座葛华水厂，并将其纳入鄂州市“十二五”城乡供水一体化重点项目。2013年，葛华水厂建设项目正式启动。

本着“规划高起点，建设大规模，管理长受益”的原则，葛华水厂从建设之初，就坚持高标准、高起点。

在工程设计上，鄂州市聘请经验丰富、技术过硬的中国市政工程中南设计研究总院有限公司为水厂建设把关。并采用国内先进制水工艺和国内外一线品牌设备，为水质安全提供了可靠的技术保障和硬件支撑。

在厂长江学峰的带领下，记者来到一处厂房，只见一根直径约20厘米的管子下面，堆起了一些半干半湿的污泥。正当记者疑惑时，江学峰解释道：“这是我们厂的废水回收、污泥浓缩、离心机脱水处理系统。在制水过程中，我们坚持生态优先原则，将废水、污泥收集起来，进行回收再利用，不仅保护了生态环境，也有效避免了资源浪费。”

在管理方面，为建立科学规范的管理体制，提高水厂管理水平，2013年10月，鄂州市将原有三家水厂整合后，成立了葛华新城自来水公司，对葛华水厂实行专业化管理，有效提高了城乡供水管理水平，提升了供水服务质量，鄂州城乡供水一体化管理逐步成熟。

目前，葛华水厂二期工程建设已提上议事日程。“按照鄂州市城乡供水一体化的总体规划要求，二期工程建成后，将向三江港新区、梧桐湖新区及梁子湖部分乡镇，鄂城区杜山、长港两镇延伸供水，还可解决5万多农村人口的饮水安全问题，使葛华水厂的供水潜力得到进一步发挥。”江学峰说。

《中国水利报》　2017年11月21日

记者　李攀　赵建平

追求规模化生产下的效益最大化

——潜江市田关水厂

在湖北省潜江市汉江支流——东荆河与田关河的交汇处，坐落着潜江市最大的农村水厂——田关水厂。作为田关水利工程管理处的直属企业，建厂至今，水厂始终秉持着“滚雪球”的发展思路，管网越延越远，供水范围越扩越大，经济效益越来越好，不断焕发着新的活力与生机。

田关水厂始建于1990年。那时，对于经济社会发展较为落后的农村地区而言，水厂的兴建，让潜江周矶办事处的百姓实实在在得到了实惠。但初始设计日供水能力仅为0.5万吨，供水范围只覆盖一个乡镇。仅靠这样的规模，远远不能满足水厂的长远发展需求。

1992年，为了争取江汉油田的用户，水厂自筹资金230万元，进行第一次扩建。扩建完成后，日供水能力提高到1.5万吨，成功打开了江汉油田的市场。

2008年，距离水厂不远的熊口镇农村饮水安全尚未得到保证。为争取这一市场，水厂积极争取安全饮水资金500万元，同时自筹资金500万元，对部分老化设备、管网进行改造，扩大生产线，将管网伸向了更远处的熊口镇。

由于用水户不断增加，用水高峰期出现了供水能力不足的问题，这可给水厂带来了新难题。怎么办？升级改造！

2012年，水厂筹资600万元，新建一条日产4万吨水的全自动取水、净水生产线，日供水能力达到5.5万吨！又于2013年将周矶北片区的管道进行扩容升级。

2014年，水厂在自筹资金的同时，积极争取市级财政资金，利用主管网改造的契机，将管网延伸到了潜江新城区，成功打开了新市场。

规模扩大了，水质又该如何保证？

“一直以来，我们始终牢牢抓住水质这个核心，把保证水质、水压、

24小时不间断供水作为我们服务用户的根本。”厂长张真明打开了话匣子，“水厂取汉江水和长湖水双水源，以保证水源水质。不仅如此，生产过程中，我们还对水源水、出厂水、管网末梢水进行严格的日检、抽验和监督检，使水质达到国家标准。”

“现在，我们水厂的水质好众所周知，周边很多单位和地方都主动来要求接管供水。”张真明笑呵呵地说。

在水厂全体职工的不断努力下，田关水厂不仅得到了用水户的认可，还曾多次受到表彰，先后获得“全国工人先锋号”“全国农村优秀水厂”“湖北省青年文明号”“全省水利工作先进集体”“湖北省守合同重信用企业”“水利厅红旗党支部”等殊荣。

田关水厂　　（田关水厂供图）

供水规模从最初的0.5万吨，到如今的5.5万吨，供水范围从最初仅有的周矶办事处到现在的2个乡镇3个农场44个村以及江汉油田的部分企业，受益人口从1万多到现在的12万多。田关水厂在“滚雪球”式的发展中证实了农村水厂的发展方向：规模化生产，才能显现出更加强大的生命力，才能实现经济效益的最大化。

《中国水利报》　2018年1月30日

记者 李攀 赵建平

天门市彭市水厂

保水质安全　让群众满意

家住湖北省天门市彭市镇中刘村的刘炎兵老人在村里生活了大半辈子。回想起曾经打井取水吃的日子，他仍记忆犹新："那时候生活条件不好，吃水是个大问题，取水费劲不说，水质也不好，困难呦!"

然而，让他没有想到的是，就在6年前，彭市水厂的工作人员，将自来水管装进了他家的厨房。"现在只要拧开水龙头就能用上水，老伴做饭方便多了，我家的水壶里再也看不到水垢了。"刘炎兵高兴地说。

2011年，得益于彭市水厂的建成，和刘炎兵一样，彭市镇很多居民在家里就能吃上洁净的自来水。

然而，自来水入户之初要收取几百元的初装费，这对于镇上123户建档立卡贫困户而言，可不是个小数目。了解到贫困户的困难后，水厂厂长王耀军与水厂领导班子商议，决定为贫困户减免自来水初装费，将农村饮水安全与水利扶贫工作结合，真正实现了精准扶贫。

水质安全是农村供水的核心。如果水质不安全，饮水安全便无从谈起。王耀军明白，只有水质好了，喝起来放心，才能让群众打心底里认可。

2016年，王耀军不惜斥资30万元，修建了取水点水泥通道，硬化了取水点地皮，并在水源地周边树立起水源地保护公示牌，安装了围栏和电子监控设施，从源头上确保水质安全。

水质好坏是一方面，自来水入户率的高低，还要看供水服务是否跟得上。

王耀军说："建厂以来，水厂始终以让群众满意为工作目标和衡量标准，不断提高服务质量，获得了百姓的广泛认可。"

考虑到运营成本，水厂运行之初实行定时供水制度，但用水户希望全天供水。为此，王耀军通过现场观摩，反复核算，发现虽然电费多了点，管网压力变化不大，有利于保护管网。为此，水厂将定时供水改为

24 小时供水，极大地方便了群众的生产生活。

不仅如此，水厂还将报装电话、抢修电话、热线电话等制成小卡片，发放到用水户手中，做到镇区一刻钟、农村半小时赶到，便于及时抢修设备，尽快恢复供水。

用心服务换来群众点赞。水厂投入运行 6 年多以来，一直保持零投诉记录。据王耀军介绍，截至去年年底，全镇自来水入户率达到了 99.5%，基本实现了农村饮水安全全覆盖。

据了解，目前，水厂正在进行二期扩规增容工程建设。二期工程完工后，在增强彭市镇供水能力的同时，水厂还将向毗邻乡镇输送优质汉江水，以解决彭市镇水厂地下水水源不足的问题。

自来水厂二期工程简介 （本报记者 李攀 摄）

《中国水利报》 2018 年 1 月 16 日

记者 李攀 赵建平

汴河水厂大变样

湖北省荆州市监利县汴河中心水厂日前迎来了一批特殊的客人。作为水厂服务对象，汴河镇6个合并村的支部书记和党群代表应邀参观水厂并提出意见建议。

更新改造后焕然一新的水厂环境、供水设备和24小时保质保量的供水，让群众代表们频频点赞。而此前，监利县副县长杨金勇对汴河镇中心水厂自来水水质问题进行回访时，也收获了群众“非常满意”的答复。

农村饮水安全工作：民有所呼　必有所应

“汴河镇自来水水质差，水垢严重，经常堵塞水龙头……”2019年6月，监利县汴河镇群众杨祥华对汴河中心水厂水质较差的反映引起了湖北省领导的高度重视。

湖北省水利厅将汴河中心水厂问题纳入“不忘初心、牢记使命”主题教育立行立改问题清单，成立工作专班，研究制定方案，持续跟踪督办。厅党组书记、厅长周汉奎赴现场调研，提出指导意见，并委派厅级干部带队先后4次实地调研督导。

查设施设备运行情况，看水质检测报告，问水厂运行管理工作，深入农户家中了解管网入户和供水情况……在连夜召开的座谈会上，汴河镇中心水厂运行管理责任缺失、消毒设备损坏、净化工艺落后、曝气不到位、水厂脏乱差的问题被摆上了台面。

群众意见大、社会评价差，汴河中心水厂的日子也不好过。水费收取困难，经营入不敷出，政府每年投入，群众用水不满意，水厂运行陷入恶性循环。

找准症结才能循因施策，监利县饮水办主任聂明直言不讳：“水厂政策不能一以贯之，从业人员业务不熟，水厂管理混乱。”

表象是水质问题，根子却是管理缺位。汴河水厂内缺规章制度，外缺政府监管，加之没有专业队伍，水厂的管理无章可循，供水服务不到位几成必然。

按照标本兼治的要求，湖北省水利厅会同监利县有关方面，研究提出了整改措施，明确了办理时限。监利县委县政府安排专项资金 200 多万元，调遣精兵强将，要求在两个多月内完成汴河中心水厂全面升级改造。

“要用这次解决问题的实效检验主题教育效果和质量，要在解决农村饮水安全问题上体现水利人的初心。”周汉奎在深入监利县汴河镇中心水厂调研时强调，要如期保质完成任务，交一份满意答卷。

改造提升重建更重管：理顺机制　长效运行

“以服务为宗旨，以水质为核心，以管理为关键。”湖北省饮水办在多次调研汴河中心水厂更新改造工程后，对汴河水厂的管理工作提出了更高的要求。

汴河水厂更新改造工程于 7 月初启动，首先从限时供水转变为 24 小时不间断供水，规范使用消毒剂。同时，倒排工期，新增取水井，更换机电设备，重建曝气及过滤池，重新铺设部分主管网……汴河镇成立工作专班，跟踪协调服务，全力确保全镇人民早日用上干净、卫生的自来水。

8 月 2 日，监利县疾控中心对汴河镇中心水厂水质进行监测，结果显示出厂水 22 项指标都达到安全饮水标准。

工程建设是一时的工作，管理则是永恒的主题。湖北省水利厅多次调研要求汴河水厂健全完善相关管理制度，坚持用制度管人管事，确保工程长效运行。

一条条真招实措陆续出台。

优化组建水厂管理团队。汴河镇中心水厂选派管理水厂的行家里手担任厂长，配齐内部管理人员，培训管理队伍，专人专岗、持证上岗，在完善队伍建设上下工夫。

建立健全各项管理制度。水厂建立严格的运行管理制度，制定更合理的薪酬制度，加强员工的责任意识和服务意识，在规范运行管理上下工夫。

加强群众用水节水宣传。汴河镇专门发出致全镇人民群众的公开信，在村组张贴水质检测报告，组织党群代表到改造后的水厂观摩评议。水厂公开饮水安全监督电话，向供水户发放服务承诺卡。

……

汴河镇委副书记、副镇长李静介绍："从我们收集了解的情况来看，用户对水质的改善都比较满意。"

9月2日，监利县副县长杨金勇对汴河镇中心水厂自来水水质问题进行回访，杨祥华表示，水质符合饮用标准，"非常满意"。

农村水厂运行管理：强化监管 举一反三

"如果连一口干净的自来水都喝不上，这样的乡村无法振兴，群众也无法拥有幸福感和获得感。"杨金勇认为，如今农村居民对生活饮用水提出了更高的期待，也给农村水厂巩固提升和运行管理提出了新要求。

不局限于汴河中心水厂的单例整治，不满足于群众反映问题的个别解决，7月16日，监利县委县政府成立农村水厂运行情况暗访调查组，对全县全部29家农村水厂进行走访调查，全面摸清现状问题。

"由于乡镇基础不同，运营模式方式也五花八门，职责划分不明晰，也容易出现问题。"监利县水利和湖泊局局长冉军垓表示。

白螺中心水厂，厂区建设比较规范，厂区环境有待改善；红城乡中心水厂，水质较好，日常监管有待加强；棋盘乡中心水厂，厂区处于半闲置状态，一天供水3小时，水质不达标……从全县农村水厂暗访的情况看，运行管理问题突出的，多数都是甩手承包的水厂。

8月16日，监利县召开全县农村水厂运行管理会议，对29处水厂存在的问题进行通报，要求对照要求立行立改。

监利县明确乡镇党委书记作为第一责任人，要求对水厂运行管理负总责。安排一批专业人员上岗、上机，并将水厂业务人员定期培训学习提上议事日程。同时，监利县政府研究制定《监利县农村供水管理办法》，待审核通过后批准实施，以进一步完善农村水厂运行管理机构、管理办法、管理经费"三项制度"，促进农村供水工程长效运行。

“举一反三，推动全盘。”湖北省饮水办主任陈建华在第4次调研汴河中心水厂时，对监利推动全县农村饮水安全工作再上台阶给予肯定，“水厂管理要进一步标准化、规范化、专业化、精细化，要打造湖北供水汴河模式。”

经过两个多月的真抓真改，如今的汴河中心水厂有了脱胎换骨的变化。

《中国水利报》 2019年10月25日

记者 熊渤 孟梦

喜讯！我省5家农村水厂获评国家级规范化水厂

记者从省水利厅获悉，水利部近日公布2021年度农村供水规范化水厂名单，湖北共有5家农村水厂入选。至此，我省共有9家水厂获评全国农村供水规范化水厂。

根据《水利部办公厅关于开展2021年度农村供水规范化水厂遴选工作的通知》，经水厂自愿申报、省级遴选、水利部复核及公示，确定了2021年度99个农村供水规范化水厂名单。其中我省枝江市胡家畈水厂、黄梅县小池水厂、襄阳市襄州区双沟水厂、洪湖市峰口中心水厂、远安县望家水厂名列其中。

去年，水利部首次在全国开展农村供水规范化水厂评选，首批共有100家农村水厂上榜，湖北浠水县白莲河水厂、公安县麻豪口水厂、大冶市殷祖水厂、武汉市新洲区刘集水厂四家水厂入选。

据介绍，水利部对农村供水规范化水厂的评选要求为设施良好、管理规范、供水达标、水价合理、运行可靠、用户满意，通过遴选工作，形成工程建设规范、管护机制完善、区域特点明显、经验做法具有推广性的一批典型案例，辐射带动周边区域甚至全国农村供水工程规范运行，保障广大农民群众长期喝上放心水。

“十三五”以来，我省在狠抓农村饮水安全巩固提升工程建设的同时，积极组织开展农村供水规范化示范水厂遴选活动，旨在推进农村饮水安全工程标准化、规范化、法制化、信息化建设，发挥辐射作用，带动提升管理水平，努力构建“收支有盈余、运行可持续、供出水合格、用水人满意”的长效运行机制，为改善人民群众生活品质提供更加安全、更有保障、更可持续的饮用水。

《湖北日报讯》　2021年8月17日

记者 艾红霞　通讯员 包严方

湖北 20 家农村供水示范水厂公布，来看看有没有你家乡水厂

4 月 26 日，记者从湖北省水利厅获悉，经水厂自愿申报、审查遴选、省级复核及公示，湖北 20 家工程良好、管理规范、供水达标、水价合理、运行可靠、服务优良的农村水厂，入选 2020 年度全省农村供水规范化示范水厂（名单附后）。

根据省水利厅要求，规范化示范水厂要再接再厉，进一步提升管理能力和服务保障水平，充分发挥规范化示范水厂的辐射带动作用，推动农村供水工程规范化管理再上新台阶，努力为满足人民群众美好生活需要，提供更为安全、更有保障、更可持续的饮用水。

此外，在水利部办公厅确定的 2020 年度 100 个农村供水规范化水厂名单中，湖北共有荆州市公安县麻豪口水厂、武汉市新洲区刘集水厂、大冶市殷祖水厂、浠水县白莲河水厂 4 家水厂入选。

名单：

2020年全省农村供水规范化示范化水厂

武汉市江夏区龙床矶水厂
丹江口市习家店水厂
郧西县土门集镇水厂
襄阳市襄州区双沟水厂
远安县望家水厂
枝江市胡家畈水厂
洪湖市峰口中心水厂
松滋市万家水厂
鄂州市葛华水厂
安陆市漳河水厂
汉川市新河水厂
黄梅县小池水厂
罗田县凤凰关中心水厂
赤壁市柳山湖水厂
通山县雨山水厂
恩施市白杨坪二水厂
巴东县野三关水厂
仙桃市文泉自来水厂
天门市彭市水厂
潜江市田关水厂

《湖北日报》 2021年4月26日
记者 艾红霞 通讯员 熊渤

战疫保供

战疫情，保供水，湖北水利人一直在路上

作为新冠肺炎疫情防控的主战场，湖北水利人勇担当、善作为，确保湖北各地尤其是 4000 多万农村人口始终有安全放心的饮用水，为湖北打赢疫情防控总体战、阻击战提供坚强的民生保障。

夯实责任，确保每个环节安全

自新冠肺炎疫情发生以来，湖北省各级水利部门坚持把保障疫情防控期间农村供水安全作为头号政治任务来抓，千方百计确保农村供水安全。

湖北省饮水办督促各地做好疫情防控期间农村供水保障工作，把供水工程管理责任落实到每一个岗位、每一个环节；各市州饮水部门开展监督巡查，出台应急预案，确保依令而行；各供水单位闻令而动，加强值守力量，水厂全封闭管理，全面巡查供水设施，加密检测频次，畅通 24 小时投诉渠道，加班加点维修，最大限度保障千家万户的生命动脉畅通无阻。

“我们是 24 小时值班值守，每天主要负责监测水质、查勘水源、帮助老百姓维修管道，确保在疫情防控期间老百姓供水有保障。”巴东县水布垭水厂厂长林光碧说，“疫情挡住了人们外出的脚步，却无法阻挡我们供水人保供水的决心。”疫情期间，水布垭水厂取消了所有人员的休假，临时成立了 5 人保水小分队，从正月初一那天起，一直忙碌在保供水的战线上。

武汉市依托三级水质监测和水质管理体系，通过人工、在线双监测，全面强化原水、制水过程水、出厂水和管网水的水质监测，实现从源头到管网全流程监管。

十堰市郧阳区安排 200 余名水管员，重点负责易地扶贫搬迁安置点

贫困群众的用水保障工作，对水量不足的地方，启动备用水源，保障全县 1116 处安置点 5 万名贫困群众有水吃。

突出大局，为抗击疫情保障分忧

因疫情防控需要，武汉市决定建设火神山医院、雷神山医院，武汉市区水务部门和各供水企业全力以赴投入到两座医院内外供水管道的建设中，为“生命通道”用水安全保驾护航。除了在最短时间内打通火神山、雷神山两座医院供水通道外，武汉市区 100 余家医疗救治定点医院、方舱医院、学校隔离场所用水，在各方努力下也得到有效保障。

咸宁国家高新技术产业开发区内，企业正加足马力生产防疫所需医疗器材和防护物资，用水需求量大。王英水库接到命令后，提早组织调度，开闸放水，确保横沟水厂正常运转，保障疫情防控期间企业生产用水需求。

保障供水安全就是对抗击疫情的最大支持。湖北省饮水办指导各地完善应急预案，落实落细应急措施；各地农村水厂畅通 24 小时服务热线和投诉渠道，供水抢险突击队确保抢修时限不超 24 小时……在这场没有硝烟的战斗中，全体供水人守土有责、守土负责、守土尽责。

供水不间断、报修不停业、欠费不停水，湖北各地农村供水厂主动服务、贴心服务，在疫情防控期间实行“三不停”服务。

“这段时间大家都待在家里，居民用水量大。我们要保证管网内用水户不停水，更要确保饮用水水质安全达标，做到守土有责，为国家抗击疫情出一份力！”熊河水厂厂长施黎民说。

战时抢修，全力守护供水生命线

农历腊月二十九，天气寒冷，松滋市农村供水总站接到刘家场柳林冲水厂备用水源电机发生故障的报告，抢修人员立即赶赴现场。故障点位于 100 多米深的山洞里，黢黑，阴冷，道路湿滑。抢修人员在刺骨的冷水中紧急抢修，5 个多小时后恢复供水。

在南漳、保康等多个地方，乡镇水利站党员冲锋在前，成立“党员抢修突击队”，全天 24 小时待命，做好农村供水管道维修及应急事故抢修工作。

农村供水点多线长面广，由于疫情防控期间交通管制，水利抢修人员往往需要徒步赶到现场。2 月 12 日，房县城北水厂供电系统突发故障，县供水保障分队肩扛设备，徒步 4 公里赶赴现场抢修，当天恢复供电。2 月 18 日 21 时左右，六里坪镇财神庙村一组区域供水管道爆裂，抢修人员第一时间赶赴现场，克服非常时期各种困难，紧急调用器械，立即接电施工，通宵达旦奋战，于次日 6 时 30 分完成抢修，7 时 20 分恢复供水。2 月 19 日，湖北省孝感市孝南区祝站镇水厂 2 台取水泵中 1 台因故障烧毁，该镇 5 万多名群众生活用水安全无法得到保障。孝南区农村饮水安全管理局负责人晏锋辉，协调车辆通行证、560 公里往返、徒手挪动 500 多斤的潜水泵到车上，1.4 公里小道肩挑木杠设备到取水口、更换安装、调试完成、威胁解除。

武汉市江夏区水务部门抢修金口镇
小岭湾供水管道

武穴市铁石水厂的普通职工宋年春每天要穿过十几道“关卡”，完成一处处自来水管道修复。他说：“一出来就是一天，虽然苦点累点，但我做的是分内事，群众有水用，是我的职责。”

疫情防控阻击战仍在继续，湖北水利人也将继续把供水工程管理责任落实到每一个岗位、每一个环节，确保工程运行安全，在没有硝烟的战场交出合格的答卷。

人民政协网 3 月 25 日

记者 王菡娟

湖北："主战场"的饮水保卫战

"老林，你记一下：浊度 2.76，色度 8.6，二氧化氯浓度每升 0.21 毫克，水质监测数据正常。"3 月 5 日上午 7 点 30 分，湖北省恩施土家族苗族自治州巴东县水布垭镇水厂职工周立菊正在监测水厂水质。

水布垭水厂新建于去年 7 月，担负着水布垭集镇 2.5 万余人的生活饮水。自疫情防控工作开始，水厂取消了所有人员的休假，临时成立了 5 人保水小分队，从正月初一那天起，便一直忙碌在保供水的战线上。

"我们是 24 小时值班值守，每天主要负责监测水质、查勘水源、帮助老百姓维修管道，确保在疫情防控期间老百姓供水有保障。"水布垭水厂厂长林光碧说，"疫情挡住了人们外出的脚步，却无法阻挡我们供水人保供水的决心。"山路崎岖湿滑，走泥路、钻树林、淌溪水是他们的常态。疫情发生后，保水队已经完成了 54 次管道抢修的任务。

作为新冠肺炎疫情防控的主战场，湖北省各级水利部门坚持把保障疫情防控期间农村供水作为头号政治任务来抓，千方百计确保农村供水安全。

自饮水安全保卫战集结号吹响，湖北省饮水办分片包干联系，跟踪督办落实；各市州饮水部门开展监督巡查，出台应急预案，确保依令而行；各供水单位闻令而动，加强值守力量，水厂全封闭管理，全面巡查供水设施，加密检测频次，畅通 24 小时投诉渠道，加班加点维修，最大限度保障千家万户的生命动脉畅通无阻。目前，湖北省农村供水保障总体平稳有序。

责任升级　确保每个环节安全

湖北省饮水办将供水安全作为打赢人民防疫战争的重要基础条件，督促各地做好疫情防控期间农村供水保障工作，把供水工程管理责任落实到每一个岗位、每一个环节。

督导查看水厂是否封闭管理，制水流程是否规范，制水生产人员是否健康、体温是否正常，厂区消杀是否全面……2 月 26 日至 29 日，阳新县水利和湖泊局饮水办开展第二轮乡镇规模水厂监督巡查工作，详细了解水源地巡查、值班值守、水质消毒、管道抢修等情况。

武穴市荆竹供水总站所辖 3 座水厂加大水质检测频次，出厂水每日早、晚各检一次，末梢水每周检测一次，确保饮用水水质始终达标。

南漳县在组织技术人员逐乡镇逐水厂开展防疫指导工作的同时，加大对高寒山区重点村、重点工程的指导力度，全面落实防冻保暖和管道排空措施，确保工程运行安全。

保康县所有水厂实行全封闭运行管理，全体生产运行人员吃住安排在厂区，确保供水水质、人员安全。

十堰市郧阳区安排 200 余名水管员，重点负责易地扶贫搬迁安置点贫困群众的用水保障工作，对水量不足的地方启动备用水源，保障全县 1116 处安置点 5 万名贫困群众有水吃。

武汉市依托三级水质监测和水质管理体系，通过人工、在线双监测，全面强化原水、制水过程水、出厂水和管网水的水质监测，实现从源头到管网全流程监管。除了在最短时间内打通火神山、雷神山两座医院供水通道外，市区 100 余家医疗救治定点医院、方舱医院、学校隔离场所用水，在各方努力下也得到有效保障。

突出民生　确保满足群众用水需求

因疫情防控需要，湖北省春节返乡人员全部滞留当地，带来持续用水高峰。湖北省饮水办督促各地合理调度供水，加强计划用水、节约用水，确保水量、水压和水质满足群众需求。

漳河水库得知下游育溪和河溶两镇出现居民生活饮水困难问题后，及时进行会商研究，于当日增加下游河道生态流量，通过紧急调度解决了下游生活及生态用水难题。

咸宁国家高新技术产业开发区内，企业正加足马力生产防疫所需医疗器材和防护物资，用水需求量大。王英水库在接到开发区内横沟水厂用水请求后，提早组织调度，开闸放水，确保横沟水厂正常运转，保障疫情防控期间企业生产用水需求。

供水不间断、报修不停业、欠费不停水，湖北各地农村供水厂主动服务、贴心服务，在疫情防控期间实行“三不停”服务。

随州市水利和湖泊局得知高新区淅河镇大堰坡社区启动自备水源导致供水水质下降的情况后，迅速协调民营水厂，为社区重新接回水厂水源。

“这段时间大家都待在家里，居民用水量大。我们要保证管网内用水户不停水，更要确保饮用水水质安全达标，做到守土有责，为国家抗击疫情出一份力！”熊河水厂厂长施黎民说。

水厂普遍面临消毒药剂备货不足的情况，各地全力以赴解难题。南漳县由农村供水总站统一采购后分别为13个水厂配送，通城县由水务集团紧急调备20吨消毒液解决全县规模水厂制水和厂区消毒问题，赤壁市疫情防控指挥部及时协调有关部门为装载10吨消毒剂的应急运输车辆开辟跨县运输“绿色通道”……

战时抢修　争分夺秒排除万难

保障供水安全就是对抗击疫情的最大支持。湖北省饮水办指导各地完善应急预案，落实落细应急措施；各地农村水厂畅通24小时服务热线和投诉渠道，供水抢险突击队确保抢修时限不超24小时……在这场没有硝烟的战斗中，全体供水人守土有责、守土负责、守土尽责。

农历腊月二十九，天气寒冷，松滋市农村供水总站接到刘家场柳林冲水厂备用水源电机发生故障的报告，抢修人员立即赶赴现场。故障点位于100多米深的山洞里，黢黑，阴冷，道路湿滑。抢修人员在刺骨的冷水中紧急抢修，5个多小时后恢复供水。

2月6日，广水市应山城区一条供水主管道破裂，应山城区大面积停水，市城乡供水办负责人现场督导抢修。经过20多位戴着口罩的抢险突击队员紧张施工，15个小时后恢复供水。

农村供水点多线长面广，由于疫情防控期间交通管制，突击队员往往需要徒步赶到现场。2月12日，房县城北水厂供电系统突发故障，县供水保障分队肩扛设备，徒步4公里赶赴现场抢修，当天恢复供电。

2月18日21时左右，六里坪镇财神庙村一组区域供水管道爆裂。官山水库管理处党支部书记、主任彭先锋带领抢修人员第一时间赶赴现场，克服非常时期各种困难，紧急调用器械，立即接电施工，通宵达旦奋战，于次日6时30分完成抢修，7时20分恢复供水。

武穴市铁石水厂的普通职工宋年春每天要穿过十几道“关卡”，完成一处处自来水管道修复。他说：“一出来就是一天，虽然苦点累点，但我做的是分内事，群众有水用，是我的职责。”

在南漳、保康等多个地方，乡镇水利站党员冲锋在前，成立“党员抢修突击队”，全天24小时待命，做好农村供水管道维修及应急事故抢修工作。

在这场疫情大考中，湖北水利人勇担当、善作为，确保4000多万湖北农村人口始终有安全放心的饮用水，为湖北打赢疫情防控总体战、阻击战提供坚强的民生保障。

《中国水利报》 2020年3月14日
记者 熊渤 孟梦

他们，在“重灾区”诠释担当

湖北省是新冠肺炎疫情“重灾区”，在疫情防控的关键时刻，有这样一群水利人，始终坚守岗位，冲锋一线，保一方供水，护百姓平安。

“保证群众在家都能喝上放心水”

“疫情当前，饮水安全是保障群众安心居家隔离最必要的条件，各水厂要迅速启动应急预案，安排专人负责供水管网维护，确保群众在家随时喝上放心水。”湖北蕲春县大同水库综合经营处处长张瑞斌是一名有40多年党龄的老党员，今年春节本打算去西安同儿子一起过年。新冠肺炎疫情发生后，他坚持留了下来。

1月25日，农历正月初一，张瑞斌对水厂逐个进行检查，查看留守人员是否在岗，检查过滤池是否干净，了解备用水源是否充足，检查水厂职工防护措施是否到位，询问群众故障报修是否抢修及时……

陈中明是蕲春县大同水库综合经营处党支部书记，同时兼任檀林、桐山、界岭、王坪4个水厂的厂长。水厂用户都是山区群众，供水管网线路长，当地各项疫情防控措施落实后，县道、乡道、通村路全部封闭，人员通行极其不便。可每次接到用户报修电话，陈中明不讲困难，扛上材料和维修工具直奔故障点抢修。

疫情发生以来，蕲春县大同水库管理局迅速成立新型冠状病毒肺炎疫情防控工作指挥部，组建6个工作专班，全力做好防疫工作。局长宋良成第一时间取消假期返岗，每天24小时坚守岗位，超负荷的工作让他稍显疲惫，但他对未来充满信心：“我们水利系统广大干部职工齐心协力、团结奋战，一定能打赢这场疫情防控阻击战！”

在湖北，有无数个这样的集体，他们不顾个人得失，在非常时期为百姓送上全力守护的一份安心。

“做一个普通共产党员应该做的”

大家口中亲切喊着的“老程哥”，是枣阳市水利和湖泊局二级单位水产局的一名普通党员，叫程福兵。新冠肺炎疫情发生后，枣阳市在全市开展党员干部“双报到”活动。老程哥积极响应，加入自己所在砖瓦社区的防疫志愿者队伍。

2月6日，室外温度3摄氏度，老程哥当天的防控任务是引导社区超市购物人员测量体温。就在前一天，老程哥所在小区确诊1例新冠肺炎患者，超市排队等待的居民明显有些焦虑不安。老程哥便逐个耐心解释安慰，引导购物人员配合测温，维护超市正常秩序。一天下来，老程哥口干舌燥，但他并不在意：“比起一线的医务人员，我这算得了什么呢？这只不过是一名普通共产党员应该做的而已！”

“抗疫亲兄弟，上阵父子兵”

“今天是元宵节，也是我在雷神山医院援建的最后一天，这几天很累，但我非常庆幸能参与其中，希望疫情早日结束。武汉加油！”2月8日，湖北水利水电职业技术学院建筑工程系2019级造价6班大一学生徐卓航，在朋友圈发布了这样一条动态。对他和家人来说，这是一段难忘的经历。

“抗疫亲兄弟，上阵父子兵”。看到雷神山医院建设急缺人手的消息之后，徐卓航和父亲、大伯、弟弟全部报了名。2月2日，徐卓航和家人一起从汉川赶到武汉雷神山医院建设工地后，立即投入建设工作，每天从早上七八点一直奋战到晚上九点多。

休息间隙，手机里武汉各大医院床位紧张的消息不断更新，徐卓航咬咬牙，又起来和大家一起工作。徐卓航说：“在这里大家都是自发加班，自发赶工，希望把自己负责的那部分尽快做好，让雷神山医院早日交付使用，拯救更多生命。虽然大家平均每天睡眠时间不到4个小时，但从来没有人抱怨，更没有人退缩。”

建设者们在寒风中滴落的汗水，无言地传递着一个目标：快一点，再快一点！因为他们知道，疫情面前没有旁观者。

阴霾之下，水利人坚守的身影、逆行的脚步，格外动人！
期待，岁月静好，春暖花开。

《中国水利报》 2020年2月15日
记者 马晓媛 通讯员 朱永忠 张梅 张艺蕾 张德隆

湖北省大冶市水利部门抢修影响4千余人饮水管道

抢修人员在进行港底管道施工

“怎么突然断水了？”2月16日中午，湖北黄石市大冶市水利和湖泊局不断接到金湖街道办门楼水厂供水区域群众反映家中自来水停水的电话。

门楼水厂主要向门楼、港岭、踩畈3个行政村和胡庚村部分居户供水，涉及农村人口4300多人。

市水利和湖泊局立即安排专人实地查找原因。勘察上游拦水堰和引水管道，检查水厂设施设备，均运行正常。“可能是下游供水管道出现问题”，于是抢修人员又马上沿线徒步检查供水管道。16日下午15时30分左右，他们在港岭村踩畈大港处发现，横穿港底的一处直径160毫米的供水管道周边有水流从水中喷涌，判断输水管道破裂。

破损管道位于港道里，由于近期多轮降雨和上游水库开闸放水，港道内水位较高、水流较大，需筑堤围堰对接管道。工作人员立即通知地方政府和邻近村庄，要求上游水库迅速关闸停水，并紧急联系抢修人员，连夜落实、运送编织袋、砂土、水泥、管材、热熔机、发电机等抢修物料和设备。

17日一早，6名抢修人员、抢修物料设备到达现场。上午8时，开始对管道进行抢修。抢修人员戴着口罩、穿着长筒套鞋，挖开地面，筑堤围堰。抢修需要切除破裂的管道12米，补充新管，由于天气寒冷，管材熔接性差，施工困难。经过连续近4个小时的抢修施工，抢修人员换上新管并焊接成功。在对管道进行冲洗调试后，17日12时30分，门楼水厂恢复了对下游4个行政村正常供水。

在这次抗击新冠肺炎疫情、保障农村供水安全的战“疫”中，湖北省水利厅多次强调要突出民生，重点抓好农村供水安全保障，建立健全满足疫情防控要求的农村供水安全保障机制和应急工作机制；加强水源地、取水口、水厂和输配水管网巡查，千方百计确保农村供水安全。黄石市县两级水利部门每天安排专班下沉到乡镇、村组，巡查农村供水工程和农户用水，黄石市水利和湖泊局还经常随机电话抽查水厂运行管理情况。

中国网　2020年2月19日

记者 郭泽涵

“逆行”兄弟兵

突如其来的新冠肺炎疫情，对每一个人都是考验。在湖北省武穴市荆竹水库管理处，有这样一对亲兄弟，他们每天“逆行”在疫情一线，保障着父老乡亲的饮水安全。

哥哥周红忠，是荆竹供水总站余川片管理员；弟弟周红云，是余川镇供水业务执行经理兼双城水厂厂长。疫情发生时，正值春节，兄弟俩商量后，主动请缨，一同留守。

“哥，你在哪里？刚刚周国大垸村民打来电话说垸里停水了，得赶紧过去排查一下，我现在在双城水厂排污，抽不开身。”

“我在邻村，马上就过去。”

“小心一点，做好防护，听说那边疫情比较严重。”

……

这样的电话对话，兄弟俩每天有好几次。

2 月 18 日，当地气温断崖式下降，天空飘散着零星雪花。午饭时间，周红云正准备下面条，等哥哥维修回来一起吃饭。突然手机铃声响起，毛代垸村民打来电话，说自来水突然停了。他二话不说，迎风冒雪开车赶去。还没有进村口，就看到路边水柱喷射。他知道，这是十几个垸的供水主管网出了问题，非常时期必须抓紧抢修。

他通过电话向用水户做好解释、稳住群众情绪，并迅速联系哥哥赶来增援。周红云迅速换上雨鞋投入“战斗”，关阀、开挖、维修……他与赶过来的哥哥整整忙了两个多小时才完成抢修任务。

水通了！当他们用电话向村民反馈时，那头传来感谢之音。

“疫情防控期间不要出门，多通风、勤洗手，用水有问题打我电话，我是荆竹水厂老周。”每每重复着这句话，兄弟俩心中总有一种自豪感。

特殊时期，许多原本不是水厂职责范围内的维修问题，由于一时找到不维修人员，大家也只能求助于水厂，荆竹供水总站的报修电话响得特别“勤”。兄弟俩一身工装从不离身，相互勉励，互相支持，从春节假期开始就一直扎根岗位，五个人的工作量他们两人顶着，一个负责厂区运行，一个负责一线维修，在保障水厂安全运行的同时，尽全力为余川镇 23 个村的群众做好维修服务。

兄弟俩说，他们对自己的要求是，“水质再好点，抢修再快点，服务再细点”。无论什么时候，只要接到报修电话，他们就风驰电掣赶到现场，生怕群众出门挑水。决不能让村民因为没有水用而出门冒险，是他们最纯朴的想法。

“真是多亏了荆竹供水总站，特别是红忠、红云兄弟俩，是他们真诚的服务才让垸里的群众安心待在家中。”余川镇双城驿村村民周大伢说。

防疫大考还在继续，这对“逆行”兄弟兵依旧坚守在岗位上。

《中国水利报》 2020 年 3 月 13 日

通讯员 吴红文

抗疫供水书写责任担当

——记湖北省农村饮水安全保障中心先进集体

2020年伊始，一场突如其来的新冠肺炎疫情打乱了人们平静而美好的生活。在这样一个特殊的冬天，世界看中国，中国看湖北，武汉胜则湖北胜，湖北胜则全国胜。

疫情面前，中国人民没有被吓倒，各条战线的抗疫勇士临危不惧，用生命践行使命，用使命守护生命，同心抗疫，共佑中华。抗疫战场上激荡起的英雄赞歌，是精神与信心，更是坚守与力量。

在战“疫”前线，湖北农村供水人以疫情为令，为生命守则，保供水、战疫情，用应急抢险的实践书写了保一方供水责任担当，为打赢疫情防控总体战、阻击战提供了重要保障。

连夜为雷神山医院安装供水管道泵　（武汉市水务局供图）

9月21日，武汉国际会议中心广场，红毯铺地，礼兵伫立，湖北省抗击新冠肺炎疫情表彰大会在这里召开。近 2000 名先进个人和集体齐聚一堂，接受表彰。湖北保卫战取得决定性成果，为全国抗疫斗争取得重大战略成果、疫情防控和经济恢复“走在世界前列”作出了突出贡献，诠释了中国精神、中国力量、中国担当。

在“全省抗击新冠肺炎疫情先进集体”的行列中，就有湖北省农村饮水安全保障中心建管组的身影。这是湖北省水利系统唯一受表彰的集体，荣誉的获得也是对省农村饮水安全保障中心战“疫”保供水工作最好的褒奖。

让群众都能喝上放心水

2 月 19 日 9 时许，省农村饮水安全保障中心的值班电话突然响起，正在值班的曹瑞晶赶紧抓起电话，只听见祝站镇水厂厂长黄洋在电话中高声喊：“我们 2 台潜水泵烧了 1 台!”潜水泵坏了那可有停水的风险啊！曹瑞晶赶紧向省农村饮水安全保障中心领导报告，并按照应急预案，跟进了解水厂运行及供水保障情况，督促孝感、孝南市县水行政主管部门迅速联系货源组织采购，加强与防疫指挥部的协调，确保第一时间抢修到位。

在往常，可能都算不上是问题的问题，在疫情期间，由于交通管控、商铺停业等原因，被无限放大。也正是因为这样，保供水的工作才更显得意义重大。

潜江后湖水厂工作人员疫情期间抢修供水设施

1 月 30 日、2 月 2 日，湖北省农村饮水安全保障中心先后印发《关于进一步加强新型冠状病毒疫情防控期间农村供水保障工作的通知》和《关于加强疫情防控期间水利保障工作的紧急通知》，并多次发出“重要提醒”，要求全省各级农村供水部门千方百计确保农村供水安全。

自饮水安全保卫战集结号吹响，湖北省农村饮水安全保障中心分片包干联系，跟踪督办落实；各市州饮水部门开展监督巡查，出台应急预案，确保依令而行；各供水单位闻令而动，加强值守力量，水厂全封闭管理，全面巡查供水设施，加密检测频次，畅通 24 小时投诉渠道，加班加点维修，最大限度保障千家万户的生命动脉畅通无阻。

保障供水安全就是对抗击疫情的最大支援。疫情期间，各地修订完善 836 处万人以上供水工程应急供水预案，组织成立农村供水服务保障工作队 1132 个、10729 人，累计开展应急抢险、抢修 6700 多次，顶住了大量返乡人员长时间滞留、饮用水持续处于高峰的压力，有力保证了全省农村供水工作总体平稳有序，为农村疫情防控提供了重要保障。

逆行而上　用行动诠释担当

2 月，在武汉静谧的街道上，鲜有行人和车辆。湖北省农村饮水安全保障中心副主任李春生居住在一个疫情极度严重的小区，他不惧危险，克服困难，步行 2 个多小时到办公室值班。

武汉市东西湖区维修人员抢修新沟镇苗湖地区破损管道

疫情就是命令。疫情防控之初，省农村饮水安全保障中心紧急安排部署，全体党员干部迅速进入战时状态。

从 2 月 24 日起，省农村饮水安全保障中心实行“1＋1＋2”上班模式，即每天由主任带领 1 名副主任和 2 名干部轮流到办公室上班。

3 月 26 日，获悉高关水厂供水主管道发生爆管后，中心副处长邵志雄要求水厂立即启动备用水源供水，电话指导水厂迅速组织抢修，同时督促天门市农村供水管理部门做好水厂下游皂市镇应急供水准备。

在省农村饮水安全保障中心的跟踪督办落实下，截至 4 月底，水利部

“12314”监督举报平台转办涉及湖北10个市州的30个农村供水问题均已办结，投诉人表示满意。

一个人就是一面旗帜。湖北省农村饮水安全保障中心全体党员自觉服从组织调遣，不顾个人安危，除了日常值班工作，还要参加湖北省水利厅抗疫突击队到社区开展小区封控，充分发挥了党员先锋模范作用。

聚涓滴之力，护山河无恙。从荒郊野岭到单位社区，从普通群众到党员干部，在省农村饮水安全保障中心，处处激荡舍己报国的情怀，人人显现甘于奉献的品格。

在防疫中筑牢脱贫防线

2020年6月，是我国全面解决建档立卡贫困户饮水安全问题的最后时刻，饮水安全问题也是决战决胜脱贫攻坚的关键性因素。

如何在抓好常态化疫情防控工作的同时，统筹推进农村饮水安全巩固提升，全力巩固脱贫攻坚成果？湖北省水利厅更是将农村饮水安全保障纳入厅脱贫攻坚分片联系工作明察暗访的重要内容，通过查饮用水水源、看工程运行、访农户用水，督责任落实，促建设进度，全方位推动各地切实巩固稳定农村饮水安全脱贫攻坚成果。其间，省农村饮水安全保障中心组织对89个县建档立卡贫困人口饮水安全状况开展随机抽取、电话访谈、靶向核查工作，共电话访谈1413户，有效受访645户，全面解决饮水安全问题。还专门安排干部彭雷宝驻守省脱贫攻坚普查办，认真配合做好脱贫攻坚普查，实时关注贫困户农村饮水安全指标录入进展，及时发现存疑信息，督促相关县市对照标准、实地复核、立行立改。

12月20日，国家考核组对湖北省的脱贫攻坚成效考核顺利结束，湖北省农村饮水安全保障中心一手抓疫情防控、一手抓脱贫攻坚的良好成效给考核组留下了深刻印象。

疫后重振补短板

当前，新冠疫情防控工作已由应急状态转为常态化，全力打好疫后重振的经济发展战、民生保卫战、社会稳定战成为重中之重。

经过科学谋划，湖北省将79个农村饮水提标升级工程纳入湖北省疫后重振补短板强功能三年行动方案。未来三年，湖北省将投入91亿元，通过实施农村饮水提标升级工程，惠及供水人口1千万。

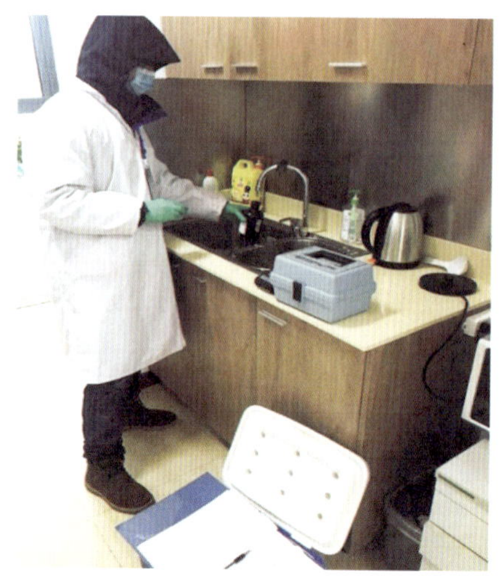
蔡甸区火神山观湖园管网水采样检测

农村饮水提标升级工程事关湖北疫后重振大局，更是巩固拓展农村饮水安全脱贫攻坚成果的重要举措。省农村饮水安全保障中心将重点补齐水源工程短板、升级改造农村供水设施、强化水质保障、完善工程管护体制机制，全力巩固提升农村供水保障水平。

黄陂区供水人员为方舱医院安装供水设施

据统计，截至11月底，2020年全省11个重点农村饮水提标升级工程已完成投资5.93亿元，改善供水人口101.93万。省农村饮水安全保障中心正督促全省各地对其余项目抓紧抓实、做深做细前期工作，为尽早开工建设创造条件。

眼下，正值冬季，但湖北的这个冬日不再寒冷，因为有一种温暖叫用心守护。湖北水利人勇担当、善作为，守护着4000多万湖北农村人口始终有安全放心的饮用水，为全省加快疫后重振和高质量发展提供坚强的民生保障。

丹江口市水利和湖泊局疫情期间督导水厂保供水

湖北省农村饮水提标升级工程2020年重点项目之一
——英山县西河中心水厂

《中国水利报》 2020年12月22日
李爽 宋孝忠

事迹宣传

幕阜山间引水人

“去年今日，龙潭水厂疫后重开工。现在，龙潭水厂已完工，成为一座现代化水厂……”4 月 8 日，笔者在朋友圈又看到了湖北省咸宁市通城县水利和湖泊局党组成员、副局长万召武的更新。翻开他的朋友圈，几乎都是关于农村饮水工作的记载。多年来，他带领县饮水办职工，踏遍全县“三溪九港十八洞”，写下了幕阜山区水利扶贫人的动人故事，递交了一份幕阜山区脱贫攻坚的水利答卷。截至目前，通城县共建成集中式供水工程 285 处、规模水厂 9 处，实现自来水通水率 90.6%，解决了 41.28 万农村人口的饮水安全问题。

千山万壑找水源

通城县有 63 个村不在规模水厂供水范围内，需要建小型集中供水工程，找水源也就成了万召武的一项重要工作。

药姑山脚下的水口村就是其中之一，这里的群众长期饱受季节性缺水的困扰。2018 年，万召武带领饮水办工作人员在荒山上、深沟里寻找水源，并组织技术人员勘察测量，最终根据地形地貌确定了最佳水源。2019 年水口村的饮水工程建设完工，500 多户 2000 多位村民如愿以偿地用上了自来水。

“到左港村与村干部寻找水源，着手解决 16 户群众季节性缺水问题”“二进艾家终见水，关刀水厂村村通”“五上天门贯，踏勘饮水源”……这是万召武朋友圈里关于找水的故事。对他来说，头顶烈日、迎着寒风、踩着泥泞，在峰险路窄、荆棘丛生的山林中穿梭，早已习以为常。他说：“踏破铁鞋终不悔，为有源头活水来。”三年来，在他的主持下，通城县新建小型集中供水工程 49 个、美丽乡村示范点的供水工程 13 个。

千辛万苦建水厂

到水厂施工现场600余次，全程蹲守水厂主体基础浇筑……2018年以来，万召武先后担任4个规模水厂的项目法人，在勘察设计、立项、财评、招标投标、施工建设、竣工验收的每一个环节，都亲力亲为，确保工程质量安全。

4个规模水厂中，龙潭水厂倾注了他最多的心血。“淫雨霏霏，工期紧迫，我心忧忧”“相看两不厌，唯有我龙潭”“今日龙潭供水工程滤池初成”……自2019年11月开工以来，万召武时刻关注着龙潭水厂的建设情况。水厂建设过程中，他几乎日夜守在工地，与施工单位一起抢进度，看着水厂从设计、平基、建设到调试、通水。

忙起农村饮水安全工作，他顾不得照顾患有尿毒症的妻子，偶尔带妻子去武汉治疗，他也是“身在武汉、心念龙潭”。

2021年大年初二，他把80多岁的老母亲和患病的妻子，特意接到龙潭水厂一游。他指着水厂里汩汩清水对母亲和妻子说：“我是一名老党员，是一名水利人，我只能舍小家顾大家，请理解我、支持我！”

千家万户解水困

由于地处幕阜山脉，有些群众住处偏僻，饮水安全问题难以发现，万召武便组织开展了两次全县农村饮水安全“大摸底、大排查”活动，带头深入村组，排查农村饮水安全问题。

2018年盛夏，万召武在排查中发现关刀镇棋盘村一位70多岁的丁姓老人家中没有接通村级水管，日常生活用水十分困难，便迅速带领县饮水办职工开展工作，接通了水管，解决了老人的用水问题。

2020年春节，台源村12组村民艾辉球向县饮水办反映家中井水浑浊。万召武克服新冠肺炎疫情造成的重重困难，先后3次到关刀水厂组织技术人员规划线路，铺设管道，不仅解决了艾辉球家的饮水问题，还接通了邻近53户村民的自来水。

作为幕阜山区无数水利扶贫人的代表，万召武的事迹感动了很多群众。他先后获得全市首届最美水利人、优秀党务工作者、全市十佳文明家庭等荣誉。2020年，万召武作为咸宁市唯一候选人，被推荐评选为全国农村饮水安全脱贫攻坚先进个人。

《中国水利报》 2021年4月14日

通讯员 敖琼

段绍鹏：全心投入忙供水

他敢于创新，提出解决全县农村饮水安全新思路；他殚精竭虑，牵头采购饮水安全全覆盖 PPP 项目；他全心投入，加快推进饮水安全全覆盖……他是段绍鹏，湖北省来凤县水务投资建设有限责任公司董事长兼总经理。

来凤地处武陵山腹地，山岭连绵，沟壑纵横，农村群众饮水是个老大难问题。段绍鹏曾担任县水利局局长，多年参与农村饮水安全建设，对此深有感触。他带领专业技术人员踏遍全县山山水水，深入每个库区和水源点，深入调研，集思广益，提出了饮水安全保障的新思路——充分利用本地丰富水利资源，建设大水源，布局大水厂，联通大管网，建立大机制。与之相对应的，他提出“规模化发展、标准化建设、市场化运作、企业化经营、专业化管理、用水户参与”的运作方式，以此实现全县农村饮水安全全覆盖，为全面建成小康社会夯实基础。

思路提出后，他牵头组织专家论证，请专业公司设计以自流、互通方式解决全县饮水安全问题的方案。针对饮水安全工程管护主体不顺、产权归属不明、建管用脱节、责权利分离等问题，他争取县政府批复，组建起凤天农村供水公司，建立“五位一体”管理办法和以水养水保障机制，为大管网建设积累经验。

全县饮水安全全覆盖方案批准后，3.75 亿元建设资金从哪儿来呢？作为国家级贫困县，来凤县本级财政只能保运转。在向银行贷款无果后，县里决定采用 PPP 模式，专门组建来凤县水务投资建设有限责任公司，任命段绍鹏为董事长兼总经理。他听从组织安排，义无反顾地挑起担子。2016 年 12 月 23 日，湖北水总水利水电建设股份有限公司与来凤县水利局、来凤县水务投资建设有限责任公司正式签署 PPP 合同与投资协议，项目尘埃落定。

随后，湖北水总与来凤水投联合成立项目公司——来凤县凤天农村供水有限责任公司，作为 PPP 项目的建设和运营实施主体，全力推进项目实施。湖北水总派有关负责人出任董事长，段绍鹏任总经理。熟悉业务、精干实干的他得到投资方的高度信任，委托他全权负责项目建设，统一领导项目工作。

段绍鹏（左三）在野外调研

段绍鹏带领专业技术人员寻找最佳引水路线

奔波10余万公里，辗转几十个现场，汗流浃背，气喘吁吁，他坚持一线工作法，每天风尘仆仆赶往各建设工地；积极协调各个部门，创造良好施工环境，协商解决疑难问题，化解在土地征用、林木砍伐等矛盾纠纷，他竭尽全力为施工方排忧解难；组织设计、施工、监理各方对在建工程进行质量检查，发现问题举一反三，立即整改，他高度重视工程质量，要求参建各方把项目建设好……2018年5月，湖北省实施农村饮水PPP项目现场培训班在来凤举行，“来凤模式”向全省推广。

越来越多的农村供水PPP项目在荆楚大地开花结果，段绍鹏欣喜不已。目前，来凤精准扶贫饮水安全全覆盖PPP项目主体建成，赢得群众广泛赞誉。不久后，来凤将成为湖北省首个农村饮水安全全覆盖县，为山区县利用社会资本解决饮水安全问题提供成功范例。

《中国水利报》 2018年10月1日

叶明理

郑祚方：坚守初心送水人

“让全镇居民都能用上安全水是我最大的心愿！”这是湖北省公安县麻豪口镇水利管理所所长郑祚方向全镇百姓作出的庄重承诺。

10 多年日夜奋战，10 多年风雨兼程，郑祚方用不变的初心、坚定的行动兑现了承诺。参与 5 座水厂及管网工程建设，铺设管网 57 万米，辖区 18 万城乡居民用上了安全水。

麻豪口位于荆江分洪区腹部，是闻名荆楚的水窝子、穷窝子。长期饮用地下水和不洁地表水，结石病等疾病曾经是村民健康的一大威胁。郑祚方带领干部职工走村串户，实地勘测，拿出铺设管网设计方案，多次向县、镇领导反映，很快得到了上级党委、政府的支持。几年来，在他的积极争取下，先后实施了郑河水厂改（扩）建、江南水厂新建、新沟管网延伸等工程，解决了北堤等 11 个村的饮水安全问题。

2009 年实施新华、新沟管网延伸工程期间，管网道路交叉处的道路破损严重，影响交通。郑祚方反复研究、精心设计、多次实验，研发出一台穿洞设备，随即带领全所工作人员投入打洞穿管的工作中。一处穿洞施工需要一至两天才能完成，当时正值盛夏，他带领大家连续奋战 20 多个日夜，打洞穿管 12 处，保障工程顺利实施。

郑祚方在中码头水厂取水口测量

2013 年，麻豪口集镇水厂取地下水水源，群众反映含硝量过重，对健康不利。郑祚方认真听取群众意见，多次实地踏勘，选择最佳输水线路，并对集镇水厂并网供水工程进行前期规划。他整理出科学合理的改水方案，并上报县里。管网改造项目顺利实施，解决了麻口集镇4200人的安全饮水问题。

2014年，麻豪口水厂新建项目实施期间，郑祚方带领水管所工程人员，夜以继日奋战在管网铺设一线。70多天里，开挖管槽37万米，铺设管网37万米，破路打洞架设钢管65处，终于在年底前实现全线通水。

2015年，沙排渠赵家段、工农村九下渠段、六直渠段、民旺湖电排渠段4处跨渠钢管支撑需要加固，以确保供水万无一失。郑祚方靠前指挥，指导施工。现场支撑加固施工技术要求高，难度大，郑祚方用过硬的专业能力，将现场难题一一化解。两天两夜不眠不休，他一直坚守现场。施工完毕确认无误，他回家洗漱换了身衣服，又继续上班去了。

郑祚方不仅竭力保障本镇居民饮水安全，周边镇村有需要，他也义不容辞。2015年7月麻豪口水厂建成并向麻豪口镇、藕池镇、黄山头镇和崇湖渔场供水。因供水压力过大，黄五路赵家段一处三通接管破裂，漏水严重，影响麻豪口、黄山头、藕池3个镇居民用水。郑祚方立即奔赴现场，安排施工人员对破损处开挖抢修。艰苦奋战一天一夜，破损处三通接管被取出换件，他带领大家以最快的速度恢复了供水。

他是郑祚方，人们口中那个“牢记宗旨、不变初心的送水人”。

《中国水利报》 2018年10月1日

严汝坤

张济平：可歌可泣找水人

村在“边边上”，路在“悬崖上”，田在“岩皮上”，屋在“吊坎上”。这里是湖北省长阳土家族自治县都镇湾镇峰岩村。

多峰多岩的峰岩，就是无水。正是在这里，上演了可歌可泣的找水故事，出现了一支“找水敢死队”。他们坐着简易的土箩筐，舍命滑降到 80 余米深的“天坑”找水，并从侧面打通了一条长 80 多米的引水隧洞，全村千百年“看天吃水”成为历史。

一股清泉水，寻梦几代人。2008 年连续 3 个月的秋旱，将 2000 多位峰岩儿女推向了用水绝境。村党支部书记张济平看着两个老人为水争吵打架，劝解不开，他心如刀绞，流着泪对二老说：“别打了！请你们放心，我就是豁出命，也要找到水源。”

他带着村两委班子成员，开始了地毯式的搜索，寻访 78 名老人、28 处井源，皆无一处理想水源。就在绝望之际，他想起了一处“传说”中的水源地，当地人称为“槐树天坑”。这个“天坑”，也只是经常听老人们说起，可从来没人下去过。他和 2 名党员、3 名群众代表相约，一起进入“天坑”。这 6 人私下商量好，每人买了一份 100 万元保额的保险，甚至写好了“遗书”。

心系全村百姓用水安全，他们义无反顾，毫不退缩。那天清晨，张书记早早起了床，独自一人来到村委会办公室，等着其他 5 人的到来。待找水人员全部到齐后，张书记带着大家直奔“天坑”。

“天坑”到底有多深，不得而知；里面到底有多险，无法预测。他们把一个竹篓用绳子系好，另一端拴在树上。张书记第一个钻进竹篓。他蹲在里面，头顶电筒，满脸笑容。

众人手里的绳子一寸一寸放开，张书记慢慢地往下落，渐渐地消失在众人的视线中。不多久，天坑里传来张书记惊喜的声音：“我听到水声了！听到水声了！”

绳子还在一寸一寸往下放，不安也一寸一寸增加着。又过了一会儿，下面传来声音："行了，我落地了。"这声音不大，却如一声春雷，让人又惊又喜。上面的人抱在一起，激动地泪流满面。接着，第二人，第三人，第四人，第五人依次下去。剩下的一个队员一路狂奔告知乡亲："找到水了！找到水了！"

找水敢死队

张济平在野外作业

乡亲们丢下自己手上的活儿，火速赶往现场，一起将坑下的几位英雄拉上地面。

这支“找水敢死队”在 80 多米深的洞下找到了暗河。2015 年村里组织群众肩挑背驮，硬生生在岩石山体中打通一条 89 米长的地下隧洞，建成“地下红旗渠”，实现清泉出山的梦想。

如今，全村彻底告别了攒“天河水”、舀“沟沟水”的历史。村民为此作诗：“昔有红渠胜天险，不如峰岩地下泉，吃水不忘敢死队，自力脱贫谱新篇。”

作为宜昌市 39 个重点贫困村之一，峰岩村已于 2016 年年底率先实现整村脱贫出列。峰岩脱贫攻坚的巨大成就，群众归结为一句话：“多亏了一个好书记。”

《中国水利报》　2018 年 10 月 1 日

覃玉红

帅启富：半生为水志千里

“我的大半生都在从事水利工作，只要看到农村、城市水环境越来越好，只要群众用水安全，我心里也就踏实了。”在湖北省潜江市供水管理局水质监测室里，与水同行 40 年，已 62 岁的高级工程师帅启富依然在手把手指导青年技术人员。

水安则民安。无论是水土保持、防汛抗旱，还是农田水利建设、工程规划设计，帅启富都积极投身其中。他不仅是 40 年来潜江水利发展见证者，也是一名水利建设者。中华人民共和国成立后的 30 年，潜江水利着力解决“排”的问题；进入 20 世纪 80 年代，全市采用“排灌结合”治水模式；而近 10 年，步入生态水利建设阶段，不仅追求水安全，更要水清水美。每一个阶段，都有他的身影。

最牵动他心弦的是农村饮水安全工程。从 2005 年至今，他对这项工作探索研究了 14 年。“2005 年，我们到全市各地进行调研，发现很多村民都是用手摇井打水喝。不仅用水不方便，而且水质差、气味大，对身体健康有一定影响。”帅启富说，那次调研让他坚定了做好农村饮水安全工作的决心。

“让群众手中每一杯水都安全”，这是他立下的工作标准。他和团队成员一起走村入户，交流座谈，实地勘测。虽然饮水安全对他而言是新领域，但却丝毫没有阻挡这位快 50 岁老水利人的脚步。他不断汲取新知识，在饮水工程建设、经济模式管理、水资源管理等方面深入学习思考。他曾在竹根滩左桥水厂住了 1 个多月，熟悉水厂取水、制水、输水每个环节；他曾到渔洋镇血吸虫疫区体验生活，了解群众意愿；他曾走访市域内每一处水塔，探索总结成功经验和失败原因，并从中概括农村饮水安全工程“适度规模”量化指标（“千吨万人”）；他从体制机制入手，破解运行管理难题，把建管机构优化为三级（市、站、企）；他探索出投资筹集及合理使用的资金模式，受到市政府表彰，成为农村饮水安全建设管理“潜江模式”。

曾经的手摇井不见了，取而代之的是洁净安全的自来水。“十二五”期间，潜江共解决29.4万农村居民和8.05万农村学校师生饮水安全问题，使全市农村饮水安全普及率达到99.8%。“十三五”期间，他又参与到全面实施农村饮水安全巩固提升工程中，继续为这一杯杯水安全护航。

那一杯杯水，温润着帅启富对饮水安全的热忱。老骥伏枥，志在千里。依托兴隆水利枢纽，推动供水水源地新建工程建设，确保水量充足、水质优良、水生态良好，全面提高城乡居民供水保证率，帅启富说，这是他现在的心愿。

工作中的帅启富

《中国水利报》 2018年10月1日

吴明波

湖北“老水利”坚守40载 助农民用上“放心水”

甘明槐坚守40载助农民用上“放心水”　　（陈经纬　摄）

宜昌5月11日电　“每当看到老百姓家里用的都是干净的自来水，我这些年的辛苦和坚持就是值得的。”5月10日，在水利战线坚守40年的“老水利”甘明槐说。1个多月前，60岁的甘明槐从湖北兴山县水利局退休。

1978年，21岁的甘明槐任榛子公社水利员，从此结下一生“水利缘”。工作时，为摸清农村饮水状况，探明水源，甘明槐长年累月在山里钻。他晴天一双解放鞋，雨天一对胶筒靴，随身挎一个帆布包，兴山的山山水水都留下了他的足迹。

“兴山缺水的地方大部分在山区，上世纪八九十年代交通不便、通信落后，去一趟就是大半个月。”甘明槐说，在深山密林，人迹罕至，没有道路，好几次他都迷失了方向。有一回，他探查水源时遇上风雪，在山里被困了近一周才回家。

兴山县普安村在2008年以前不通自来水，全村1600余人饮水困难。为找到卫生的水源建厂，时任兴山水利局水利股股长的甘明槐，带着技术员与村干部在深山中找了三天三夜，终于在村外10公里处找到了理想水源。通水那天，村民放起鞭炮庆贺。

甘明槐（右一）在村里查看通水情况　　（陈经纬　摄）

在该县大礼村，村民祖祖辈辈用的是堰塘水、泥坑水。2009年，甘明槐在该村落实计划，在十几公里外的山顶找到一处水源，但引水难度很大。那段时间他整晚都难以入眠，设计方案数易其稿，最终通过增加管道口径、带水安装，成功将山泉引到村内。

在甘明槐的笔记本中，一丝不苟地记录下每一处他40年来负责的水利项目：完成整修堰塘110余座，新建水窖2800余口，新建水池200余个，新建水库1座，整修加固水库6座，新建渠道160余公里，新建集中供水设施600余处，分散供水设施1500余处。

然而，对工作一丝不苟的甘明槐，却直言“愧对”家人和自己：双亲离世时，他在农村安全饮水一线忙碌，无法陪伴在侧；子女读书、就业，他很少有空操心；由于长期操劳，他累出一身病，要随身带着速效救心丸……

对水利的满腔热情，让甘明槐获得了“湖北省人饮解困先进个人”“宜昌市扶贫攻坚先进个人”等殊荣。40年前，该县农村安全饮水刚刚起步，如今农村安全饮水人数已达12.69万人，占全县农村总人口的95%。“我见证了兴山水利事业的发展。”甘明槐说。

中新网　2017年5月12日

刘望舒 陈经纬

党员光辉在“三线战役”中闪耀

——湖北省农村饮水安全保障中心党支部全力以赴保供水

今年6月，湖北省竹溪县新胜水厂清水池基础开挖完毕，正在准备浇筑垫层混凝土。新胜水厂是湖北省农村饮水安全补短板的重点项目，工程建成后将彻底结束竹溪县北部地区单一水源、单一水厂供水能力不足的历史，并为湖北城乡供水一体化建设奠定坚实基础。

“经历连续3次大考，湖北饮水安全成果巩固来之不易。”湖北省农村饮水安全保障中心（以下简称“饮水中心”）党支部书记陈建华表示。从2019年7月起，湖北遭受长达11个月的特大干旱，至2020年6月又急转遭遇3个月的多轮强降雨袭击。2020年1月，叠加突发新冠肺炎疫情，给农村供水特别是水量、水质和运行维护带来严峻挑战。

在国家考核组对湖北省脱贫攻坚成效考核过程中，饮水中心党支部以打响脱贫攻坚战、疫情阻击战、防汛抗旱保卫战“三线战役”的良好成效给考核组留下了深刻印象。饮水中心全体党员干部逆行而上，将党建与业务深度融合、一体推进，全力组织指导全省农村饮水安全部门坚决守住贫困人口饮水安全成果。

敢做善为　114.66万：0

在2020年9月21日召开的湖北省抗击新冠肺炎疫情表彰大会上，饮水中心建设管理组荣获“全省抗击新冠肺炎疫情先进集体”称号。荣誉的获得也是对这个集体战“疫”保供水工作最好的褒奖。国务院联防联控机制新闻发布会专门介绍湖北全力保障农村供水安全的做法和成效。

饮水中心党支部全体党员始终牢记初心使命，锚定目标任务，着力解决饮水安全这个人民群众最关心、最直接、最基础的民生工程，全力决战决胜农村饮水安全脱贫攻坚。

2020 年 2 月 19 日，孝感市祝站镇水厂 2 台潜水泵因故烧毁了 1 台，这意味着祝站镇 5 万多名群众有停水的风险。饮水中心党支部立即启动应急预案，督促相关部门迅速联系货源组织采购，加强与防疫指挥部的协调，确保第一时间抢修到位。

供水不间断，报修不停业，欠费不停水，饮水中心党支部督促各地把供水工程管理责任落实到每一个岗位、每一个环节。

在饮水中心党支部的跟踪督办下，截至 2020 年 4 月底，水利部“12314”监督服务平台转办涉及湖北的农村供水问题均已办结，投诉人表示满意。

疫情期间，湖北各地修订完善 836 处万人以上供水工程应急供水预案，累计开展应急抢修 6700 多次，顶住了大量返乡人员长时间滞留、饮用水持续处于高峰的压力，有力保证了全省农村供水工作总体平稳有序，为农村疫情防控提供了重要保障。

疫情尚未结束，湖北汛期又至。2020 年湖北梅雨期雨量之大、汛情之猛、洪涝之重，历史罕见。饮水中心以战时状态全面部署动员，精准跟进农村供水工程水损、影响人口、抢修恢复等情况。截至 2020 年 8 月底，湖北省因洪涝灾害影响建档立卡贫困人口饮水安全 24.1 万人，经全力抢修，均恢复正常供水。

面对接踵而至的大考，饮水中心党支部给出了一份高质量的民生答卷：湖北省脱贫攻坚普查入户调查 114.66 万户贫困户，无一户饮水安全无保障！

克难奋进　精准扶贫不落一人

2017 年，钻到地下 483 米的机井终于出水，襄阳市保康县马良镇赵家山村，千百年来缺水的困境终于解决，村民奔走相告。77 岁的村民杨德新瘫痪在床，10 年没出过家门，听到打井出水的消息后，让儿子用三轮车把他拉到现场，手捧喷涌而出的清泉，老人热泪盈眶。

农村饮水安全工作，越往后越是难啃的硬骨头。在湖北四大连片特困地区，解决任何一户贫困户饮水安全问题，都需要付出更加艰苦卓绝的努力。

查饮用水水源、看工程运行、访农户用水……几年来，饮水中心支部党员干部坚持下沉基层、奔走一线，实打实调研督导，面对面排忧解难。饮水中心党支部组织对 89 个县建档立卡贫困人口饮水安全状况开展随机抽取、电话访谈、靶向核查工作，全方位推动各地切实巩固稳定农村饮水安全脱贫攻坚成果。安排党员干部彭雷宝驻守省脱贫攻坚普查办，认真配合做好脱贫攻坚普查，实时关注贫困户农村饮水安全指标录入进展，及时发现存疑信息，督促相关县市对照标准、实地复核、立行立改。

“解决应急水源和补充水源工程，不是为了脱贫而脱贫，而是为了老百姓真正可持续受益。”为了这个目标，饮水中心党支部坚持局部与全域相统筹、精准扶贫与巩固提升相衔接，在不获全胜不收兵的坚定决心下，提前一年实现国家现行标准下农村饮水安全全覆盖，为深度贫困县打好组合拳，补足民生短板，攻克最后的贫困堡垒立下汗马之功。

2020 年 10 月 16 日，湖北省“坚决打赢脱贫攻坚战”系列新闻发布会上宣布，规划内 242 万建档立卡贫困人口饮水安全问题全部解决，全省总体实现国家现行标准下农村饮水安全全覆盖。

务实创新　应急更兼谋长远

以改革聚共识，以创新促发展。饮水中心党支部深入学习贯彻新发展理念，在农村饮水安全工程建设资金筹措、体制机制改革等方面趟出了新路子，有效解决了农村饮水安全工作面临的资金缺口、管理困局等重点难点问题，切实把事关百姓民生的实事办好、好事办实。

随着城镇化快速发展，一些地方日益暴露城乡水厂和分散供水点规模小、水压不足、水源不稳定不充分、管理粗放等短板。在英山县提出城乡供水一体化的初步方案后，陈建华建议该县根据地势便利，将农村和城区供水一并考虑。他先后 10 次到英山现场调研城乡供水一体化项目建设，积极推进以县域为单位的供水新格局。目前，全省“城乡联网、区域联供、规模为主、分散为辅”的供水格局正逐步形成。

饮水中心积极鼓励有条件的县市走城乡融合、规模发展的路子，将精准扶贫和巩固提升相衔接。力推“可信可学可复制”的来凤经验，鼓励各地吸纳社会资本进行饮水安全工程建设。近年来，已促成近 20 个县（市、区）采取 PPP、BT、BOT 等模式融资约 20 亿元，建设运营

50多座水厂。

此外，2016年以来，饮水中心党支部已累计争取中央投资11.66亿元，落实省级预算内补助资金11亿元，省级转贷市县政府债券额度19.95亿元，争取省政府明确从易地扶贫搬迁专项资金中统筹解决易地扶贫搬迁贫困人口饮水安全问题。在投资安排上，重点向37个贫困县倾斜，占比68.45%。

在靶向施策上下工夫，在资金筹措上想办法，在动态管控上出实招，在建管并重上花气力。饮水中心党支部以解决贫困人口饮水安全为重点、以保障农民群众喝上放心水为追求目标，截至2020年年底，全省农村集中供水率、自来水普及率和规模化供水人口占比分别达到96%、94%和77%，分别超过全国平均水平8个百分点、11个百分点和26个百分点。除解决242万贫困人口饮水问题外，还使711万非贫困人口饮水安全得到巩固提升。

支部建设的不断加强，打造出一个政治坚定、作风过硬、善作善为的战斗堡垒。在党建引领下，这支特别能吃苦、能战斗的队伍，时刻力挺纪律规矩，知敬畏、存戒惧、守底线，先后获得湖北省首届“人民满意的公务员集体”“全国水利系统先进集体”等荣誉；湖北省农村饮水安全工作保持全国第一方阵，3次被评为全国优秀等次。

三年补短板，饮水再升级。3年内，湖北将投资91亿元，启动实施79个城乡供水一体化和区域供水规模化项目，改善农村供水1000万人。饮水中心将带着新的使命，在高质量发展的路上，继续抖擞精神奋力前行。

《中国水利报》 2021年6月

记者 孟梦 李爽

附 录

2016 年湖北农村饮水安全工作大事记

1 月 8 日　省水利厅以鄂水利干〔2015〕16 号印发通知，陈建华同志任省农村饮水安全工程建设管理办公室主任（副厅级）。

1 月 19 日　全省水利局长会议在汉召开。会前，省长王国生、副省长任振鹤分别对全省水利工作作出重要批示，充分肯定“十二五”时期全省水利系统在防汛抗旱减灾、湖泊管理保护、重大水利建设、农村饮水安全等方面取得的显著成效，并就“十三五”期间全力推进农村饮水安全巩固提升工程等工作提出明确要求。省水利厅厅长王忠法，强调要加强农村饮水安全巩固提升工程建设，扎实推进水利精准扶贫。

2 月 20 日　《中共湖北省委 湖北省人民政府关于贯彻实施〈中共中央、国务院关于打赢脱贫攻坚战的决定〉的意见》，明确要求实行差别式政策，支持贫困村饮水巩固提升，确保 2019 年底前全面稳定解决贫困地区饮水困难和饮水不安全问题。

2 月 24 日　省政协副主席肖旭明一行到省水利厅专题调研农村饮水安全工作，省水利厅厅长王忠法就全省及江汉平原农村饮水安全工作情况作汇报。

2 月 29 日　《中共湖北省委 湖北省人民政府关于以新理念引领现代农业发展加快实现全面小康的若干意见》（鄂发〔2016〕1 号），明确要求巩固提升农村安全饮水工程成果，大力推进规模化集中供水和城镇供水管网向农村延伸。

3 月 1 日至 10 日　省政协副主席肖旭明带队，赴咸宁、恩施、宜昌等地调研农村饮水安全工作。省饮水办主任陈建华陪同。

3 月 7 日　省发改委、水利厅、财政厅、卫计委、环保厅、住建厅以发改办农经〔2016〕112 号文印发通知，对做好“十三五”期间全省农村饮水安全巩固提升及规划编制工作进行全面部署。

3 月 22 日至 23 日　省政协主席张昌尔率路策等 8 名省政协委员赴孝感市调研农村饮水安全工作。调研组查看了解大悟县东新乡李家冲水厂、汉川市城隍水厂、分水二水厂运行管理，以及部分受益农户用水情况，并在汉川市召开座谈会，研究部署下阶段农村饮水安全有关工作。张昌尔强调，省政协为加强参政议政，计划召开月度协商会，首次会议以农村饮水安全为专题。省政协秘书长翟天山，省水利厅厅长王忠法以及省发改委、省财政厅负责人陪同。

3月28日 省水利厅厅长王忠法主持召开厅长办公会，专题听取省饮水办关于全省农村饮水安全巩固提升工程“十三五”规划编制工作情况汇报，并就规划工作提出明确要求。

3月29日 省政协召开首次月度协商座谈会，聚焦农村饮水安全。省委副书记、省政协主席张昌尔主持会议并讲话，强调把农村饮水安全作为全面建成小康的大事，切实补齐短板，打赢“十三五”期间农村饮水安全攻坚战、保卫战、持久战。省政府副省长任振鹤，省政协常务副主席陈天会、副主席肖旭明、秘书长翟天山等出席。座谈会上，14位省政协常委、委员、地方政协负责同志围绕农村饮水安全问题建言献策，省直有关部门认真回应。会后，省政协向省委、省政府报送《关于进一步加强我省农村饮水安全工作的建议》。

4月1日 《全省农村饮水安全巩固提升工程“十三五”规划》通过省发改委、省水利厅联合组织的专家审查。

4月22日 省政府批复省发改委、水利厅、财政厅、卫计委、环保厅、住建厅联合上报的《湖北省农村饮水安全巩固提升工程“十三五”规划（送审稿）》。规划总投资879089万元，巩固提升953万农村人口供水保障水平，其中优先解决242.3万建档立卡贫困人口的饮水问题。

4月28日 全省农村饮水安全工作暨“十三五”规划培训会在黄冈召开，省水利厅副厅长周汉奎出席并讲话。会议认真总结过去十年农村饮水安全工作成绩，深入研究分析当前形势，全面安排部署“十三五”农村饮水安全巩固提升相关工作。会上对全省“十二五”农村饮水安全工作成绩突出的40个集体和80名个人予以通报表扬。

5月8日至13日 省委书记李鸿忠、省长王国生、副省长任振鹤先后就省政协《关于进一步加强我省农村饮水安全工作的建议》作出批示，要求省水利厅抓紧研究提出具体意见。

5月30日 省委办公厅以鄂办文〔2016〕35号文印发《关于印发各市、州、直管市、神农架林区2016年考核项目清单及目标要求的通知》，将农村供水水质合格率纳入地方党政领导班子政绩考评体系。

6月21日至22日 水利部总工程师汪洪带队，调研督办恩施市农村饮水安全巩固提升重点建议办理工作。省水利厅副厅长周汉奎、省饮水办主任陈建华陪同。

7月22日 省发改委、省水利厅以鄂发改投资〔2016〕475号文印发通知，下达2016年农村饮水安全年度投资计划5.1亿元（其中中央预算内投资2亿元，省级补助资金2亿元，地方配套1.1亿元），建档立卡贫困人口饮水安全任务54.83万元。

7月29日 省水利厅党组副书记、副厅长冯仲凯到省饮水办调研指导工作，并与省饮水办全体干部座谈，勉励大家为农村饮水安全工作再做新贡献。

8月12日 水利部办公厅发文通报2015年度农村饮水安全工程建设管理考核情况，湖北省考核得分93.6分，全国排名第五，为优秀等次。

8月23日 全省农村饮水安全精准扶贫工作座谈会在汉召开，对农村饮水安全精准扶贫工作进行再动员再部署。

9月7日 水利部第15期农田水利基本建设简报以《湖北省农村饮水安全精准扶贫出实招》为题，宣传推介湖北农村饮水安全精准扶贫工作做法。

9月12日 省财政厅以鄂财农发〔2016〕100号文印发通知，拨付2016年度农村饮水安全巩固提升工程省级补助资金2亿元。至此，本年度4亿元农村饮水安全巩固资金全部拨付到位，其中中央预算内投资、省级补助资金各2亿元。

9月14日 省水利厅党组书记、厅长王忠法对宜昌市农村饮水安全精准扶贫工作作出批示。批示指出，“宜昌市采取多方筹资、整村推进，一票否决、严格考核的办法，狠抓农村饮水安全精准扶贫工作，充分体现市委、市政府的重视程度，充分体现水利部门的大局观念、责任意识和创新精神。其做法很好，值得各地学习借鉴。”批示强调，“解决建档立卡贫困人口饮水安全问题是脱贫攻坚的重要任务，也是我们水利部门唯一纳入扶贫考核的重要内容，要求很高，责任重大。希望全省各地按照省委、省政府的统一部署和要求，进一步将建档立卡贫困人口饮水安全任务细化落实到村、到户、到人，切实做到精准发力、因户施策；省饮水办要强化检查督办，督进度，保质量，促平衡，确保2018年全面完成农村饮水安全精准扶贫任务。”

9月21日至22日 全国农村饮水安全管理与信息化培训班在宜昌举办，水利部农村水利司副巡视员赵乐诗、省饮水办主任陈建华等出席。期间，会议还组织参观枝江市农村饮水安全信息化管理平台运行情况。

9月26日至27日 省纪委派驻省水利厅纪检监察组组长徐长水带队到利川市，调研指导灾后恢复重建和厅驻利川抗灾救灾工作组工作。省饮水办主任陈建华，省水利厅水保处、机关党委、后勤中心等部门主要负责人陪同。

10月11日 省纪委驻省水利厅纪检监察组组长徐长水赴汉川、应城两市调研农村饮水安全工作。省饮水办主任陈建华陪同。

10月25日 省水利厅以鄂水利发〔2016〕4号文印发通知，在全省范围开展“百佳十优”农村水厂创建活动，力推农村水厂规范化管理。

10月31日 省水利厅副厅长周汉奎赴仙桃市检查指导农村饮水安全巩固提升工程建设，省饮水办主任陈建华、仙桃市市长周文霞陪同。

11月8日 省水利厅副厅长唐俊到秭归县调研农村饮水安全单户建设模式、一体式净化器等情况，并召开联系县实施水利精准扶贫工作座谈会。

11月13日 省人民政府以鄂政发〔2016〕63号文出台《关于巩固提升农村饮水安全工作的意见》，从总体要求、建设管理、水质保障、长效机制、政策扶持、落实责任等六个方面，对当前和今后一个时期全省农村饮水安全巩固提升工作提出指导性意见。《意见》进一步明确全省农村饮水安全工作的指导思想和基本原则，提出“村村通自来水、户户饮放心水”的总体目标，要求力争2019年底前解决953万人农村饮水安全巩固提升问题（其中优先解决建档立卡贫困人口中242.3万人的饮水安全巩固提升问题），农村饮水安全各项指标全部达到或超过国家确定的标准，健全完善农村供水工程运行管护机制，逐步实现良性可持续运行。

11月15日 全省农村饮水安全精准扶贫进度督办座谈会在汉召开。

11月23日 湖北首个全县域精准扶贫饮水安全PPP项目在来凤县

开工。该项目概算投资3.75亿元，设计日供水量约6万立方米，新建和改建27个水厂，铺设供水主管网1070余公里、配水管网1500余公里，覆盖来凤100%的自然村和院落，惠及28万农村居民。

11月24日 省水利厅举办区域水质检测中心技能培训班，全省共175人参训。

11月29日 全省农村饮水安全工程建设现场会在鄂州召开。会议学习贯彻《省人民政府关于巩固提升农村饮水安全工作的意见》（鄂政发〔2016〕63号），动员部署2019年前全面全域解决农村饮水安全问题。会议还通报2016年度农村饮水安全精准扶贫工程建设进度和区域水质检测中心运管情况，提前安排2017年度农村饮水安全巩固提升前期工作。

12月1日 省十二届人大常委会第二十五次会议审议批准《黄冈市饮用水水源地保护条例》。该条例是黄冈市首部实体性地方性法规，也是湖北省饮用水水源地保护方面首部专门地方性法规。

12月2日至3日 全省农田水利基本建设现场会在仙桃召开，副省长任振鹤出席并讲话。与会代表参观了仙桃农村饮水安全等工程建设现场。

12月21日 《湖北省农村饮水安全精准扶贫专项规划》通过由省水利厅组织，省发改委、省扶贫办、省水利水电科学研究院等单位领导和专家参与的审查会审查。

12月31日 截至本日，全省全年共有154.25万农村居民饮水安全问题得到巩固提升，其中解决建档立卡贫困人口饮水安全问题58.33万，易地扶贫搬迁26.47万，面上巩固提升69.45万，超额完成水利部和省政府提出的各口径年度目标任务。

2017年湖北农村饮水安全工作大事记

1月9日 根据省委、省政府有关领导重要批示精神，省水利厅印发通知，组织对全省供水工程供水情况进行全面排查整改，切实保障农村居民春节期间正常用水需求。

1月10日 省委农村工作部启动2016年度“三农”发展综合考评工作，将“县级财政农村饮水安全工程维修养护资金到位率”指标纳入考评范围。

1月13日 全省水利工作会议在武汉召开。省水利厅厅长王忠法出席并讲话，强调要进一步巩固农村饮水安全成果。

1月15日 代省长王晓东在2017年政府工作报告中，明确提出“全面实施农村饮水安全巩固提升工程，惠及200万人”的年度目标任务。

1月21日 大冶市殷祖水厂一期工程全面竣工通水。标志着大冶市14个乡镇（场）和街道办事处、165个行政村、67.83万城乡居民（含农村人口45.13万）实现城乡一体化供水。该工程2013年8月启建，占地148亩，以王英水库为水源，设计日供水能力30万吨，总投资9.03亿元，其中劲牌有限公司捐资6.1亿元。

2月9日 水利部农村水利司印发《关于全国农村水利管理信息系统2016年运行绩效考评通报》，湖北农村饮水安全信息管理子系统数据填报完整、准确、及时，整体表现突出，被评定为优秀。

2月14日 省水利厅副厅长周汉奎到省饮水办调研指导工作，并与省饮水办全体干部职工座谈，勉励大家适应新形势，整装再出发，推动全省农村饮水安全事业向更高目标迈进。

2月23日 《省水利厅关于分解下达2017年度农村饮水安全巩固提升任务的通知》（鄂水利函〔2017〕75号）印发，分解下达2016年度农村饮水安全巩固提升任务200万人，其中建档立卡贫困人口56.6万人，易地扶贫搬迁40.6万人，面上巩固提升102.8万人。

3月3日 省政府召开专题会议，研究部署推进重点易涝地区排涝工程建设、五大湖泊湖堤加固整治、入江重要支流堤防整治、新出现的小型病险水库除险加固、农村饮水安全巩固提升、洪湖东分块蓄滞洪区蓄洪工程等水利重点工程建设及湖泊治理保护工作。省委常委、常务副省长黄楚平出席并讲话，强调要以敏锐的政治意识、高度的政治觉悟，科学谋划、精心组织，凝神聚力、齐心协力，加快推进，确保按期保质完成建设任务。

3月8日 全省农村饮水安全巩固提升工程实施方案编制培训班在武汉举办，共130人参训。

3月16日 全省农村饮水安全工作现场会在麻城召开。省饮水办主任陈建华、长江委农水局副局长张小林出席并讲话。

3月31日 水利部《水利简报》第7期刊发《湖北省有效破解农村饮水安全工程巩固提升筹资难题》。

4月17日 省水利厅印发《湖北省农村供水水质合格率指标考核暂行办法》和《湖北省县级财政农村饮水安全工程维修养护资金到位率指标考评办法（试行）》。

4月28日 省水利厅厅长王忠法、副厅长周汉奎分别就《省饮水办工作人员履职尽责考评办法（试行）》作出批示。王忠法批示指出，“饮水办在‘两学一做’活动中，结合实际制定相关办法值得借鉴。”周汉奎批示强调，“履职尽责，功在平时，严在日常。希望饮水办结合实际，先行先试，不断探索完善日常考评办法，真正提高工作质效，有效推动事业发展。”

6月10日至12日 全国村镇水厂负责人（厂长）培训班在武汉举办，省政协人口资源环境委员会主任委员王忠法应邀出席，并作题为《树牢民本理念 推动巩固提升 努力实现农村供水良性长效运行》的专题报告。

6月10日至14日 全省农村饮水安全工程管理及水质保障培训班在武汉举办。

6月25日 监利县红城乡中心水厂正式投产运行。该水厂以长江为水源，设计日供水规模5万吨，概算投资1.53亿元，惠及19.5万人。

7月12日 省财政厅以鄂财建发〔2017〕139号文印发通知，拨付2017年度农村饮水安全巩固提升中央补助资金2.03亿元。至此，本年度5.03亿元农村饮水安全巩固提升资金全部拨付到位，其中中央预算内资金2.03亿元，省级补助资金3亿元。

7月20日 全省农村饮水安全巩固提升工作推进座谈会在武汉召开。

7月29日 十堰市委、市政府专门致函，感谢省水利厅在保障十堰市举办第四届国际道教论坛和第九届海峡两岸中华武术论坛“两个论坛”期间的供水安全保障工作。

8月2日 省水利厅党组书记、厅长周汉奎就来凤县农村饮水安全PPP项目模式作出批示：“来凤模式很好，可资借鉴。”来凤县积极探索实施的农村饮水安全PPP项目是恩施自治州PPP实践破题之作，也是湖北首个全县域PPP模式精准扶贫农村饮水安全项目。

9月7日至9日 省饮水办在浠水白莲河水厂，组织召开浠水、英山、麻城、罗田、黄州、团风6个县（市、区）水利局长座谈会，研究加强农村饮水安全工程建设管理工作。

9月21日 全省“百佳十优”农村水厂创建推进座谈会在荆州召开。

10月1日 仙桃市第四水厂正式开泵供水。该工程设计日供水能力10万吨，概算投资2.6亿元，仙桃市西部片区8镇（场）、近50万居民全部喝上汉江水。

10月20日 全省农村饮水安全巩固提升工程建设进度督办会在武汉召开，对进度相对滞后的8个县（市区）水利局主要负责人和部分市（州）饮水办主任进行集体约谈。

10月23日 省委常委、常务副省长黄楚平深入通山，就幕阜山片区区域发展与脱贫攻坚工作进行调研，并组织召开幕阜山片区区域发展与脱贫攻坚现场办公会。强调要坚决打赢幕阜山片区脱贫攻坚硬仗，着力解决交通、安全饮水两大难题。

11月1日 省水利厅副厅长焦泰文一行，赴崇阳县调研幕阜山片区水利扶贫工作，强调要加快推进农村饮水安全巩固提升，着力解决贫困地区民生保障。

11月9日 全省农村饮水安全精准扶贫工作推进会在武汉召开。

11月13日至15日 水利部政法司原副司长郭永胜一行，先后深入鄂州、浠水、潜江等地开展农村饮水安全工程水价调研。省饮水办主任陈建华陪同。

11月23日 省水利厅、发展改革委、财政厅、卫计委、环保厅、住房城乡建设厅印发《湖北省农村饮水安全巩固提升工作考核实施办法》鄂水利发〔2017〕5号。

12月12日 省政协召开重点提案“回头问效”座谈会，对2015—2016年省领导督办的政协重点提案落实情况进行“回头问效”。在听取省饮水中、主任陈建华汇报后，省政协副主席许克振和与会政协委员高度肯定省水利厅重点提案办理工作。

12月31日 本年度，全省农村饮水安全实际完成投资26.65亿元，新增解决208.74万农村居民饮水安全问题，超额完成省政府提出惠及200万人的年度目标任务。其中，全年解决93.69万建档立卡贫困人口饮水安全问题（含易地扶贫搬迁35万人）。

2018年湖北农村饮水安全工作大事记

1月8日 省水利厅副厅长刘元成到省饮水办调研指导农村饮水安全工作。省水利厅原党组成员、省饮水办原主任陈楚珍应邀参加座谈。

1月19日 全省水利局长会议在武汉召开。省水利厅厅长周汉奎强调要服务精准脱贫，优先实施农村饮水安全巩固提升等水利工程建设。

1月23日 省饮水办专门发文，要求各地抓好雨雪冰冻天气期间全省农村供水保障工作。

2月5日 王晓东省长在省政府政府工作报告中，提出“农村安全饮水基本实现全覆盖”的总体要求。

2月20日 《中共湖北省委 湖北省人民政府关于推进乡村振兴战略实施的意见》(鄂发〔2018〕1号)，明确要求持续推进农村饮水安全巩固提升工程建设，力争到2020年解决全省农村居民饮水安全问题。

3月19日 省水利厅以鄂水利函〔2018〕111号文印发通知，分解下达2018年度巩固提升任务200万人，其中建档立卡贫困人口53万人，面上巩固提升147万人。

4月24日 中共中央总书记、国家主席、中央军委主席习近平来到宜昌市夷陵区太平溪镇许家冲村，实地察看三峡移民新村建设和生产生活情况，在便民洗衣池边同村民亲切交谈，询问村民们生活近况。国务院副总理刘鹤，有关国家部门、湖北省委省政府等主要领导同志参加有关活动。

5月3日 周先旺副省长主持召开会议，专题研究农村饮水安全工作。会议听取省水利厅厅长周汉奎关于全省农村饮水安全工作情况汇报，省发展和改革委、财政厅、环保厅、卫计委、住房城乡建设厅、扶贫办等单位分别就支持农村饮水安全工作发表具体意见。周先旺强调要进一步提高政治站位，全力聚焦精准扶贫，保护好饮用水水源；各有关部门要认真履职，各负其责，按照缺什么补什么的要求，共同抓好农村饮水安全工作，力争在乡村振兴农村供水方面创造出湖北经验。

省水利厅办公室印发通知，明确成立5个督导组，开展2018年度农村饮水安全巩固提升工程建设管理督导工作。

5月7日 省水利厅办公室印发通知，组织开展2017年度农村饮水安全工程项目资金绩效评价。

5月10日 全省农村饮水安全精准扶贫工作座谈会在丹江口市召开，本年度计划摘帽的17个贫困县（市、区）水利局分管负责人分别作表态发言。

5月24日 全省农村供水工程PPP项目培训班在来凤举办，共44人参训。

5月31日 省水利厅副厅长赵金河、省饮水办主任陈建华一行，专程赴浠水县、大冶市调研农村饮水安全城乡一体化及全域全覆盖供水工作。

6月22日 全省农村饮水安全巩固提升工程工艺技术及实施方案编制培训班在武汉举办，共100人参训。

6月26日 水利部办公厅、国家发展改革委办公厅印发《关于2017年度各地农村饮水安全巩固提升工作考核结果的通报》（办农水〔2018〕96号，湖北省得分排名第四，被评为优秀等次。省水利厅厅长周汉奎对此批示："成绩来之不易，应充分予以肯定！望再创佳绩。"

7月25日 省水利厅副厅长徐少军、省饮水办主任陈建华一行，赴英山县督导水利扶贫工作，并组织召开黄冈、孝感等市水利扶贫工作座谈会。

8月22日 省财政厅印发《关于拨付农村饮水安全巩固提升（厕所革命）省级补助资金的通知》（鄂财农发〔2018〕57号），拨付2018年度农村饮水安全巩固提升省级补助资金3亿元。至此，本年度6.6亿元农村饮水安全巩固提升资金全部拨付到位，其中中央预算内投资3.6亿元，省级补助3亿元。

8月27日 省水利厅、省扶贫办、省卫计委以鄂水利函〔2018〕404号文转发《水利部 国务院扶贫办 国家卫生健康委关于坚决打赢农村饮水安全脱贫攻坚战的通知》（水农〔2018〕188号），要求各市州县认真贯彻落实，坚决打赢全省农村饮水安全脱贫攻坚战。

8月30日 省扶贫攻坚领导小组印发《关于打赢脱贫攻坚战三年行动的实施意见》（鄂扶组〔2018〕13号），将2020年底前全面解决贫困人口饮水安全问题作为全省打赢脱贫攻坚战三年行动12项具体目标之一，强调要全面解决贫困人口饮水安全问题。

9月5日 省水利厅副厅长赵金河到省饮水办，专题调研农村饮水安全工作。

9月17日 经商省财政厅、卫计委、环保厅、住房城乡建设厅，省水利厅、省发展改革委以《关于2017年度市州农村饮水安全巩固提升工作考核结果的通报》（鄂水利函〔2018〕445号）文联合通报2017年度市州农村饮水安全巩固提升工作考核结果，武汉、鄂州、十堰、黄冈、宜昌、荆州、仙桃、潜江、恩施、咸宁、襄阳、荆门、天门、孝感等14个市州考核结果为优秀，黄石市、神农架林区、随州市等地考评结果为良好。

9月28日 省水利厅印发《湖北省水利扶贫行动三年（2018—2020年）实施方案》（鄂水利函〔2018〕498号），要求各地按照农村饮水安全评价标准，统筹推进贫困村和非贫困村饮水安全巩固提升，确保2018年全面解决规划内建档立卡贫困人口饮水安全问题，同步解决同区域非贫困人口饮水安全问题，到2020年实现全省现行标准下农村饮水安全全覆盖。

10月9日至12日 全省农村供水危化品安全管理及水质保障培训班在武汉举办，共125人参训。

10月11日 水利部、国务院扶贫办、国家卫生健康委在京联合召开实施水利扶贫三年行动暨坚决打赢农村饮水安全脱贫攻坚战视频会。省水利厅党组书记、厅长周汉奎就湖北农村饮水安全工作作典型交流发言。

省委召开常委会会议，强调进一步加强农业农村基础设施建设，全力推进农村安全饮水、“厕所革命”和人居环境改善，加强项目谋划，补好基础设施短板。

11月14日 国务院召开全国冬春农田水利基本建设电视电话会后，副省长万勇随即召开全省冬春农田水利基本建设电视电话会，强调各地要突出抓好骨干工程建设、水利补短板项目建设、灌排设施配套建设和农村饮水安全。

11月19日 省委、省人民政府印发《湖北省乡村振兴战略规划（2018—2022年）》（鄂发〔2018〕34号），明确要求坚持城乡供水融合发展，大力推进规模化集中供水，持续实施农村饮水安全巩固提升工程，努力构建“城乡联网、区域联供，集中为主、分散补充”的新型农村供水格局，力争到2022年集中供水率维持在90%以上，自来水普及率达到88%左右。加强农村供水工程标准化、专业化管理，推进城乡供水管理一体化，提高供水服务保障水平。健全农村供水水价形成机制，完善县级农村饮水安全工程维修养护基金制度。强化农村饮用水水源环境监管及综合整治。加快推进农村饮水安全信息化建设。

11月29日 由长江委副主任杨谦带队的核查组，赴南漳县三景庄村核查农村饮水安全问题。省饮水办主任陈建华陪同。

12月7日 全省农村供水工程规范化管理工作会在武汉市新洲区召开。

12月8日 省水利厅以鄂水利文〔2018〕145号文向水利部上报《关于我省脱贫攻坚农村饮水安全评价依据的备案报告》，明确中国水利学会发布的《农村饮水安全评价准则》是全省脱贫攻坚农村饮水安全精准识别、制定解决方案和达标验收的依据。

12月31日 本年度，全省农村饮水安全实际完成投资25.57亿元，新增解决225.18万农村居民饮水安全问题，超额完成年度目标任务。其中，全年实际解决67.30万建档立卡贫困人口饮水安全问题（含易地扶贫搬迁14.32万人）。

截至本日，全省规划内242.3万建档立卡贫困人口饮水安全问题全面解决，是全国首批完成农村饮水安全脱贫攻坚任务的6个省份之一。

2019年湖北农村饮水安全工作大事记

1月8日　省水利厅转发《水利部关于建立农村饮水安全管理责任体系的通知》（水农〔2019〕2号），要求各地2019年底前全面落实农村饮水安全管理地方人民政府主体责任、水行政主管部门行业监管责任、供水单位运行管理责任“三个责任”，全面建立农村饮水工程运行管理机构、运行管理办法和运行管理经费“三项制度”。

1月14日　王晓东省长在省政府政府工作报告中，明确提出“巩固提升农村饮水安全水平”的工作要求。

3月7日　省委常委、省委组织部长王瑞连一行，赴来凤县三胡乡金盆水厂，调研考察精准扶贫农村饮水安全PPP项目实施情况和工程建后供水保障工作。

3月11日至14日　水利部正司级干部程殿龙一行，深入潜江、洪湖两市开展农村饮水安全工程水价机制调研。省水利厅副厅长赵金河、省饮水办主任陈建华陪同。

3月14日　全省水利工作会议在武汉召开。省水利厅厅长周汉奎强调要扎实做好水利民生工作，大力推进农村饮水安全巩固提升。

3月15日　全国人大代表、湖北省省长王晓东接受记者采访时表示，要把农村作为基础设施建设补短板的重点，着力巩固提升农村饮水安全。

3月27日　《中共湖北省委、湖北省人民政府关于对标全面建成小康社会必须完成的硬任务扎实做好“三农”工作的若干意见》（鄂发〔2019〕1号），明确要求实施贫困地区农村饮水安全巩固提升工程，加强农村饮用水水源地保护，到2020年实现国家现行标准下农村饮水安全全覆盖。

3月30日　省水利厅印发《省水利厅关于分解下达2019年度农村饮水安全巩固提升任务的通知》（鄂水利函〔2019〕158号）文件，分解下达2019年度农村饮水安全巩固提升任务365.49万人。

4月4日 省水利厅、省扶贫办印发《关于组织开展农村饮水安全脱贫攻坚“回头看”工作的通知》（鄂水利函〔2019〕170号）文件，在全省范围组织开展农村饮水安全脱贫攻坚“回头看”，要求各地务必高度重视、落实工作责任，对照评价标准、认真组织核查，抓好查漏补缺，确保不落一人。

4月10日 省水利厅副厅长唐俊到省饮水办调研指导农村饮水安全工作。

4月12日 全省2019年度农村饮水安全脱贫攻坚工作推进座谈会在武汉召开，省饮水办主任陈建华出席并讲话。

4月15日 省政协副主席马旭明带队赴咸丰县调研农村饮水安全脱贫攻坚等工作，并召开定点扶贫工作联席会议，强调要统一思想，提高认识，聚焦问题，真抓实干，确保高质量如期完成脱贫攻坚任务。省饮水办主任陈建华参加调研。

4月26日 省委常委会议传达学习4月19日中央政治局会议、中央财经委员会第四次会议、习近平总书记关于民政工作重要指示和第十四次全国民政会议精神，研究部署相关工作，省委书记蒋超良主持并讲话。蒋超良强调要加快补齐全面建成小康社会短板，突出解决深度贫困地区、特殊困难群体、“三保障”、饮水安全、专项巡视反馈意见整改等脱贫攻坚重点问题。

4月29日 全省农村饮水安全巩固提升工作会在武汉召开。会议组织学习习近平总书记在解决“两不愁三保障”突出问题座谈会上的重要讲话精神、国务院扶贫开发领导小组召开的解决“两不愁三保障”突出问题和考核整改工作电视电话会议精神；回顾总结全省2018年度农村饮水安全工作，认真分析面临形势，并对2019年度工作进行部署。省水利厅副厅长唐俊出席并讲话，省饮水办主任陈建华作工作报告。

4月30日 按照水利部关于建立农村饮水安全管理责任体系工作部署，全省应按要求落实“三个责任”的91个县（区、市）共明确行政主体责任人271名、行业监管责任人146名，1970处受益人口千人以上的供水工程共落实运行管理责任人1638名，并在地方主要媒体上公示，提前实现“三个责任”全覆盖。

5月5日 省长王晓东在咸宁市调研，并主持召开解决“两不愁三保障”突出问题座谈会，强调要着力提高农村饮水安全保证率，稳定实现贫困人口“两不愁三保障”。副省长万勇出席座谈会并讲话。

5月16日 省财政厅印发《关于拨付2019年中央水利发展资金的通知》（鄂财发〔2019〕22号）文件，拨付2019年度农村饮水安全巩固提升工程维修养护资金6421万元，计划维修工程7674处，惠及人口1063万人。

5月17日 省长王晓东到浠水县调研并主持召开非贫困县脱贫攻坚工作座谈会，强调要聚焦“两不愁三保障”脱贫标准，精准施策、精准发力，狠抓教育扶贫、健康扶贫、农村危房改造和饮水安全“回头看”，持续做好巩固提升工作。省人大常委会副主任、黄冈市市委书记刘雪荣，副省长万勇参加活动并就有关工作提出具体要求。

5月21日 副省长万勇赴孝昌县调研脱贫攻坚工作，仔细询问贫困户饮水安全等情况，强调要进一步提高政治站位，深化细化实化政策措施，向“两不愁三保障”的短板弱项再发力再冲刺，确保脱贫攻坚决战决胜。

5月29日 省长王晓东在孝感、随州两市调研防汛抗旱工作，强调要大力推进城乡供水一体化、农村供水规模化标准化建设，进一步提高农村地区集中供水率、自来水普及率、供水保证率和水质达标率，切实保障群众饮水安全。

6月5日 英山县城乡供水一体化项目现场推进会在西河中心水厂举行。省水利厅副厅长唐俊，省饮水办主任陈建华，黄冈市政协副主席、英山县委书记陈武斌等出席。

6月10日 省长王晓东、副省长万勇分别就巴东县水布垭水厂因地质沉陷影响居民正常供水作出重要批示，要求恩施土家族苗族自治州尽快消除安全隐患，防范次生灾害，全力保障停水居民正常生活用水。省水利厅、省住房城乡建设厅要指导地方做好新厂选址及建设工作，确保工程质量。

6月11日至12日 根据省领导批示要求，省饮水办主任陈建华带队赶赴巴东县，详细查看水布垭水厂地质沉陷险情和应急供水情况，认真研究新水厂建设问题。

6月20日 为推动落实省长王晓东信访包案化解措施，省饮水办主任陈建华带队，赴监利县汴河镇中心水厂调研指导。

省财政厅印发《关于下达2019年农村饮水安全巩固提升工程专项中

央基建投资预算的通知》（鄂财建发〔2019〕105号）文件，下达2019年度农村饮水安全巩固提升中央补助资金4.03亿元。至此，本年度7.03亿元农村饮水安全巩固提升资金全部拨付到位，其中中央预算内投资4.03亿元，省级补助资金3亿元。

7月11日 省水利厅党组书记、厅长周汉奎带着“不忘初心、牢记使命”主题教育专项调研课题，深入监利县朱河镇、汴河镇，看水厂，访农户，主持座谈，虚心听取基层干部群众意见，研究指导农村饮水安全工作。省饮水办主任陈建华参加调研。

7月15日 省水利厅党组书记、厅长周汉奎赴新洲区、英山县，继续开展“不忘初心、牢记使命”主题教育专项调研，强调要坚持以人民为中心的发展思想，做到建设与管理并重，应急与谋远结合，不断巩固提升农村饮水安全工作。省饮水办主任陈建华参加调研。

8月1日 省水利厅召开专题办公会，传达学习贯彻习近平总书记对云南省宣威市农村饮水安全问题的重要指示及省委书记蒋超良、省长王晓东批示和当天上午召开的省委常委会会议精神，省水利厅党组书记、厅长周汉奎主持会议并讲话。会议通报云南省宣威市农村饮水安全工程问题，听取全省农村饮水安全工作情况汇报，检视研究农村饮水安全等水利民生问题。周汉奎强调，要把贯彻落实习近平总书记关于民生工作的重要指示精神作为“不忘初心、牢记使命”主题教育的重要内容，切实把水利民生工程办成“民心工程”。省饮水办主任陈建华、厅二级巡视员兼财务处处长邵远亮，以及派驻纪检监察组、厅办公室、规计处、湖泊处、水库处、农水处、移民处、监督处、机关党委、堤防局、农电处、建设监督中心有关负责人参会。

8月8日 水利部副部长魏山忠率组调研京山市农村饮水安全工作。调研组先后深入杨集镇菖蒲村、铜冲村、巴冲村、新场村以及花石岩村等地，入户查看农村饮水工程，现场采集检测出厂水、末梢水、地表水水源水样。魏山忠强调，要以人民为中心，加强农村饮水安全工作，牢牢抓住“十四五”规划机遇，奋力再上新台阶。省饮水办主任陈建华陪同。

8月12日 省政府召开保障城乡居民生活用水专题会议，省长王晓东出席会议并讲话，副省长万勇主持。王晓东强调，要深入学习贯彻习近平总书记重要指示精神，按照省委工作要求，结合“不忘初心、牢记使命”主题教育，深入查找城乡供水出现的问题，研究整改落实措施，千方百计保障城乡居民生活用水，把主题教育的成效体现到为群众解决具体问题上来。会议还听取省水利厅党组书记、厅长周汉奎关于全省农村饮水安全工作情况的汇报，省发展改革委、财政厅、生态环境厅、卫健委等单位分别发表具体意见。

8月13日 省水利厅厅长周汉奎主持召开厅长办公会，研究全省农村饮水安全保障等工作。

8月28日 省水利厅厅长周汉奎调研城市农村饮水安全工作。周汉奎现场察看渔子河西水厂，详细询问水厂取水、供水保障及水价执行情况，察看水厂设施设备运行情况，并对水厂管理单位保障供水安全、确保发挥长效，千方百计为人民群众提供安全洁净的饮用水提出明确要求。

8月30日 省水利厅办公室、省扶贫办综合处联合转发水利部办公厅、国务院扶贫办综合司《关于做好农村饮水安全脱贫攻坚“回头看”大排查的通知》(办农水〔2019〕178号)，要求各地对照《农村饮水安全评价准则》，全面组织核查到县到村到户的建档立卡贫困人口饮水安全情况。

9月10日 省水利厅副厅长徐少军就加强水利工程管理，专程到武汉市新洲区刘集水厂调研。省饮水办主任陈建华陪同。

9月10日至11日 水利部在甘肃、宁夏召开农村饮水安全工作推进会。荆州市水利和湖泊局就水费收缴工作作大会交流发言。

9月16日至17日 由水利部发展研究中心副主任吴强带队的调研组，专程赴枝江市开展《农村供水条例》立法调研。省饮水办主任陈建华陪同。

10月15日至18日 全省农村供水能力培训班在武汉举办，共123人参训。

10月16日 全省农村饮水安全工作推进会在新洲召开。会议深入学习贯彻习近平总书记和中央领导同志关于农村饮水安全工作重要指示批示精神，全面落实全国农村饮水安全工作推进会和省政府保障城乡居民饮用水专题会议精神，认真检视农村饮水安全工作存在的问题和短板，研究明确今后工作方向，着力强化农村饮水安全工程运行管理，科学谋划“十四五”农村供水工作。省水利厅党组书记、厅长周汉奎出席会议并讲话，副厅长唐俊主持会议，省饮水办主任陈建华传达水利部有关精神。

11月12日 省委副书记、省长王晓东赴英山县宣讲党的十九届四中全会精神，并调研深度贫困地区脱贫攻坚工作。强调要扎实做好教育扶贫、健康扶贫、危房改造、饮水安全等重点工作，咬定目标，一鼓作气，务求全胜。

省水利厅办公室印发《关于印制发放农村饮水安全用水户明白卡的通知》，全面推行农村饮水安全用水户明白卡。

11月29日 省委书记蒋超良在襄阳市南漳县宣讲党的十九届四中全会精神、调研脱贫攻坚工作，强调各地各部门要切实提高政治站位，把提高脱贫质量放在首位，聚焦解决“两不愁三保障”突出问题，补齐贫困人口义务教育、基本医疗、住房和饮水安全短板。

12月1日 省饮水办组织编写的《农村供水危险化学品安全管理手册》在中国水利水电出版社出版。本书从农村供水危化品管理实际需求出发，注重真实工作场景应用，系统归纳农村供水危化品安全管理措施和要求，系统介绍农村供水行业涉及危化品从购买、存储、使用、运输到废弃处理、应急救援及自救互救指示的全流程注意事项，既可作为一线生产人员的工具书，也可作为主管部门监管工作的参考依据。

12月4日至5日 全省农村供水能力培训班（第二期）在武汉举办，共120人参训。

12月24日至25日 中共中央政治局委员、国务院扶贫开发领导小组组长胡春华在恩施土家族苗族自治州调研脱贫攻坚工作。期间，胡春华先后来到宣恩县和恩施市，察看基本医疗、义务教育、住房安全和饮水安全情况，强调打赢脱贫攻坚战是全面建成小康社会的重中之重和标志性工程，明年必须确保如期全面完成。

12月31日 本年度，全省农村饮水安全实际完成投资27.84亿元，新增解决365.49万农村居民饮水安全问题。至此，全省953万人农村饮水安全巩固提升“十三五”规划任务全面完成，提前一年实现国家现行标准下农村饮水安全全覆盖。

2020年湖北农村饮水安全工作大事记

1月7日至8日 省水利厅副厅长唐俊带队赴监利、洪湖两市暗访贫困户饮水安全解决情况，调研农村饮水安全工作。

1月13日 省水利厅印发《关于加快推进农村供水工程水费收缴工作的通知》，要求各地务必高度重视，明确目标任务，合理核定水价，抓好水费计收，强化监管问责。

1月14日 省饮水办主任陈建华一行四人，专程到武汉市中南花园酒店荆州代表团驻地，将省水利厅对《关于支持农村饮水安全工程老旧管网改造的建议》答复意见文件交到杜时芬代表手中。这是一份湖北省十三届人大三次会议期间首次办结的建议案。杜时芬代表感慨："没想到建议这么快就转办给你们了，没想到你们这么快就给予答复，更没想到你们把书面答复送到驻地。"

1月31日 省水利厅印发通知，要求各级水利部门强化责任担当、水质保障、应急管理和值班值守，切实加强特殊时期农村供水保障工作。与此同时，省饮水办进一步严格落实值班值守制度，动态掌握各地农村供水情况。

2月2日 为切实加强疫情防控期间水利保障工作，省水利厅专门发文，特别强调要突出民生，重点抓好农村供水安全保障。

2月9日 中国水利公众号推送武汉水务集团全力保障火神山、雷神山供水情况，长江云、湖北水利公众号宣传报道省水利厅狠抓疫情防控期间农村供水保障工作。据各地上报，全省农村供水总体平稳有序。

2月18日 《水利部新闻通稿》（第20期）刊发《战疫之时保供水——湖北大冶市水利部门抢修影响4千余人饮水管道》，被中国网、中国日报网、中国科技网、中国水利网等媒体转载。

2月25日 《中共湖北省委、湖北省人民政府关于加快补上"三农"领域短板决胜全面建成小康社会的实施意见》（鄂发〔2020〕1号），将"提高农村抗旱饮水保障水平"作为省委一号文件30项重点内容之一，明确要求实施农村供水保障提标升级等水利抗旱补短板工程，从根本上解决好“水袋子”“旱包子”问题；统筹布局农村饮水基础设施建设，鼓励有条件的地区推进城乡供水一体化、区域供水规模化；开展农村标准化水厂建设；加强乡镇集中式饮用水水源地划分和保护，做好水质监测。

2月29日 省水利厅印发《关于做好“十四五”农村供水保障规划编制工作的通知》。

3月26日 国务院联防联控机制第60场新闻发布会介绍湖北全力保障农村供水安全的做法和成效。期间，全省各地成立农村供水服务保障工作队1132个，服务保障人员10729人，累计开展应急抢险、抢修工作6700多次，顶住了大量返乡人员长时间滞留、饮用水持续处于高峰的压力，为农村疫情防控提供了重要保障。

4月10日 省水利厅召开全省农村水利水电工作视频会，深入贯彻习近平总书记考察湖北疫情防控工作时的重要讲话精神和在决战决胜脱贫攻坚座谈会上的重要讲话精神，传达学习全国农村水利水电工作视频会议精神，总结交流2019年度工作，分析面临形势，安排部署2020年度农村水利水电工作。省水利厅副厅长唐俊出席并讲话，省饮水办主任陈建华主持会议并就贯彻落实会议精神提出要求。

4月30日 水利部会同有关部门通过视频的方式举办农村饮水安全脱贫攻坚技术培训。省水利厅副厅长唐俊，省饮水办主任陈建华，省卫健委、省扶贫办、国家统计局湖北省调查总队有关处室负责同志参加，各市、州、直管市、神农架林区和37个贫困县设分会场参训。

省水利厅印发《脱贫攻坚分片联系工作方案》（鄂水利函〔2020〕113号），组建8个分片联系组，由厅领导任组长，采取实地调研、视频调度、暗访通报等形式，联系水利脱贫攻坚等工作。农村饮水安全是分片联系重要内容之一，重点聚焦建档立卡贫困人口饮水安全保障、农村饮水安全脱贫攻坚“回头看”、农村饮水安全管理“三个责任”落实、供水工程运行管理、水费收缴、安全饮水持续稳定运行和季节性缺水问题解决情况等工作。

5月8日 省水利厅、省扶贫办、省卫生健康委联合印发《关于进一步做好贫困人口饮水安全若干事项的通知》（鄂水利函〔2020〕115号），强调要严格执行标准，加强动态监测，压实管理责任，强化运行管护，健全应急机制，注重信息共享。

5月19日至21日 省纪委监委派驻省水利厅纪检监察组组长徐长水带队深入来凤县、巴东县等地，暗访调研农村饮水安全保障工作。省饮水办主任陈建华参加调研。

省水利厅副厅长唐俊带队赴枝江市、公安县、通城县暗访调研农村饮水安全保障情况。

6月12日 水利部召开农村饮水安全视频调度会，省水利厅副厅长唐俊，省饮水中心主任陈建华，厅相关处室负责人，省饮水办全体同志及省水科院有关负责同志在湖北省级分会场参会；各相关县（市、区）水利和湖泊局主要负责同志在市级、县级分会场参会。

6月24日 根据省纪委监委领导指示要求，经过深入调研、反复讨论、数易其稿，省饮水办配合省纪委监委驻厅纪检监察组完成《关于全省农村饮水安全保障情况的调研报告》。

7月17日 入梅以来，全省因洪涝灾害累计导致273.6万人饮水安全受到不同程度影响，经全力抢修，均已恢复正常供水。

8月5日 省饮水中心主任陈建华带队，赴鄂北地区水资源配置工程建设与管理局（筹）调研协调鄂北片区“十四五”农村供水保障工作。鄂北地区水资源配置工程建设与管理局（筹）局长李庆国参加座谈。

8月11日 省人民政府印发《湖北省疫后重振补短板强功能“十大工程”三年行动方案（2020—2022）》（鄂政发〔2020〕19号），全省有79个城乡供水一体化和区域供水规模化项目纳入水利补短板工程，计划新增和改善农村供水人口1000万。

8月13日 水利部办公厅印发《关于公布2020年度农村供水规范化水厂名单的通知》（办农水〔2020〕175号）的通知，公布2020年度100个农村供水规范化水厂，公安县麻豪口、武汉市新洲区刘集、大冶市殷祖、浠水县白莲河4个水厂榜上有名。

8月21日至22日 水利部副部长蒋旭光在十堰市调研巩固定点帮扶成果提升脱贫攻坚成色，指出水利部将继续加大行业帮扶力度，在农村安全饮水等项目建设方面给予支持，为十堰高质量打赢脱贫攻坚战贡献更大力量。

8月28日 省人民政府办公厅印发《湖北省水利补短板强功能工程

三年行动实施方案（2020—2022）》（鄂政办发〔2020〕45号），进一步明确农村饮水提标升级工程分年度建设任务。

9月2日 对大悟县河口镇居民反映自来水污浊的信访诉求，省委书记应勇高度重视，带案下访，深入河口镇顺山村老水厂、在建新水厂工地及侯家冲水库取水点，实地了解水质情况、管网建设、水库除险加固、新水厂工程进度和预期成效，以及需要协调解决的事项等。应勇强调，群众利益无小事，要坚持以人民为中心的发展思想，畅通民意表达渠道，及时回应群众呼声，积极推动解决事关群众切身利益的信访事项，让群众早日喝上干净、安全的放心水。省水利厅党组书记、厅长周汉奎参加有关调研活动。

省饮水中心召开干部会议，省水利厅党组成员、副厅长焦泰文到会并讲话，厅人事处主要负责人宣读省编委关于省饮水中心机构调整批复和省人民政府关于李春生、熊渤同志任职中心副主任的通知。此前，省人民政府已任命陈建华同志为中心主任。2019年8月，根据中央编办《关于湖北省部分厅局级事业单位调整的批复》精神，经省编委研究，省农村饮水安全工程建设管理办公室更名为省农村饮水安全保障中心，作为省水利厅管理的事业单位，机构规格为副厅级。

9月3日 省脱贫攻坚普查领导小组办公室印发工作简报，肯定省水利厅高度重视、积极配合开展脱贫攻坚普查。国家脱贫攻坚普查结果显示，全省34个县、10810个村、114.66万建档立卡贫困户均实现饮水安全有保障。

9月21日 全省抗击新冠肺炎疫情表彰大会在武汉召开。省委、省政府表彰在抗击新冠肺炎疫情斗争中涌现出的1164名先进个人和436个先进集体，省饮水中心建设管理组荣获“全省抗击新冠肺炎疫情先进集体”称号。

9月29日 省水利厅组织参加水利部农村饮水安全工作推进视频会，副厅长唐俊、省饮水中心主任陈建华在湖北省级分会场参会，省发展改革委、省财政厅、省卫健委、省扶贫办等部门有关处室负责同志应邀参会。在主会场会议结束后，唐俊就贯彻落实工作进行安排部署。

10月9日 省扶贫攻坚领导小组召开会议，省委书记应勇主持并讲话。会议强调要，着力解决住房安全、饮水安全等方面突出问题。

10月9日、13日 国务院扶贫办官网、官方微信公众号分别刊发

《湖北：战疫战洪 决战农村饮水安全脱贫攻坚》。

10月16日 省政府新闻办召开“坚决打赢脱贫攻坚战”系列新闻发布会第四场，省水利厅副厅长唐俊介绍全省农村饮水安全保障工作情况并回答记者提问。经过上下联动、持续攻坚，全省总体实现国家现行标准下农村饮水安全全覆盖，到2019年底，37个贫困县农村集中供水率、自来水普及率分别达到93.72%、91.06%，较2015年底分别增长14和18个百分点。

10月21日 副省长肖菊华到武汉市新洲区刘集水厂调研，并对切实保护好饮用水源、严格落实相关责任、扎实做好供水服务保障、确保水质安全达标等工作提出明确要求。

省扶贫攻坚领导小组发文，对14个全国脱贫攻坚奖省级复选组织予以通报表扬，省饮水中心获此殊荣。

11月2日至20日 省饮水中心组织5个复核组，由市（州）水利局分管负责人带队、业内专家参与，分别对22个农村供水规范化示范水厂省级遴选对象进行现场复核，提出推荐意见。

11月4日 省水利厅党组副书记、副厅长（正厅级）廖志伟专题调研农村饮水安全工作，并与省饮水中心干部交流座谈。要求坚持一手抓建设，一手抓管理，把“十三五”农村饮水安全工作收官好，把“十四五”农村供水保障规划谋划好。

11月12日 全国冬春农田水利暨高标准农田建设电视电话会议结束后，湖北随即召开全省电视电话会。副省长万勇强调，要深入贯彻习近平总书记重要指示和全国会议精神，着力解决农村饮水安全等方面短板。

11月30日至12月1日 全省农村供水能力培训班在武汉举办，共122人参训。

12月2日至3日 省委书记应勇在阳新、大冶等县（市）调研时强调，要加强系统谋划，统筹防汛抗旱减灾、农田水利设施、农村饮水安全和生态文明建设。

12月4日 全省农村饮水安全工作座谈会在武汉召开。

12月9日 省人大常委会副主任刘晓鸣深入罗田县匡河镇王家湾村，专题调研农村饮水安全工作。省人大农委主任委员张良成、副主任委员涂胜华、省饮水中心主任陈建华等陪同调研。

12月10日至11日 省水利厅副厅长李静、省饮水中心主任陈建华，先后调研沙洋县和钟祥市洋梓镇直河片区改造、柴湖水厂扩建、石牌昌政水厂扩建等农村饮水提标升级工程。

12月12日 水利部农水水电司二级巡视员周双、供水处处长胡孟一行4人，先后赴浠水县白莲河水厂和武汉市新洲区刘集水厂开展农村供水“两手发力”等工作调研。省饮水中心主任陈建华陪同。

12月17日 湖北公共新闻频道报道，宜昌市农村供水公司化改革任务全面完成。2018年7月以来，宜昌市推行“政府主导、全面覆盖、企业运营、社会参与”的农村供水公司化改革，纳入全市十大改革事项。宜昌各县市区全部成立独立核算、自主经营的农村供水公司，管理百人以上集中供水工程720处，覆盖农村人口161.23人，占农村总人口的83%；集中供水工程全部收费，水费收缴率达98%。

12月23日 天门市原汪场水厂更牌为“天门市宏泽水务有限公司汪场分公司”。至此，天门市24个乡镇水厂更牌完毕，全部实行国有化经营，由天门市宏泽水务有限公司统一管理。

12月27日 省委书记应勇信访包案整改的大悟县河口镇侯家冲新水厂竣工并调试运行。为加快推进侯家冲新水厂建设，省水利厅高度重视，厅党组书记、厅长周汉奎要求加强督办，确保问题整改到位、及时销号。省饮水中心及时会同大悟县有关方面，研究制定整改方案，主要负责人每月深入现场调研督办。新水厂投资400万元，设计日供水规模4000吨，可巩固提升河口镇区及周边6个村近3万人的饮水安全。

12月30日 省发展改革委印发《关于调整农村饮水安全工程供水用电电价分类的通知》（鄂发改价管〔2020〕497号），明确全省农村饮水安全工程供水用电由执行居民生活用电价格调整为执行农业生产用电价格，自2021年2月1日执行。经测算，农村饮水安全工程供水用电每度电价可下降0.02～0.04元。

12月31日 全省农村饮水提标升级工程建设开局良好。截至本日，79个项目已完成前期工作27个、部分完成36个，已招标标28个，开工27个、完工3个；已筹措落实资金11.53亿元，占计划12.61%，完成投资9亿元，占计划9.85%，已改善供水人口136.19万，占计划12.71%。此外，为巩固拓展农村饮水安全脱贫攻坚成果，本年度，全省共有11县（市、区）继续实施农村饮水安全巩固提升工程，共完成投资 2.03 亿元，受益人口 50.32 万，超额完成计划任务。

水费收缴目标任务顺利完成。截至本日，全省农村集中供水工程收费处数占比、水费收缴率分别达到 98.8%和 94.8%，超过全国既定目标 3.8 和 4.8 个百分点。